中华女杰

纪清漪

诸天寅 著

山西出版传媒集团
北岳文艺出版社

·太原·

图书在版编目(CIP)数据

中华女杰纪清漪 / 诸天寅著. — 太原：北岳文艺出版社, 2021.9
 ISBN 978-7-5378-6454-1

Ⅰ.①中… Ⅱ.①诸… Ⅲ.①传记文学—中国—当代 Ⅳ.①I25

中国版本图书馆CIP数据核字(2021)第180717号

中华女杰纪清漪
诸天寅　著

//

出品人	郭文礼
选题策划	韩玉峰
责任编辑	韩玉峰
封底撰联	张仁健
书籍设计	张永文
印装监制	郭　勇

出版发行：山西出版传媒集团·北岳文艺出版社
地　址：山西省太原市并州南路57号
邮　编：030012
电　话：0351-5628696（发行部）　0351-5628688（总编室）
传　真：0351-5628680
印刷装订：山西人民印刷有限责任公司

开本：787×1092　1/32
字数：210千字　印张：9.625
版次：2021年9月第1版
印次：2021年9月山西第1次印刷
书号：ISBN 978-7-5378-6454-1
定价：49.00元

本书版权为本社独家所有，未经本社同意不得转载、摘编或复制

缘 起

纪清漪是我的老学长,她于1931年7月毕业于北京大学政治系,我于1961年7月毕业于北京大学中文系,纪老长我34岁,我出生时她已是知名的律师。我与她相识纯系偶然,那是1989年10月,我兼任《华声报》特约记者,为了了解《田中奏折》在中国被披露的真相,决定去采访她。通过北京文史馆(她是北京文史馆员)的帮助,得知她在北京的住址以及宅电,先行电话联系,电话中纪老爽快地答应了我的采访。在金秋10月一天上午,我到朝阳区水碓子东里一幢普通住宅楼里,第一次见到了纪老。其时纪老已85岁高龄,但精神矍铄,身体健康,看上去也就70多岁。她身材不高,两眼炯炯有神,眉宇间透露出坚毅和刚健。她的记忆力惊人,对60多年前披露《田中奏折》的那段往事,时间、地点及有关人员,甚至一些细节都能准确地回忆出来。纪老对我这个小学弟非常热情,她除了回答我关于《田中奏折》的披露情况外,还谈了她当年在北大的学习情况,以及她从事律师工作、抗日爱国活动的一些往事。她的不平凡经历使我愈加肃然起敬,深深感到她与中国人民的解放斗争事业息息相关,她的历史就是一份非常宝贵的精神财富。她得知我除了在一所高校中讲授中国现代文学外,还在报刊上发表一些文史方面的文章,就鼓励我多搜集资料,多多写作。我们彼此都有相见恨晚的感觉。第一次相见谈了整整一上午,我们约定建立经常联系。此后一直到她去世,大约有十年时间,我们成为无话不谈的忘年交。端午、中秋我去贺节,春节去给她拜年,除了见面晤谈,电话联系更多,有时一天之中通几次电话,特别是在为北京市政协文史资料委员会撰写《爱国女法学家纪清漪》期间,我们之间过从更密,常常是纪老想起一件往事,一个人名或地名,立即打电话告诉我,我也请人协助在访问她时摄下一盘录相带。这盘录相带成为记录纪老生前的珍贵影像资料。

《爱国女法学家纪清漪》这篇文章是北京《文史资料选编》负责人,李大钊同志外孙女贾凯林亲自向纪老约稿,先后历时四年之久才完成的。1998年纪老弥留之际,我到医院去探视,她还问及这篇文章是否刊出,可惜她没能见到此文发表,就溘然长逝了。

时光荏苒,转眼纪老逝世20周年就快到了。我想到在中华民族浩瀚的历史长河中,涌现出许多可歌可泣的优秀儿女,纪老便是其中的一位。打开记忆的闸门,拂去历史的尘埃,我想把这位伟大女性的一生尽量客观公正地展现出来,讲清她为什么值得后人缅怀和纪念,继承她公而忘私,舍小家为大家,以国家和民族的利益为重的崇高爱国主义精神,这对广大青少年进行爱国主义传统教育,构建和谐社会应该说不无裨益。2015

年恰值世界反法西斯战争和中国人民抗日战争胜利70周年，纪清漪是最早披露《田中奏折》的人，她还营救过爱国七君子，抗战期间，她做了大量宣传鼓动工作，对抗日战争最后赢得胜利，做出了重大贡献。我们在纪念这个伟大胜利的日子里，不能不注意到当前日本右翼势力还很猖獗，尤其是自从安倍晋三再度出任日本首相后，更是不能正确对待历史，否认日本军国主义侵略中国的罪行，不承认南京大屠杀，不对慰安妇问题进行道歉，甚至妄图霸占中国领土钓鱼岛，安倍本人及其阁僚不顾中国人民、韩国和世界有正义感的人民的强烈反对，多次参拜供有日本甲级战犯的靖国神社。这一系列令人触目惊心的事实，不由得让我们想到日本的当权者是否还想走《田中奏折》中提出的老路。善良的人们啊，一定要擦亮眼睛，提高警惕，防止日本军国主义死灰复燃。2015年4月29日，安倍在访美期间，应邀在美国国会发表演讲，表明日本对二战历史仍不能有正确认识，而且立场日趋顽固，对慰安妇问题只字未提，更提不上道歉。安倍拒绝正视历史，是对20万亚太慰安妇精神上的极大侮辱，这是全世界人民不可接受的。在这样的背景下，我们缅怀杰出女性纪清漪，让更多的人了解她的事迹，崇敬她的为人，肯定她的业绩，传承她的精神，就有着重要的现实意义。

斯人已逝，业绩永存，图文志传，后人怀思。倘能达到这样的目的，我就心满意足了。

作者
2017年5月

前　言

纪清漪是一位现代杰出的伟大女性。在她身上闪现着三个亮点，成就了她的精彩人生：

第一，她是清代著名学者纪晓岚的第七代孙女，也就是说她是名人之后，她非常珍惜这个身世，以乃祖为荣。但从不宣扬，处事谦虚谨慎。她确实继承了先祖的遗传基因，那就是睿智、豁达、处变不惊、坚忍不拔。这些优秀品质在她的一生中起了很大作用，特别是在关键时刻帮助她渡过一个又一个难关。

第二，她强烈的爱国热情感人至深。早在北大读书期间她就积极参加抗日活动，发表了大量抗日爱国文章。她是最早披露《田中奏折》的人。《田中奏折》是1927年日本军国主义妄图侵略中国，进而称霸世界的完整计划。东北军统领张学良花重金从日本政府中的反战派人士手中得到了这个机密文件，并把这个文件印发给极少数东北军高级将领传阅。当时，1929年5月还在北大读书的纪清漪在一个偶然的机会，费尽口舌借到了这份密件，她以极高的爱国热忱拿回宿舍后，和几个知心的同学花了整整一个通宵，抄下这份密件；第二天清晨把原件送回。

为了让更多的师生和爱国群众了解日本帝国主义的狼子野心，激发中国人民的抗日救国热情，他们多方筹集款项，终于印出了五千份《田中奏折》散发到全国各地。日本帝国主义这份臭名昭著的侵略计划，就这样被暴露在世人面前。纪清漪怀着满腔激情在扉页上写道："读者啊，如果你的心还在跳，如果你的血还在流，你就应该把这个小册子一字一句地读完。你就应该想一想：你作为一个中国人，你有什么责任？你应该做些什么事情！"纪清漪这种不怕被当局逮捕、判刑坐牢，不怕被日本特务暗杀的大无畏的爱国行动，不论是在当时还是现在，都是值得人们敬仰和传诵的。沈钧儒先生曾称赞纪清漪等人披露《田中奏折》是"做了一件惊天动地的大事"。今天我们在纪念世界反法西斯战争和中国人民抗日战争胜利的日子里，我们应清醒地看到以安倍为首的日本右翼势力正沿着《田中奏折》的老路一步步走向危险的道路。尽管一些日本政客不承认《田中奏折》的存在，正像他们不承认南京大屠杀和慰安妇一样，这是中国人民和全世界人民绝不能答应的。好在日本国内有正义感的人士和西方欧美政界、学界人士都举出大量证据证明《田中奏折》、南京大屠杀、慰安妇都是确确实实存在的事实，他们想赖也赖不掉的。因此，我们重温九十年前纪清漪这些热血青年的爱国义举，就有着特别重大的意义。

第三，她是京城第一位女律师。纪清漪的终身职业是律师。律师的重要品质是维护法律的尊严，当然律师是一种高收入职业，如果昧着良心帮助别人打官司，可以挣大钱。但纪清漪当律师不为金钱，不图富贵，她站在受冤枉的人和穷苦的弱势群体一边，为民请命，伸张正义，经常义务为受害者辩护。1946年5月纪清漪回到了阔别八年的北京，这时她已经是享誉全国著名大律师，请她辩护的人络绎不绝。她的接案原则是：凡是为抗日出过力的人，有冤枉的穷苦人和受迫害的学生，有请必到；凡是出卖祖国利益的汉奸和土豪劣绅等仗势欺人的人，给多少钱也不去。一个汉奸的小老婆拿着一颗九克拉的大钻戒请求纪清漪给汉奸丈夫当辩护人，被纪清漪断然拒绝。这个女人长跪不起，苦苦哀求，说只要答应给辩护，家里的珠宝钻翠，所有值钱的首饰全送给纪清漪。纪清漪毫不为此所动，最后还是把此人撵了出去。纪清漪为沈崇鸣冤叫屈，为"七五"惨案受害学生伸张正义，显示出她是一位不徇私情，不为金钱所动的清廉大律师。

她一生充满爱国热情，追求进步，主持正义，爱憎分明，敢怒敢言，为祖国的民族解放事业做出了巨大贡献。新中国成立后，她满腔热情地参加社会主义建设事业，为国家的繁荣富强和法制建设付出了毕生心血。她的人生轨迹，演绎着一部简编的中国现代史，她用自己的能力、作为和品德，赢得了社会的尊重。她不愧是一位巾帼英雄，她的名字和事迹必将和其他许多伟大女性一起载入光荣的史册。

有人问：她为什么能做到人生出彩？答案很简单，她有强烈的民族意识和高度自觉的使命感。她自幼生活在东北，目睹了沙俄军队和日本浪人的胡作非为，他们可以随便打死中国人，掠夺中国的物产，腐败的清政府和民国军阀听之任之，低三下四，不敢有任何反对和阻止。她痛恨帝国主义强盗，立志长大后，一定要把侵略者赶出中国。她确实这样做了，以实际行动投身挽救民族危亡的反帝洪流之中。明代学者顾炎武说："天下兴亡，匹夫有责。"纪清漪正是感到国家的兴亡，每一个中国人都有责任，所以她以高度自觉的使命感，满腔热情、意气风发地工作着，一直到耄耋之年，依然精神抖擞、奋发有为，用饱含深情的文笔，撰写文章，给我们留下宝贵的精神财富。她的一生是只求奉献，不求索取的一生。我们的国家多一些像纪老这样的人，何愁不能早日实现"两个一百年"奋斗目标、实现中华民族伟大复兴的中国梦。纪清漪不愧是中华民族的优秀儿女，是中国妇女的骄傲！

现代作家郁达夫在《怀鲁迅》这篇文章中说："没有伟大的人物出现的民族，是世界上最可怜的生物之群；有了伟大的人物，而不知拥护，爱戴，崇仰的国家，是没有希望的奴隶之邦。"的确，像纪清漪这样的伟大人物，我们就应该拥护她、爱戴她、崇敬她，使她的事迹有更多的人了解。我相信，读者阅读了这本书，一定会对纪清漪肃然起敬，更加热爱我们的国家，热爱改革开放的新时代！

诸天寅

2021年5月

目录

第一章 家世
  纪氏先祖迁居传说　　/ 003
  她是纪晓岚的第七代孙女　　/ 008
  祖父和母亲，最早的启蒙老师　　/ 011
  父亲和一块狗头金　　/ 017

第二章 求学
  学前启蒙教育和黑河第一小学　　/ 023
  齐齐哈尔女子师范学校　　/ 027
  考入北京师范大学和北京大学　　/ 033
  读书不忘救国　　/ 037
  探望张挹兰烈士的母亲　　/ 039
  晋见北伐军将领白崇禧　　/ 043

组织读书会,用知识充实自己　　/046
披露《田中奏折》,做了"一件惊天动地的大事"　　/051
抗日演讲比赛,荣获第一名　　/072
与马毅喜结良缘,成为终身伴侣　　/079
编辑《东北月刊》　　/084

第三章　律师工作

京城第一位女律师
　　——一颗法学界新星冉冉升起　　/107
纪清漪接手的第一个案件
　　——师大附小教师庄淑贞离婚案　　/111
为抗日名将马占山义务辩护
　　——马鸿认子案始末　　/115
为农村弱势女子申冤
　　——轰动一时的张桃英案　　/125
为三个老农辩护
　　——从判死刑到无罪释放　　/132
为地下党员辩护解脱
　　——兰仲雅被诬汉奸案　　/134

破格为一件汉奸案辩护

　　　　——杜超杰汉奸案　/140

　　为美军强奸北大女生沈崇案奔走呼吁

　　　　——要求废除治外法权　/144

　　为东北籍流亡学生仗义执言

　　　　——"七五"惨案中王大有拾枪案　/146

第四章　教育工作和社会活动

　　在北平俄文法政学校和北平市立第二女子中学　/163

　　创办新声女子职业学校　/165

　　参加请愿团,营救七君子　/169

　　掩护进步青年去延安　/178

第五章　解放岁月

　　欢欣鼓舞迎接新中国成立　/183

　　解放后的工作　/184

　　在反右斗争中　/194

　　被迫退休　/196

第六章　晚年生活
　　山雨欲来风满楼　/201
　　遭遇不幸　/201
　　获得平反,恢复法学界地位　/202
　　与弟弟纪清寅取得联系　/206
　　六十年后师生情
　　——叶嘉莹探望纪清漪老师　/211

结束语　/217

附录　田中密折
　　原序一　/223
　　原序二　/231
　　原序三　/232
　　原序四　/234
　　田中密折　/235
　　解读《田中奏折》　/285

后记　/291

第一章 家 世

纪清漪童年时代从她祖父那里接受了很好的家史教育以及传统文化教育，通过家史教育，使她从那些兴味盎然的小故事中，与祖上先人心神相通，受到陶冶。在古诗背诵中，不仅体会了诗的意境和情趣，还感受到隽永的韵味，扩展了想象力，为她日后的发展奠定了基础。

纪氏先祖迁居传说

献县位于沧州市西南部,献县地处黄河古道的下游,地势坦阔,平畴千里,河流密布,沟渠纵横,是明清时期北京通往东南地区的门户。话说清代乾隆年间献县崔尔庄有户姓纪的首户人家,相传纪家的祖籍是明朝应天府上元县(今南京附近)纪家庄户村的大户。明朝开国皇帝朱元璋的第四子燕王朱棣为争夺皇位,假借"靖难"为名,举兵南进,明惠帝朱允炆派兵北伐"不义之师",两军交战达四年之久。主战场直隶(今河北)、山东等地生灵涂炭,民不聊生。朱棣攻下南京后,称帝改年号为"永乐",迁都北京。朱棣称帝后,史称明成祖,他励精图治,于永乐初年,三次下诏"迁民实畿辅",即命令从江苏、江西、山西、陕西等地向北京附近迁移居民。

永乐二年(1404),江苏应天府上元县居民纪椒坡,遵奉朝廷迁大户实畿辅的诏命,带领族人十余口,千里迢迢奔向直隶。

从江苏到直隶,虽然仅隔山东一省,但人地两生,直隶又地域广阔，官府也未明确指定移民迁往何处定居。途中，纪椒坡一直在盘算着，到哪儿去好呢？正当他拿不定主意时，在徐州地界遇见了一位算命先生，他便向前问卜了一卦。那算命先生问了纪椒坡的生辰八字，又详细询问了北迁的缘由，便用铜钱五个摇了一个观音神课，卦象上平，尚属吉利。那算命先生又让一只驯熟的黄雀儿从挂在墙上的一个布袋信插里叼出来一根竹签，只见那上面写着一首签诗，算命先生立即念了起来：

从革宜更变，时来合动迁，龙门鱼跃过，凡骨做神仙。求官小就谋事有成，讼事家和，病人无妨，求财七分，走失有望，婚姻有合，交易成功。

"哦，恭喜恭喜，看来你一路辛苦北来没错，可以找块宝地，绵延子孙，发家致富，岂不快哉！"

纪椒坡闻听此言，赶紧从包裹里拿出一锭纹银，恭恭敬敬地放在算命先生的桌上，鞠躬作揖有礼地说：

"多谢你老的吉言，只是有劳先生，指点我何处是落脚安家之地？"

那算命先生瞥了一眼桌上的银子，心中暗喜，煞有介事地掐算了一会儿，便说道："你就往西南方向走吧，见到车上树，牛上房的地方，那便是你安家落脚的地方。"

椒坡听后如丈二和尚摸不着头脑，弄不清什么叫车上树，牛上房，再想问吧，算命先生似乎也看出纪椒坡的疑问，便又说："你只管往前走吧，到时候你就会知晓一切了。"说完，就去招呼别的来算命的客人了。

纪椒坡只得向西南方向走去,心想在哪儿才能找到这个奇特的地方。他带领全族人,穿过山东境界,进入直隶境内。经吴桥,过东光,穿越交河等县,一路上也没见到适合居住的地方。

这天,他进入了献县境内,来到了一个村口。时当初夏,天近正午,一家人正往前行,来到树荫下休息。只见不远处的树荫下,几个妇女正在纺线。她们一边摇车抽线,一边说说笑笑,十分惬意。纪氏族人看见此情此景,不禁生出一种羡慕的情思。

正在这时,远处传来一阵马车的铃声,举目望去,原来是一群骑马的差人簇拥着一乘官轿,威风十足地从远处过来。

"过大官儿了!"不知哪位妇女喊了一声。于是纺线的妇女纷纷放下手中的活计,全都跑到路边去看热闹。接着,村里的孩子们也一伙一伙地跑来。顿时,路旁树下聚集了很多人。一个妇女怕人多踩坏了她的纺车,两手一举,把纺车挂在了树杈上,另外几位妇女也仿效着把自己的纺车挂在树上。

纪椒坡见了,心中一动,暗想道:"这不是车上树吗?"

纪椒坡看到那乘官轿及随从马队飞奔而过,这时不远处有一头小牛犊。小牛犊受了惊吓,突然奔跑起来,顺着一个斜坡,跑上了一家地窨子的房顶,看前面无路可行,便停在了房顶上,惊魂未定地喘息着。

地窨子,是依靠土坡挖成的土房,前面打一道低矮的土墙,安上门窗,上面苫上屋顶即成。这种简易房子省工省料,却又冬暖夏凉,古代很多穷苦农民将其作为住所。不管多么简陋,总算也是可以住人的房子了。

纪椒坡正在思量眼前所见情景，还没来得及说话。他的老伴已上前拉住他的衣袖，惊异地说："你看，这不是车上了树，牛上了房吗？我们就在这儿安家吧！"

纪椒坡抬眼看了看四周的地形环境。只见这个村庄还真不小，街道整齐，屋舍古朴，老树虬枝，古风古韵。村子近旁有滹沱河、子牙河、滏阳河，河水碧波荡漾，风光旖旎，田地里庄稼茂盛，麦菽齐全。由于连年兵燹战祸，村里人烟稀少，确是一个安家定居的好地方。他向村里人打听了一下，知道这村是献县的古镇景城村，距献县城关九十里，距沧州城关六十里。

纪椒坡与族人商量了一下，便决定在这里定居下来。这便是献县纪姓的始祖。

纪椒坡秉承"读诗书、做大官、不受气"的家训，督促纪氏子弟读书识字，考取功名。经过二百多年的子孙繁衍，到了清代，纪氏人丁兴旺，已成为献县屈指可数的大户人家了。当时，献县纪氏有两大支，一支在景城，另一支移居到景城东二里多地的崔尔庄。崔尔庄这一支，人丁更是兴旺，到康熙年间已有几百口人。由于"崔尔庄纪"的子孙中，科举入仕的人多，比"景城纪"更有名望。传到纪钰（字润生）这一代，"崔尔庄纪"的地位就更加显赫了。

纪润生是纪椒坡的十世孙，他官至刑部江苏司郎中，赠中宪大夫，后又加三级累赠光禄大夫。他的妻子王氏，是河间县廪生王云鹗的女儿，生有二子，长子叫纪天澄，次子叫纪天申。纪天申有四个儿子，依次是纪容舒、纪容雅、纪容恂、纪容端，都有功名。其中纪容舒是康熙五十二年（1713）恩科举人，历任四川、山东二司员外郎、刑部江苏郎中、云南姚安府知府，加三级授奉直大夫，晋封中宪大夫，累赠光禄大夫。他还是文学名士，著有《唐韵考》五卷、《玉台新咏考异》十卷。他的夫人张氏，诰赠宜人，晋赠恭人，累赠一品夫人。这时的"崔尔庄纪"已是三代一品，建有宫殿式的住宅，"恒寿斋"大厅里悬挂着乾隆皇帝御笔亲题的"三世一品"的匾额甚是光辉。匾额长6尺，宽4尺，蓝边、黑地、金字。1933年恒寿斋失火，纪氏族人将此匾抢出。抗日战争时期，崔尔庄维持会将此匾做了面板，日本投降后，此匾下落不明。此时纪氏已成为献县著名的首户望族。在崔尔庄一带曾流传着一首民谣：

> 上有天堂，下有苏杭，
> 数了北京就属崔尔庄。
> 崔尔庄哟崔尔庄，
> 九门九洞九关厢。
> 十字街头跑开马，
> 南关园子立道场。

由此可见纪家当年的威风阔绰与不同凡响的气派。纪清漪一直到晚年还能背诵这首歌谣，纪氏家族的辉煌历史给她留下了深刻记忆。

她是纪晓岚的第七代孙女

纪清漪于1904年阴历七月二十四日出生于河北沧县崔儿庄，她是清代著名学者、《四库全书》总编纂纪晓岚的第七代孙女。

纪昀（1724—1805），清代著名学者、文学家，字晓岚，河北献县人，乾隆进士，官至礼部尚书、协办大学士。随着电视连续剧《铁齿铜牙纪晓岚》的播出，纪晓岚的名字几乎家喻户晓。纪晓岚身处清朝由盛而衰、由治而乱的过渡时期，以天纵的聪明，在复杂多变的官场中，随机应变，方圆相济，上得天道，下惠黎民，生前显赫，死后留芳。

纪清漪对纪晓岚这位先祖可以说极为崇敬，并以作为纪晓岚的后人感到荣幸和自豪。她为中国人民政治协商会议北京市委员会文史资料研究委员会编的《文史资料选编》撰写过《纪晓岚故居遗址》（第四十一辑），为湖南岳麓书社出版的《阅微草堂笔记》撰写过前言。在她的心目中纪晓岚是一个天资聪颖，学富五车，对中国传统文化做出过巨大贡献的杰出学者。纪晓岚一生充满了传奇色彩，给后人留下了许多脍炙人口的佳话和故事。纪清漪晚年广泛搜集海内外有关纪晓岚的著作，在她的书桌上一直放置着《阅微草堂笔记》和一些传记著作。纪晓岚善于对对子，可谓闻名遐迩。纪清漪给我讲过纪晓岚巧对乾隆帝的故事。相传乾隆帝曾口头出一上联：二碟豆，请文学侍臣纪昀对下联。纪毫不迟疑立刻对出：一瓯油。乾隆又改口道："我出的是二蝶斗。"纪昀马上对："一鸥游。"乾隆又加二字道："花间二蝶斗"。纪昀亦加两字对曰："水上一鸥游。"乾隆帝对纪晓岚的才思敏捷，属对过人表示十分赞赏。

又一次，乾隆帝外出私访，在一家北京有名的酒菜店"天然居"用膳，对店名很感兴趣，回去做了一个回文联的上联："客上天然居，居然天上客。"于是把纪晓岚找来，看他对这一难度较大的回文联，能否对出下联。只见纪晓岚听了上联后，略为沉吟了一下，立即对出了下联："人过大佛寺，寺佛大过人"。对得非常工稳，乾隆连称好对，好对，应该有赏。

纪清漪还认为坊间一些有关纪晓岚的书籍，简直把纪晓岚神化了，过分强调了他的天赋，这是一种不好的导向。她说当然应该承认每个孩子智商是不同的，有的智商高些，便被视为神童，但是任何一个神童如果不重视后天的学习和教育，最终还是不能成才的。比如宋代王安石就写过一篇题为《伤仲永》的文章，说仲永就是一个神童，但他的父母没有对他好好培养和教育，反而把他当成一个赚钱的工具，结果长大成人后，泯然众人矣。他的才华消失得一干二净和普通人没有什么两样了。纪晓岚确实天分很高，有目下数行，过目不忘，所阅书籍能倒背如流之誉，但他的成就主要还在后天的好学不倦，良好的家庭教育和培养，任何一个天才儿童，如果没有后天的精心培育，也不会长成参天大树，栋梁之材。

纪清漪认为晓岚公是一位思想敏锐，反应力、洞察力、记忆力极强的才士。晓岚公经历丰富，阅世深沉，为人正直。他凭着横溢的才华，机智敏捷的天资，完成了编纂《四库全书》这部嘉惠士林的大书，并撰写了《四库全书总目提要》二百卷和《四库全书简明目录》二十卷。《总目》和《简目》，名义上虽然都是由皇六子永瑢领衔纂修，但实际工作则是纪晓岚总其成的。纪晓岚在文学上的贡献是撰写了一部《阅微草堂笔记》。这部作品包括一千二百余则故事，是清代笔记小说中别具一格的上乘之作，被人们称之为"觉晨梦之清钟，渡迷津之宝筏"。

1988年，纪清漪获悉四川著名诗人流沙河潜心改写了《阅微草堂笔记》一千二百零八则，在众多稿约的催促下，严谨到极致的流沙河却只拿出精心选出的一百则。纪清漪对流沙河这种严谨审慎的治学态度感到由衷的欣慰和钦佩。

2000年春节期间，香港有家权威电视台，将纪晓岚生平业绩作为重要专题片予以介绍。《阅微草堂笔记》中所透露表现出来的具有哲理思想及丰富内涵的"因果报应说"，与21世纪预测学相比较，可见纪氏见地之出新，思想之豁达，胸襟之开阔，后来者竟无有能夺其席。鲁迅评曰："纪昀本长文笔，多见秘书"，"叙述复雍容淡雅，天趣盎然"，"测鬼神之情状，发人间之幽微，托狐鬼以抒己见者。隽思妙语，时足解颐。间杂考辩，亦有灼见。""故后来无人能夺其席，固非仅借位高望重以传者也。"（《中国小说史略》）在《中国小说的历史变迁》中鲁迅则进一步指出："他（纪昀）很有可佩服的地方：他生在乾隆年间法纪最严的时代，竟敢借文章以攻击社会上不通的礼法，荒谬的习俗，以当时的眼光看去，真算得很有魄力的一个人。"（见《鲁迅全集》第八卷）纪清漪认为鲁迅的评价切中肯綮，令人服膺。

说到预测学，纪清漪生前曾对我讲过，她说纪晓岚似乎真有点预测的本事。纪昀的墓地，置其老家献县崔儿庄西南六华里的北村南宝地。当其归葬时，嘉庆帝曾遣特使，御赐碑文，十分荣耀。没想到二百多年过去，到了1966年7月，一群红卫兵以"破四旧"为名，竟然到纪氏陵园掘坟破棺。他们原以为一定能挖出不少陪葬的财宝，谁知掘开一看，棺内空空如也，什么东西也没有。结果红卫兵大失所望，悻悻而走。纪清漪说看来纪晓岚当年已预测到日后会遭开坟破棺之劫，所以系空棺埋入，至于纪氏遗体究竟埋在何处则不得而知了。当然，纪清漪所述仅是有关纪晓岚墓的一种说法。如今纪晓岚墓地被定为沧州市市级文物保护单位，恢复了陵区的整体面貌，复制了墓碑和神道碑，成为海内外旅游者景仰的文化景点。

从遗传学的角度，我们不妨探究一下纪清漪从她的先祖纪晓岚那里继承哪些优秀基因。好学不倦，终身刻苦学习可谓第一点；知难而进，百折不挠的坚毅性格为第二点；第三点则是勤奋正直，积极入世的人生态度；最后还有一点是注重道德操守，耐得住不公正待遇，始终追求淡泊明志、宁静致远的境界，深明盛衰荣枯，盈虚进退之理，这也是他们都得以长寿的心理因素。《阅微草堂笔记·滦阳消夏录》卷二第三十三则中，纪晓岚借冥王之口宣称："天地生才，原期于世事有补。"二百余年后，纪清漪则称："我活着只要还有一口气，也要为人民干点事。"祖孙二人之言，在内涵上何其相似乃尔。

祖父和母亲，最早的启蒙老师

纪清漪的祖父堪（后改为刊）第公，幼读诗书，饱学之士，后离家乡到黑龙江省黑河县谋生,曾任黑河县电报局局长。纪清漪的祖父对她童年的成长影响很大,纪清漪曾回忆她的童年生活说:"在我童年时,住在齐齐哈尔。我的祖父纪堪第是纪晓岚的曾孙。他常在晚饭后坐在院里乘凉,并为晚辈孩子们讲故事。那时我三伯家六个孩子,大伯家两个孩子,加上我们家五个孩子,一共十几个孩子,我们围坐在祖父身旁,全神贯注地聆听着。祖父最爱讲纪晓岚的故事。特别爱讲纪晓岚幽默风趣的往事。比如管皇帝叫老头子啦;把烟袋塞在靴筒里冒烟啦,却被乾隆皇帝看见了;给和坤花园提名'竹笆',暗寓和坤家人个个是草包啦……我们都听得津津有味,潜移默化地钦佩纪晓岚这位老祖,并为作为纪氏子孙而感到自豪。祖父有时也教我们背诵唐诗或纪晓岚的诗。他也讲过北京虎坊桥老房子的故事,因为祖父小时候就住在虎坊桥老房子里。他说老房子院中有一棵大青桐(即梧桐)树,还有一块很高、很大的太湖石。他小时候和别的小孩子在太湖石周围钻来钻去捉迷藏玩。"

由此可见,纪清漪童年时代从她祖父那里接受了很好的家史教育以及传统文化教育,通过家史教育,使她从那些兴味盎然的小故事中,与祖上先人心神相通,受到陶冶。在古诗背诵中,不仅体会了诗的意境和情趣,还感受到隽永的韵味,扩展了想象力,为她日后的发展奠定了基础。

常言说母亲是子女的第一位启蒙老师,的确,纪清漪的爱国思想和要求妇女解放思想的萌发都受她母亲很深的影响。她的母亲是山东济宁州人,出身于官僚地主家庭。母亲的祖父做过前清的御史。小时候,她的母亲常给孩子们讲御史爷爷的故

纪清漪全家福照片,中坐者为纪清漪父(纪钜珵)母,四个女儿,儿子,儿媳,纪清漪为三女儿(后排右二)

事，御史是封建社会中央机构的官名，主管监察、司法及中央重要文书，地位仅次于丞相。实际上御史的官名到了明代已废止，改称都察院，为全国最高的监察、弹劾机构。因此，纪清漪母亲的祖父说是前清御史，只表明沿用古代的官名，一是地位很高，一是主管考核监察地方官员。从母亲的讲述中得知这位御史办案不徇私情，刚正不阿，是个口碑极好的清官。这些幼年的朦胧记忆对日后纪清漪从事律师工作，坚守职业道德，为当事人力主公道有一定影响。

纪清漪的外祖父因为从小体质差，患有肺病，终生没有做过官。后来还染上了吸食鸦片烟的恶习，终年躺在床上吸食鸦片。纪清漪的外祖母日子过得很苦，一方面要侍奉公婆，另一方面还要照顾有病的丈夫，为他煮烟膏，烧烟泡，无暇管理家务。有时用人一声高呼："少奶奶，太太叫！"她就得赶忙往上房跑，去晚了就要挨骂。丈夫这边，又因她匆匆出了房门，过了很长时间才回来，耽误了他吸食鸦片，所以回来后不是不由分说就抽耳光，就是摔碗，砸烟缸。可以说纪清漪的外祖母成天过着以泪洗面的艰难生活。外祖父由于不好好治疗和保养，肺病日益严重，不久就夭亡了。这时纪清漪的母亲才十岁。母亲上面有三个哥哥，家里请了私塾先生教他们三个还有同族的其他子弟在一起读诗书。母亲由于受祖父的宠爱，对她的约束不太严格，她常常躲在过厅的屏风背后，偷听塾师的讲解。哥哥们大声朗读，她默默地记下来，并学着背诵下来。特别是诗词，她记得很快。有时，厅里的孩子因背不下书，受老师责打，她常在屏风后面小声提示，这样渐渐取得了哥哥们的好感和信任。于是哥哥们事先告诉她今天要背诵哪些书，让她在屏风后面提示。时间长了，被祖父知道了，没想到祖父并未加以责备，反而给了她纸笔并教她写字，让她抄写诗词。条件是必须严守男女有别的古训，不准她到前厅去，也不许她和哥哥们一起听课。经过努力，纪清漪的母亲有了一定的文化，能够粗通文字，特别是背诵了不少古代诗词。

等到纪清漪懂事时，母亲常对她说："我的娘在婆家过得怎样悲惨。每天早早起床，先服侍公婆洗脸梳头，尽管有时由用人去做，但作为媳妇，也要在一旁侍立，拿这递那。伺候完公婆，还得伺候丈夫穿衣洗漱，喂药烧烟。接着就得到厨房去做饭菜，饭菜都要合他们的口味，否则不仅要挨骂，还要重做。公婆和丈夫吃饭时，母亲只能在一旁站立，端菜送汤，等伺候完他们吃好后，才能到厨下和用人们一起吃些剩饭剩菜。

母亲还对纪清漪说过，她的一位婶母是孔府的姑娘，嫁娶成婚的时候相当热闹。陪嫁的妆奁自然也非同小可，箱柜家具，四季衣服数量多，质量高，甚至内衣都是丝绸制成，没有一件布料衣服。过门后，每天早晨要到婆婆房里去请安，为显朴素，她就向用人借一件布衣穿上，请完安回来再交还。后来那个用人说，这件衣服您就留着穿吧，省得每天还得叠好还给我。

那时每年孔府按季节给姑奶奶送吃食，一送就是两份，一份送给婆婆，一份送给姑娘。每到夏季孔府都会送来西瓜，一送就是一辆马拉的大车。这位婶母吃西瓜时，先让用人把瓜洗干净，然后从中间切开，用小银勺把中间的硬心挖出来，放在碗里榨汁吃。余下的就不要了，扔到垃圾筐里，不许用人们吃。

有时因为瓜不熟或味不甜，便一连切好几个，她每次不过吃一小碗而已。她之所以能如此浪费，摆阔气，就是因为孔府有钱有势，谁也惹不起。母亲从小教育纪清漪，女子一定要自立自强，不能靠出身门第，更不能靠男人。同时要勤俭持家，即使家大业大，也不能暴殄天物，铺张浪费。这些中华民族的传统美德正是通过母亲的言传身教，像一股股清泉流进幼小的纪清漪思想里，滋润着她的心田，并对她日后的为人处世起到潜移默化的作用。

母亲还向纪清漪讲述过帝国主义对中国百姓的欺侮。1900年，庚子事变发生，沙俄军队作为侵略联军之一进犯中国。当时纪清漪的母亲住在黑龙江省的黑河镇，这个镇位于中俄边境的分界线上，黑河靠近黑龙江，江这边是中国的地方，江对面是俄国的海兰泡。母亲住的地方就在江边的堤岸上。她亲眼看见对岸的俄国骑兵挥舞着闪闪发光的马刀，把大批越境打工的中国人像赶牲口一样往江里赶。江面上看不见水，看不见船，只见万头攒动。江面上漂着一层被江水淹死的中国人尸体，顺流而下，惨不忍睹。而那些俄国骑兵面对此景，竟然哈哈大笑。母亲说这一情景对她的刺激太深了，她说国家弱就要受欺侮，边民穷才冒险过江去当伐木工。结果被老毛子（指俄国人）以非法入境为名，驱赶入江，淹死的人无法计数。

八国联军侵华时，沙俄军队从东北向北京长驱直入，一路兵荒马乱，黑河镇更是首当其冲，俄国兵随时都会闯入民宅，烧杀抢掠，无恶不作。偏偏这时母亲正要生第二个孩子，祖父怕出意外，便雇了一辆马车，让母亲带着大女儿逃往河北老家。

母亲收拾了一个包裹,里面放了几件随身替换的衣服,特意还准备了一双孩子穿的鞋,煮了二十几个鸡蛋,锁好了房门,就匆匆上路了。马车在泥泞的土路上颠簸缓缓行进。一路上人挤人,车挤车,常有人仰马翻的事故发生。走到第三天,母亲生下了第二个女孩,幸亏车把式是同乡熟人,临时找到了一个逃难人群中的产婆,在车上给接了生。晚上想住旅店休息一下,旅店主人不让住,想找住户投宿,也不准进屋,说是刚生完孩子的女人晦气。只好躲在车上休息。刚合眼打了瞌睡,突然又下起了大雨,母亲把婴儿包好,放在怀里,自己下车找个屋檐下面避雨。第二天雨霁天晴,继续上车赶路,一共走了三四十天,母亲吃尽了苦头,母女三人居然平安抵达河北献县老家。后来给纪清漪的二姐取名叫车生,就是纪念这段难忘的经历。母亲的坚毅性格使纪清漪十分钦佩,她决心以母亲为榜样,不论遇到什么困难,决不低头,一定要知难而上,努力克服困难,取得成功。

纪清漪的母亲后来于1950年从北京苏州胡同搬到西城区石板房二条七号与纪清漪一家同住。1959年7月1日因病去世,葬在八宝山公墓,当时纪清漪在墓旁预购了一个空穴。1962年10月21日其父去世后,打开隔砖,将骨灰盒放入,又重新用砖和水泥砌好,父母合葬在一起,墓地和墓碑一直完好无损。

父亲和一块狗头金

纪清漪的父亲叫纪钜琿,青年时代因家道中落,生活困难,没读过几年书。纪清漪四岁时即随父亲投奔在黑龙江省任职的祖父。祖父纪堪第时任黑河县电报局局长，他共有五个子女，钜珵是最小的儿子。纪钜珵到东北后，曾当过修理电线杆的工人，还下过煤窑去挖过煤。

纪钜珵所住之处在黑龙江畔，原属瑷珲县，现已改为爱辉市，与俄国阿穆尔州首府布拉戈雅申斯克隔江相望，一直是边界贸易的码头。这里小商贩很多，摆摊卖花生、松子、榛子、纸烟和白酒。这些摊贩的主人体格都很健壮，显示出东北汉子的剽悍。但有一个奇怪的现象，这些摊贩多半是没有双脚的，从膝盖以下绑一块皮子走路。原因是这些人都曾到漠河金矿去淘金，冬天来临，河水结冰封冻，不能继续工作，为避免关卡检查扣下金子，就从二三尺深积雪的荒山上向城市走。走着走着就迷了路，陷在深雪之中，幸运的被人发现并救出，但双脚都冻坏了，只能截肢，最终成为废人。还有的一直陷在雪里冻死了，直到第二年春天化冻，才会被人发现。因此淘金是边民唯一能致富但风险极大的行业。

纪清漪的父亲禁不住黄金梦的诱惑，曾到漠河一个姓廖的开的小金矿去淘过一阵金，但淘出的沙金大部分被矿主克扣，所以就萌生了自己办矿的想法。他攒了一点资金后，就与友人曲月川一起到漠河，两个人的力量不够，就又找了两个合伙人，一共四个人合伙组织了一家小型采金公司，纪钜珵被推选为总经理。前面已经说过，那时到黑土淘金是很艰苦而且风险极大的行业，有诗为证：

> 北地淘金去，故乡轻别离。
> 极目但衰草，终年常雪霏。
> 憧憬怀黄白，辛劳累铢锱。
> 衣敝偏风怒，瓶空缺米炊。
> 浊酒污泥水，肥羔破靴皮。
> 梦惊沙疑饭，眼差反幻鸡。
> 时来嫌狐貉，运转厌甘脂。
> 船头捡烟蒂，本性遽难移。

这首诗比较形象地说出了淘金的艰难困苦，环境恶劣，缺衣少食，只能靠未来的美梦来支撑。看过电影《归心似箭》的人，对于影片中金农的生活恐怕都留下深刻难忘的印象。

纪钜瑆因为有过淘金的实践经验，又善于听取合作伙伴的合理建议，善待工人，亲自深入到采金第一线，与工人们同甘共苦，因此淘金事业有所发展，掘金量不断上升。特别是一次竟开掘出一块狗头金，重达四斤多。狗头金是一种产自脉矿和沙矿的自然金块。这种自然金因形状酷似狗的头形，故名狗头金。这种自然金矿石特别罕见，只有极其偶然的机会才能获得。

正当纪钜瑆的淘金公司摆宴庆贺时，不想这个消息很快流传出去，竟引起一场灾祸。话说当时黑龙江省督军吴俊升（1863—1928）听到这一消息后，便萌生把这块狗头金弄到手的歹意。吴俊升先是派人来交涉，表示要加入官股，来人说吴大帅（俊升）想见识一下，要把这块狗头金带走。吴俊升是张作霖的心腹，长期盘踞在黑龙江，是炙手可热说一不二的地方军阀。

纪钜珵他们费了一番心思，反复研究后认为不能答应，因为一旦答应，公司和狗头金便全让吴俊升吞掉了。当然他们也估计到拒绝会产生意想不到的后果，就想赶紧先把狗头金出手，再想应对之策。但还是迟了一步，狗头金还没出手，吴俊升便滥用手中权力，派人到公司查账，硬说有一笔账的账目不清，旋即将纪钜珵抓起来关入监狱。后来纪钜珵托人设法找回已返山东家乡的原任会计，重新核对账目，结果并无任何差错。在事实面前，地方当局不得不将纪钜珵释放，但将狗头金没收，还勒索了一笔巨额保释金，使公司无法继续维持下去，遂宣告倒闭。

父亲的遭遇，使幼小的纪清漪深深体验到当时军阀的专横贪婪和社会的黑暗腐败，特别是司法的暗无天日，这和她日后选择律师职业，为受冤者主持正义和公道有一定关系。

纪钜珵出狱后，采金公司宣告倒闭，一时陷入失业的窘境。幸好黑河电报局招人，便到黑河电报局当了一名译报员。后来在齐齐哈尔电报局任局长的纪清漪三伯父纪钜玢将纪清漪一家接去，纪钜珵仍在电报局任译电员。纪钜珵共五个子女，纪清漪上面有两个姐姐清淑、清涟（乳名车生），下面有一个妹妹清濂，一个弟弟清寅。由于家庭人口不断增多，仅靠纪钜珵一个人的微薄薪金收入，因此，家庭生活十分困难。

纪钜珵在电报局工作长达二十多年，后来又当过几年会计。解放后他迁到北京苏州胡同居住，后来到石板房与纪清漪同住，1962年10月21日因病去世，与妻子合葬在八宝山公墓。

第〇章

求 学

纪清漪生性刚烈,自己认定的事情绝不轻易放弃。她继续求学的愿望遭到父亲拒绝后,当天中午连饭也没吃,问她何故,她说身体不舒服。她反复思考,如果妥协了,自己的一生也许永远没有机会上大学了。要想实现自己的愿望,就得采取果断行动,进行斗争。

学前启蒙教育和黑河第一小学

纪清漪早在上学前,就已打下了一定的学习基础。她五岁开始认字,由祖父教授古诗以及《三字经》《百家姓》《千字文》《女儿经》等传统启蒙读物,也学过《论语》《孟子》等古代经书。祖父还从直隶会馆请到一位饱学的私塾老师,教授孙辈《幼学琼林》《龙文鞭影》《古文观止》以及《史记》中的人物列传。老师要求很严,每天都要求背诵课文。纪清漪记忆力极好,对所学古文都能一字不差地背诵下来;而且她悟性极高,对所学内容有自己的见解,比如她为楚霸王项羽的失败感到惋惜,对刘邦善于用人十分佩服。她十分厌恶《烈女传》中对所谓节妇烈女的宣扬,认为那是对妇女的一种摧残。纪清漪的父亲是个很开明的人,认为从时代潮流上着眼,光学中国传统文化还远远不够,还要接触外国文化,所以要学习英文。这样他又请邻居电报局同事许子明给子女讲授英文课,每天晚上九点钟到十点钟上一小时课,一共持续了半年多时间,时间虽然不长,但起到了英语入门的作用。

纪清漪上小学时已经八岁,是随她的两个姐姐一起考上黑河第一小学,那时她大姐十六岁,二姐十二岁。当时地处边陲的黑河,教育很不发达,直到纪清漪上小学的前一年,才有一所新式学堂——黑河第一小学,而且不是官办的。这所小学的创办人叫邵子泉。他原是黑龙江码头的一名装卸工人。他力气大,扛二百多斤的货物能奔走如飞,因为扛得多,所以工钱也比别的工人多一些,他省吃俭用积攒了一笔钱。由于他深受不识字之苦,便下决心要办一所学校。功夫不负有心人,他终于用积攒下来的钱买了一块地皮,盖了房,创办了这所小学,自任董事长。这所小学院子很大,但只有一排北房,共六间。三间打通做教室,另外一间是办公室,剩下两间是宿舍。那时只有一个校长,兼任教员,是邵子泉特地从河北聘请来的,是位女青年,名叫李晓。虽说校长兼教员只有李晓一个人,但她的母亲、叔叔和一个哥哥全随她一起来学校,就住在两间宿舍里。

当时学校只有一个班,全是女生,学生年龄大的有二十岁上下,小的只有七八岁,全班一共二十多个学生。学习安排是每天上午上课,下午有时上课,但多半是做手工,实际上是给老师一家干活。像纪清漪大姐那样年纪大些的学生,几乎天天下午都坐在师奶(李晓母亲)的炕上,用钩针把棉线编织成床罩、桌布,或是纳鞋底给李晓一家做布鞋,也用手工针线给他们做衣服。像纪清漪二姐那样中等个儿的就干清扫院子、喂狗、喂鸡,以及洗衣服等杂活儿。纪清漪等几个小的,则负责上街去买菜及打酱油、醋等采购任务。总之,学生必须听老师安排,让你干什么你就得干什么，而且还得干好，否则就会挨打挨骂。

李晓老师长得漂亮，身材修长，讲究穿戴。她好像是学师范的，同邵子泉似乎沾亲带故，所以特地请她来主持学校。她主要教国文和算术两门课，学生无论年龄大小，是否学过文化，都从小学一年级课本教起。她对教学不很认真，却常常到孙县长家和孙县长太太等有钱人一起打麻将。

李老师办事也不太公道，由于年龄大的学生给她家干的活多，所以考试的时候，就给她们多打分，而像纪清漪这些年龄小的，由于干活少，所以考试时，分数总是很低。纪清漪感到很不公平，有一次考试后老师正在判卷子，中午纪清漪和一个要好的同学许凤云从窗外看到李老师脸上蒙着一块纱巾，正躺在办公室的椅子上睡午觉，于是她俩就悄悄溜进去，偷偷翻看试卷，不料李老师已醒，看见了纪清漪、许凤云的行动，但她并没有动，仍佯装在睡觉。纪清漪、许凤云两人怕被老师发觉，也没看清楚分数，就悄悄溜出去了。

她们原以为这事神不知鬼不晓谁也不知道，不想下午刚下课，老师就问纪清漪、许凤云："你们两人中午干什么去了？"两人低着头说："什么也没干。"老师听后勃然大怒，厉声说："你俩以为溜进办公室偷看试卷谁也不知道，真是好大的胆子，干了坏事还说假话，不惩罚你们一下，就太便宜你们了。"纪清漪理直气壮地质问老师说："凭什么老给我们低分，我想看看我到底错在什么地方，你为什么不把试卷发下来让我们看！"李老师气得连话都说不连贯了，磕磕巴巴地说："你……你还敢顶嘴，我让你嘴硬，让你嘴硬。"说着就用一块专门打人的木板把纪清漪和许凤云狠狠地打了一顿。纪清漪虽然挨了打，但她的反抗精神却受到了同学的钦佩。

学校院子里，种了两排棠梨树，棠梨树又叫杜梨，每当结果时，李老师便嘱咐学生，不许偷偷摘着吃，否则就要挨罚。后来学校又盖了一排房子，还盖了一个阁楼，算是图书馆和阅览室。学校由走读制改为寄宿制。纪清漪最爱到阁楼上去看书，虽然学校的图书、报刊极少，大多是已经过期很久的旧报刊，是从县政府、县教育局募集来的，但里边竟然也有《新潮》《新青年》这样的五四时期进步刊物。纪清漪还看不太懂宣传新思想的文章，但她还是被深深吸引了，如饥如渴地反复阅读。白天下课后到阁楼上看书，晚上就到院子里唯一一盏路灯下看书。很快她就成为全校好学不倦的模范学生。

那时学校的生活很艰苦，通常早晚饭只有玉米渣粥或高粱米粥，腌萝卜，只有午饭是黑面馒头，炒土豆片，偶尔有条咸鱼。由于天气寒冷，新鲜蔬菜很少也很贵，很少能吃到。学校就让学生在课余时间到外面去挖野菜。一次纪清漪同几个同学到郊外去挖野菜，由于挖的时间太长，天气已晚，她们找不到回家的路。幸亏学校通知家长分头去找，很快找到了她们，才没出问题。在家长的建议下，以后再挖野菜，一定要有老师或家长带领，以免再发生类似问题。

在黑河一小，纪氏三姐妹等于是半工半读上了五年学。除了上面介绍的情况外，还有件事令纪清漪终生难忘。许凤云是纪清漪在黑河小学最要好的同学，她有一个弟弟，才六七岁，活泼可爱。许凤云的父亲原是淘金人，后来冻掉了双腿，就在江岸摆了一个小摊，以卖酒为生。有一天，许凤云的弟弟在父亲的摊位附近嬉玩，捡到一个黑皮钱夹，里面空空如也，什么东西也没有。他就在江边沙地上，往皮夹子里面装沙土玩。不想有几个白俄壮汉路过，看到皮夹子，便上前揪住许凤云的弟弟，非说皮夹子是他们丢的，里面有好多钱，并污蔑许凤云弟弟偷了他们的皮夹。许凤云弟弟有口难辩。几个白俄便追打孩子。孩子拼命奔跑，白俄紧追不舍，孩子无路可逃不慎掉入江中。有好心人去告诉许凤云父亲。许父亲赶来，几个白俄非但不许去救孩子，反而围打许父，把许父打得遍体鳞伤，躺在地上一动不动，几个白俄才扬长而去，还说要找许父赔钱。等几个白俄走后，许父求人帮助，把许弟救上岸来，人已没气。一个无辜的幼小生命就这样惨死在白俄手下。纪清漪和许凤云赶来时，亲眼看见几个白俄痛打许父以及许弟陈尸江岸的惨景。她痛恨白俄的暴行，同情许家的不幸遭遇，弱国子民受帝国主义欺凌，此情此景，终生铭记，是她心中永远的痛。

齐齐哈尔市女子师范学校

纪氏三姐妹在黑河一中毕业后，正赶上父亲将全家迁往齐齐哈尔市。齐齐哈尔，地处黑龙江省西部，古称卜奎，达斡尔语"勇士"之意。俗称龙沙，泛指关外之地，故又有"牧场""边地、边城"之意。清朝康熙三十年（1691）建城，康熙三十八年（1699），黑龙江将军衙门从墨尔根迁移至此，成为黑龙江省城的前身。光绪三十一年（1905）设黑水厅，三十四年

（1908）改设龙江府。1913年改龙江县，为黑龙江省治。这里算是大城市，各方面条件都比黑河强得多。当时纪清漪的三伯父纪钜玢任齐齐哈尔电报局局长，纪父钜珵任译报员。纪氏三姐妹同时考入齐齐哈尔女子师范学校，这是一所中等师范专科学校，学制四年，专收女生，主要是培养小学师资。师范学校照例都是公费，不用交学费，还管吃管住，三姐妹考入后，减轻了不少家庭经济负担。

当时校长叫刘荣禄，对学校管理很严格，平时所有学生都不许单独外出，一个月只放一次假，要求学生家长来接，才准离校。一般都是每月最后一周的星期五下午五点放假，星期日晚七点前返校。如果无故没有按时返校，则要贴出布告，通报批评。学校设有医务室，但没有专职医生，药品也只有红药水、碘酒等普通外用药，学生偶有磕碰外伤，可以找管总务的老师到医务室擦点外伤药。如果突然生病，则要由舍监（训育主任）带领生病学生出去买药或找医生看病。这种管理方法很不利患病学生得到及时有效治疗。一次一个和纪清漪同班的同学正在上课期间，突然口吐鲜血不止，等到学校找人把这个学生用门板抬到医院，已经停止了呼吸。此后，学校每学期给学生做一次体检，如果发现有慢性病，可以休学在家疗养，等病好了再回校复学。平时如感到身体不适，随时可以向级任老师（班主任）请假出去看病或买药，不必非由舍监带领。

那时学校的伙食很差，不仅质量差，大都是粗粮，而且量少，每人每天定量一斤主食，早点四两，午饭八两，晚饭四两，那时是十六两一斤，经常不足量。学生正是长身体的时期，感到吃不饱。于是就借出去看病为名，到外面去买几筒挂面或两斤大饼，拿回来同宿舍的人大家分着吃，挂面没地方煮，就放在水壶里面，多焖一会儿，也就煮熟了。没有佐料，只放一点盐，虽然不好吃，但总比饿肚子强。

学校每周安排两次手工劳动课。上课时，在学校大礼堂地上铺上炕席，学生坐在席上操作，劳动内容主要是做布鞋和缝制衣服两项。做布鞋要学会搓麻绳，打袼褙（用旧布片和糨糊粘贴成厚片），纳鞋底，最后把鞋邦和鞋底连接在一起（称为绱鞋）。一双布鞋要经过十多道工序才能完成。缝制衣服则分上衣、裤子、裙子等类，首先要学会量体裁衣，然后用针线缝制，直到打纽襻，钉纽扣，锁扣眼，完成从一块布料到成衣的全部过程。做得好的会受表扬，做得不好的则要挨批评，还要重做，算是惩罚。

劳动课做出的成品，一部分作为奖品，奖励品学兼优的优秀学生，也有按成本价卖给家境贫寒的学生。这种手工劳动课的设立，固然有培养学生劳动观念和劳动技能的作用，但也隐含着封建礼教对女子的道德规范。旧时有所谓三从四德之说，四德之一为妇功，也即女红，即要求妇女都要学会针线活。纪清漪对这种含有封建因素的劳动课不感兴趣，每学期期末都勉强得到及格的成绩。但纪清漪的作文却是全班乃至全校最出色的。特别是议论性质的作文，比如《论妇女在社会的地位》《试议师范的重要性》等。她的作文常被作为范文张贴在学习园地的橱窗中，供大家阅览。

当时的师范教育强调以身作则、为人师表，对学生的要求很严，各种规章制度更是把学生限制得很死，学生很少有自由活动的空间。由于是公费，能进师范学校很不容易，所以大家尽管感到不满意，特别是对校方家长式的管理很反感，但往往是敢怒不敢言，逆来顺受，一切都忍了。

直到后来学校请到一位姓彭的女老师来教体育，情况才有了一些改变。彭老师是本地人，毕业于北京师范大学体育系，她本可以留在北京中学教书，但想到家乡教育事业的落后，尤其缺乏体育老师，便毅然决然放弃大城市的优越生活条件，回到家乡，献身桑梓的教育事业。在彭老师来校之前，齐齐哈尔女师没有正规的体育老师，每天做操都是由舍监喊口令，体育课等于自由活动，学生自行组织跳绳、踢毽子、拔河等活动，考核一律是及格。学生觉得也挺好，上体育课就是做游戏，轻松愉快，等于休息。

自从彭老师来了之后，体育课就没有以前那么简单了。彭老师强调健全的精神寓于健全的体魄，基于这种理念把体育课同品质修养联系起来。在她主持下，购买了一批体育器材，学校操场上安装了单杠、双杠、篮球筐、跳箱，还修了跑道。她还教学生打网球，练女子体操。每次上课先讲授课内容，动作要领，教师示范，学生互帮互学，还注意体育保护，比如跳高跳远，一定要把沙坑挖松，防止跌伤。同时主张量力而行，有慢性病的学生可以免修。

每次上体育课都是意志品质的考验，比如跑一千米长跑，彭老师强调不耻最后，但一定要坚持跑完，不准半途而废。彭老师还组织啦啦队，鼓励体力差的同学坚持到底，即使实在跑不动了，也要走到终点。彭老师浑身充满青春朝气，她不仅体育技能好，是女子中长跑运动员，参加过省运动会，取得过名次；更重要的是她的民主作风，强调师生平等，以理服人。渐渐学生们由畏惧体育课到逐渐喜欢上了体育课，对彭老师则更感到亲切可敬。彭老师就像她们的大姐姐一样，她们有些心里话也向她诉说。彭老师教了两年，齐齐哈尔女师的体育成绩节节攀升，市运动会上名列前茅，学生的体质也有较大幅度提高。学校一些过严过死的规章制度在彭老师的建议下也有了一些改变。比如改每月出去一次为每周出去一次。

然而天有不测风云，就在纪清漪毕业前一年的暑假，彭老师在江中为救两名溺水儿童，不幸溺水身亡。那天彭老师到江边散步，突闻救命呼声，循声望去，只见江中两名十余岁的男孩正在风浪中挣扎，眼看就要被江水吞没。彭老师见此情景，飞奔到出事地点，连衣服都没来得及脱，纵身跳入江中。彭老师的水性甚佳，三下两下就游到两个孩子旁边，很快就将其中一个推向岸边，岸上有人将孩子拉上去。彭老师又来到第二个孩子身旁，只见已经淹没水底，彭老师赶紧扎到水底，本想把孩子托起游向岸边，没想到双腿被水草缠住，无法游动，最后因体力不支沉入水中，第二个孩子没救成，自己也献出了年轻的生命。

彭老师不幸溺水身亡的消息传开，全校师生陷入巨大的悲痛之中。纪清漪更是悲痛欲绝，她感到国家失去了一位好青年，自己失去了一位好老师。她暗暗下定决心，一定要继承彭老师的遗志，学好本领，为国为民做出一番事业。后来学校为彭老师举行了隆重的追悼会，各界人士送来了不少挽幛和挽联，上面写着"急公好义""舍身救人""英灵永在""女界之花"等赞美词语。彭老师的义举永远引领着纪清漪为女性争光。

四年的学业转眼就过去了，纪清漪以优异的成绩取得了毕业证书。在学校她不仅学到了知识，同时还学会了劳动，更重要的是学会了怎样做人。纪清漪的国文成绩最为突出，口头表达能力和写作能力在班上始终名列前茅，屡次受到表扬和奖励，同时她还养成了勤俭朴实，热爱劳动的优良品质。彭老师的形象使她知道在危急关头应该首先想到别人，挺身而出，助人为乐。文化素质和思想素质为她今后一生的发展打下了坚实基础。沙俄帝国主义对中国的侵略和残暴，日本帝国主义对中国的觊觎和虎视眈眈，使她从心底仇恨帝国主义的强盗行径。通过自己家庭的变故，切身感到封建军阀的贪婪与横行霸道，在她心灵深处萌生出强烈的反帝反封建的爱国思想，她立志为国为民做出一番事业。

中学时期是一个人一生中非常重要的时期，一个人的人生观、世界观、价值观、审美能力、思维能力以及今后发展所需要的各科基础知识，在这个时候初具规模。所以中学时期具备的能力，养成的习惯，形成的思想，对一个人的一生都影响深远，至关重要。从纪清漪的经历来看，在中学时代一定要早立志，早发愤，力戒浮躁，脚踏实地，刻苦勤学，认真做事，还要高瞻远瞩，以天下为己任。如果能够锲而不舍，长期坚持，就一定能够铸造出辉煌的人生。

考入北京师范大学和北京大学

1923年,纪清漪从齐齐哈尔女子师范毕业后,她和大姐、二姐一同被分配到克山县小学,她的大姐由于年龄较大,被任命为校长,她和二姐任教员。大姐和二姐都欣然接受了任命,并到克山县赴任。纪清漪却没有去,受五四新思潮的影响,她决定要到新文化发祥地北京去看看,她觉得自己的知识远远不够,她要上大学继续求学深造。她把自己的想法同父母谈了,母亲倒是很支持她,觉得子女中出一个大学生也是一件好事,为清漪有这样远大志向感到欣慰。但父亲认为家中的经济条件无力承担她的学习费用,那时上大学是有钱人家子弟的专利,穷人的孩子想上大学简直是异想天开,所以拒绝了她的请求,让她安心到克山小学去教书。纪清漪生性刚烈,自己认定的事情绝不轻易放弃。她继续求学的愿望遭到父亲拒绝后,当天中午连饭也没吃,问她何故,她说身体不舒服。她反复思考,如果妥协了,自己的一生也许永远没有机会上大学了。要想实现自己的愿望,就得采取果断行动,进行斗争。

她突发奇想,想像许多先烈一样,不成功便成仁,决定自戕给家里施加压力。这天下午她趁家中没人,便独自到厨房找出一瓶烈性白酒伏特加,打开瓶盖,对着瓶口一口气喝下足足有多半瓶,平素滴酒不沾的纪清漪立即被烈酒呛得剧烈咳嗽,随即引起吐血,接着便昏厥过去,倒地不省人事。幸而这时家里有人回来,立刻把她搀起来扶到床上,同时给她灌入大量白开水以稀释酒精在体内的浓度。还派人把她父亲叫回来,父亲

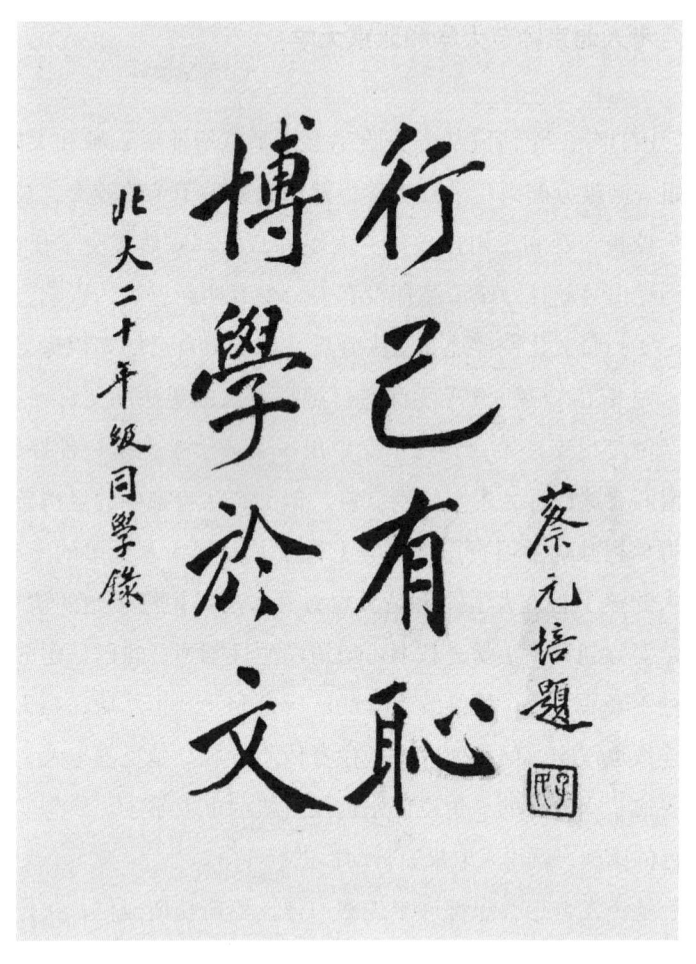

北京大学二十年级同学录上蔡元培校长题词:行己有耻,博学于文

看到女儿求学心切，如果再拒绝，可能会发生更严重的事情，便答应了她去北京上学的要求。为了筹措路费和学费，父亲向清漪的三伯父借了50块银洋和30元公债券。清漪十分高兴，心想如果不抗争就不会取得胜利，只要敢于抗争，就有胜利的可能。这次抗争的胜利对她一生的命运都有重大的影响。

纪清漪怀着极大的喜悦，收拾了一下简单的行李，买了到北京的火车票，很快踏上了行程。临行前，父亲和母亲千叮咛万嘱咐，让她一路小心，到北京后一定要争取考上大学。就这样，1923年秋，纪清漪只身一人来到北京。

由于在东北学到的文化水平较低，数学只会加减乘除，英文也只会简单的语法和会话，这样的文化基础想考上大学是很难的。所以她到北京后先到西单报子胡同上了一所补习学校。这所补习学校的校长是颇有名气的英语老师潘家珣。学校兼管食宿，清漪在此可以专心补习功课。补习的重点是英语和数学两科。经过一年的努力，她终于把几门主要功课都补习到高中毕业的程度。

1924年夏，到了报考大学的时候，纪清漪原想学医，但医科学制较长，而且学费也高，那时医科大学是学校自行招生，正好有一个同乡女生叫陈北凤，想考医大没信心，知道纪清漪学习好，就请她代考，没想到一下子考上了。纪清漪想到女子师范的彭老师，就报考了北师大预科，也是榜上有名。这样她就在北师大预科上了一年。当时对青年最有吸引力的高等学校是北京大学，大家一致认为这里是五四爱国运动的发源地，有蔡元培任校长，还有为数众多的知名教授，所以全以能考上北大为荣,纪清漪也是如此。当时还发生了一件事,对她转而投考北大起了很大的促进作用。

1925年3月12日,孙中山先生因肝癌在北京协和医院病逝。孙中山是纪清漪素所敬重的革命领袖,对孙中山所提倡的民族、民权、民生三大主义认为切合中国革命实际,尤其是在1924年,孙中山在中国共产党的帮助下,对三民主义做了重新解释。孙中山把民族主义解释为对外反对帝国主义,对内各民族平等;把民权主义解释为权力为一般平民所共有,不为少数人所私有;把民生主义解释为平均地权,节制资本更是解决中国问题的良方。正当全国人民在孙中山领导下,为实现三民主义共同奋斗之际,孙中山的逝世使纪清漪感到无比悲恸。4月间她佩戴白花,参加了在中央公园(即后来的中山公园)举行的万人追悼会。会场上播送着低沉哀婉的哀乐,灵堂上一片素白,摆满各界人士敬送的花圈,吊唁者络绎不绝,依次向孙中山遗像行三鞠躬礼。灵堂两侧悬挂着巨幅挽幛,上面写着"革命尚未成功,同志仍须努力"的标语。当时和纪清漪同去的是她的一位师大同学雷宏懿,也是一位有志青年。雷宏懿有一位中学时姓刘的老师,是国民党的一位基层负责人。刘老师看到雷宏懿和纪清漪都决心继承孙中山遗志,为中国的繁荣富强贡献力量,就决心发展她俩加入国民党,分别找她俩谈了话,她俩表示同意,这样在为孙中山送殡那天,两人一同到东城帅府园6号国民党一个支部进行登记,并领了党证,正式加入了国民党。

纪清漪加入国民党后,思想觉悟不断提高。1925年5月30日在上海发生了震惊中外的"五卅惨案",消息传来,北京各界纷纷罢工、罢课和罢市,并举行了大规模的游行示威,在国民党支部的组织下,纪清漪和其他爱国群众一起参加了声援五卅惨案的示威游行。他们高举着"为死难同胞申冤""以血还血,以牙还牙"的巨幅标语,高呼"打倒帝国主义"的口号。这一大规模的反帝爱国运动,揭开了大革命高潮的序幕。

孙中山的逝世,"五卅惨案"的发生,深深刺痛了纪清漪的心,她不断思考中国为什么屡受帝国主义侵略和欺凌,中国下层人民尤其是妇女为什么深受压迫和剥削,却无法改变悲惨的处境?她认为就是因为在政治上处于无权地位,她还想到纪氏先祖要求子孙后代坚持读书,争取入仕的遗训,所以决定投考北大政治系。有志者事竟成,1925年她终于心想事成,实现了自己的愿望,考上了北大预科,两年后在预科结业。1927年进入北大政治系,一共不过十几个学生,女生更少,只有她和另一个叫周佩衡的同学。由于人数少,再加上许多基础课相同,所以政治系和法律系常常一起上课。纪清漪对法律系的有些专业课很感兴趣,就作为选修课去学习。

读书不忘救国

纪清漪考入北大后,深知这一学习机会来之不易,便全身心地投入到学习之中。每天除了吃饭和睡觉,几乎把所有时间都用在学习上,简直达到争分夺秒、废寝忘食的地步。每次上课她总是提前来到教室,找最前排的座位坐下,上课全神贯注地认真听讲,认真记笔记,课下认真复习,经常记下问题,向老师提问，非把书上的理论弄懂不可。她还到图书馆找参考书阅读。她常常站在琳琅满目的书架前，觉得在自己面前展开了一个广阔的世界，一个浩瀚的海洋，一个苍茫的环宇。她倾服于"书籍是全人类的营养品"（莎士比亚），"理想的书籍是智慧的钥匙"（托尔斯泰），"读书在于造成完全的人格"（培根），这些有关读书的格言警句，把它化成激励自己发愤读书的力量。就这样，纪清漪成为班上最用功的学生，也是学习成绩最好的学生。

但她决不是一门心思死读书，读死书，也不是"两耳不闻窗外事，一心只读圣贤书"，她用书中的知识指导自己热爱生活，勇于实践，善于透过现象看本质。

她还密切关心时事，特别是东北政局的变化。1927年刘哲任教育部部长。刘哲是个很守旧的人，他竟然反对男女同校，特别是下令限制女生的活动，规定北大女生平时不许出校门、设会客室，如果男性来找北大女生，必须在会客室见面，还要训育处人员在旁监视谈话内容，不许学生参与任何政治活动。这些复旧措施，受到纪清漪等进步学生的强烈反对。

当时最受学生欢迎的课是周炳麟教授讲的经济学。周教授在课上介绍马克思主义政治经济学说，他从古典政治经济学说讲起，分析资本主义生产方式发生、发展的规律，介绍了马克思关于劳动创造价值学说和剩余价值学说，揭示资本主义社会生产的社会化和生产资料的私人占有之间的矛盾，导致阶级斗争的激化和社会革命的爆发。纪清漪听了这些闻所未闻的政治经济理论，感到眼界大开，同时也增强了自己改造社会的使命感。

对于这样一位深受学生欢迎的周教授,刘哲竟然限制学生选他的课,周教授毫不屈服。有一次他的课只有一个叫艾和珣的学生去听,周教授照样认真地讲课,一时间成为轰动北大的一则新闻。纪清漪更加佩服像周炳麟这样不畏权势,敢于坚持自己学术观点的教授,决心向这样的老师学习,要为真理而斗争。纪清漪在北大读书期间一方面刻苦攻读学业,一方面冲破种种守旧势力的阻挠,参加各种社会政治活动,尤其关注东北的局势。

探望张挹兰烈士的母亲

纪清漪考入北大后,北大学生思想非常活跃,受国内外各种社会思潮的影响,有不同的政治信仰,有国民党员,有共产党员,还有青年党员。由于彼此政治观点的分歧,在宿舍、饭厅常常发生尖锐激烈的争论。特别是到了北伐军取得节节胜利之时,对中国的前途和命运,更是争论得异常激烈。双方都不隐瞒自己的政治观点,经常争得面红耳赤,甚至要动手打架的程度。

大约是在1927年4月初的一天,中午在饭厅里吃午饭,国民党左派学生和右派学生一边吃,一边争论起来,争论逐步升级,谁也说服不了谁,最后终于动起手来。饭碗、盘子都成了临时武器,互相投掷,后来连板凳、扫帚也飞舞起来。结果一位叫刘尊一的国民党左派学生,被板凳击中头部,立即血流如注,倒地不起。现场同学看到她伤势严重,赶紧将她抬起,叫了人力车，将她送到法国医院，纪清漪因也是国民党左派学生，就陪同一起前去。

到了医院有的同学去挂号，纪清漪守在急诊室外刘尊一身旁，她看到刘的伤口仍在流血，脸色苍白，呼吸急促，一着急，便昏厥过去，结果医生为刘尊一和纪清漪同时进行了急救。纪清漪是血糖低，一过性脑贫血，医生让她平躺病床上，给她饮用了一碗白糖水，很快就苏醒过来。刘尊一因伤口较大，留下住了几天医院，待伤口略好，才头裹纱布出了院。

那时北大学生中的国民党右派经常在南池子8号集会，而国民党左派学生则在翠花胡同8号活动。纪清漪在这里结识了谭慕愚（即谭惕吾）、曹孟君、刘清扬、赵荣璇（即京剧表演艺术家赵荣琛之姐）。还有一位十分活跃的重要成员，即后来与李大钊烈士一同遇害的张挹兰。

张挹兰（1892—1927），女，湖南醴陵人。1919年秋，抱着教育救国的热望只身前来北京求学。1920年秋，考入北京女子师范大学预科，并与湖南同乡、中国共产党第一位女党员缪伯英结为好友。1921年夏，应聘到南洋苏门答腊首府棉兰当华侨教师。1922年夏，返回北京，先后考入北京大学预科和北京大学教育系。在此期间，她常听李大钊讲课，并在李大钊先生的教育和引导下，逐步改变了教育救国的思想，积极投身于反帝、反封建、反军阀的革命斗争。

张挹兰思想不断进步，坚决拥护孙中山先生的联俄、联共、扶助农工的三大政策。1925年4月在北京大学参加国民党左派组织中山主义实践社。不久，当选为实践社理事，并加入中国国民党。五卅运动后，更加积极投身反帝反封建的群众斗争，成为北大女生中的杰出人才。1926年4月，当选为国民党北京特别市党部第三届执行委员会委员，并兼任北京特别市党部妇女部秘书。

1926年9月起，张挹兰负责主编国民党北京市党部刊物《妇女之友》，亲自为该刊撰写了《新妇女的使命》《妇女运动述明》等文章，在动员和引导妇女团结起来，反帝、反封建、反新军阀，为女子争得做人的权利等方面，均起了积极作用。12月，她发起组织"妇女之友社"，当选为主任。1927年1月，任国民党北京特别市党部妇女部长。在李大钊领导下，肩负起领导整个北京妇女运动的重任。1927年3月发起组织了北京"三八"妇女节纪念大会。张挹兰家境清贫，衣着朴素，对革命宣传工作全身心地投入。她组织能力很强，口才也很出众。在讨论问题时，她先是倾听大家的发言，然后集中大家的意见，三言两语，便概括表达出议论的要点，使大家都能赞同。她在学生中享有很高的威信。纪清漪和她比较熟悉，也非常敬佩她。

1927年4月6日，奉系军阀张作霖及京师警察厅出动数百名军警，突然袭击苏联驻华使馆、远东银行、中东铁路办事处、庚子赔款委员会等处，李大钊被逮捕。先后被捕的还有共产党人范鸿劫、谢伯俞、谭祖尧、杨景山和国民党左派邓文辉、张挹兰等。4月28日，李大钊、张挹兰等21位革命志士被解往北京西交民巷京师看守所遭到秘密杀害。第二天，消息传来，纪清漪陷入巨大悲痛之中，她万万没有想到反动势力如此残忍凶恶，对爱国进步人士竟下此毒手；她感到自己失去了敬爱的师友,中国失掉了一批优秀儿女。

她打听到张挹兰的母亲就住在北大女生宿舍附近,就和同宿舍的学友、经济系的杨宜春(解放后在天津大学图书馆工作)商量,决定去看望并慰问张挹兰的母亲。为安全起见,她们等到吃完晚饭,两人才离开地处沙滩的腊库胡同11号北大女生宿舍。这时天已擦黑,街上很静,几乎已没有行人。她俩快步走到斜对面一条胡同,找到张妈妈家,便轻轻敲门,不一会儿,走出来一位年龄约五十岁的老妈妈。一看模样,就知道是张挹兰的母亲,因为母女俩身材、长相很像。只见张妈妈身穿蓝色中式衣裤,梳一个旧式妇女传统的发髻,头发较凌乱,面部神色略显疲惫和忧伤,但眉宇间仍透露出坚毅的神情。

纪清漪和杨宜春说明自己是张挹兰的同学,特意前来看望张妈妈的。张妈妈赶紧让她们进院里。进去一看,院子不小,而且立有几根拴马桩似的木桩,可能这里原是有钱人家的马房。张母所住仅一间北房,房间很小,不过10平方米左右。屋内家具等陈设极为简单,仅一个木板床,一张饭桌,两个小木凳,还有一个煤球炉子。一盏小油灯摆在饭桌上,散放出昏黄的灯光。

纪清漪不知如何开口安慰张母,她刚说出:"张妈妈,您不要太难过,挹兰姐的冤一定会昭雪的!"张母便摆摆手,低声说:"你们不必再说了,难为你们能来看我,你们的心意我领了!"听了张母的话,纪清漪再也抑制不住内心的悲痛,便扑过去,一把搂住张妈妈的脖颈,失声恸哭起来。张妈妈和杨宜春也泪如泉涌。三个人哭作一团,整个小屋充溢着悲凉的哭泣声。还是张妈妈首先开言道:"孩子们不要哭了,以免引起别人的注意。我倒没什么，你们还在上学，别给你们惹麻烦。"纪、杨停止了哭泣，抽咽着劝慰张妈妈一定要节哀顺变，挹兰是为革命而死，虽死犹荣，她的血决不会白流，北大师生和全国民众是永远不会忘记英勇牺牲的烈士。

张妈妈听了很受感动，一再表示感谢。她看时间已经较晚了，便很果断地说："你们快走吧！我这里不是久留之地；而且以后你们或其他挹兰的同学千万不要再到我这里来，在当前这种不讲理的世道下，必须处处小心，以防万一！我也不会继续留在京城，我到这里是为了照顾挹兰，现在她不在了，我留在这里还有什么意思。我准备回老家去租点地种。"在送纪、杨二人离开前，她先到门外看了看，看到外面没有形迹可疑的人，才进来对她们说："快走！快走！路上多留点神！"纪、杨二人请张妈妈多多保重身体，并留下姓名、联系地址，说："无论您留下或回乡，有什么困难可以找我们，我们一定会尽力帮助您的。"说完才怀着恋恋不舍的心情离开了张妈妈家。

李大钊、张挹兰等革命先烈的光辉形象始终铭刻在纪清漪的脑海里。

晋见北伐军将领白崇禧

1928年，张作霖和北伐军作战失败后，张采纳了日本军国主义者的建议，放弃华北，宣告东北独立，把东北军队由关内撤回关外。正当张本人撤退，而他的大部分军队还未撤时，驻扎在东北的日本关东军，唯恐张作霖有变，急欲用武力占领东北。于是制造了6月4日皇姑屯炸车事件,将张作霖、吴俊升炸死。

皇姑屯事件之后,张学良子承父业,掌握了东北军政大权。张学良上台后,表示要调查皇姑屯事件真相,为父亲报仇。新东北学会抓住这一时机,立即在东北三省发动民众,呼吁张学良和平易帜,统一于中央政权管辖之下,实现全国的统一大业。

当时纪清漪在东北新婚后不久,她没有沉溺于个人的小家庭中,而是立即投身东北和平易帜活动。新东北学会委派会员彭震到奉天(今沈阳)面见张学良,委派纪清漪到北平,会同东北籍绅士田见龙一同晋见驻守在北平的北伐军将领白崇禧,吁请北伐军暂缓向东北推进,以免给日本关东军以可乘之机。

纪清漪到北平后,立即找到田见龙一同去见白崇禧。在会见时,纪清漪慷慨陈词,剖析时局,晓以利害,使白崇禧感到眼前这位年轻女大学生说得很有道理,最后决定暂不向东北进兵。纪清漪的一片爱国热忱和打动人心的口才使田见龙深表敬佩。纪清漪完成使命后,本想立即返回齐齐哈尔向新东北学会复命,鉴于日本特务正在全力缉捕纪清漪等爱国学生,田见龙建议她先到天津,再乘船到大连,再转乘火车去奉天,会同彭震后一起做伴返回齐齐哈尔。纪清漪同意后,田见龙派人帮她买了从天津到大连的船票,嘱咐她一路上提高警惕,多加小心。

纪清漪拜别了田见龙,到天津乘船顺利到达大连,其时天色已晚,便找到一家小旅馆投宿,当她填写旅客登记簿时,刚一写出"纪清漪"三个字,旁边站着的一位五十多岁的茶房马上伸手把那张登记纸撕下来,迅速塞进嘴里吞掉。纪清漪被这位茶房突如其来的举动惊呆了。这位茶房把她拉到一个无人的角落,悄声对她说:"前几天全大连的旅店都收到了日本宪兵队的通知,让见到这个人来,要马上报告。"茶房又说:"去奉天的火车还有十几分钟开,我马上送你走。你有钱买二等票吗?如果没带够钱,我可以帮你买一张。"说完后,他就匆匆出去雇了一辆人力车,替纪清漪付了人力车钱,一手拉住纪清漪,一手帮着提行李,连说赶快走,赶快走。

在售票口窗口,茶房没容纪清漪掏钱,就已买好了一张车票,进站后,去奉天的这趟货车已经缓缓启动,这位茶房对乘警说了几句话,把纪清漪推上车厢,再把行李递上去。他才如释重负地一边擦着满头大汗,一边微笑着向纪清漪频频挥手。纪清漪性格倔强,很少流泪,这时竟抑制不住,两行热泪,滚落下来,差一点就哭出声来。纪清漪从车厢窗口望着这位可敬的茶房,随着列车的奔驰,茶房的身影渐渐消失了,乘务员过来对纪清漪说:"是你父亲送你到奉天上学吧!别哭了!老爷子真不容易,给你买的是二等票。"纪清漪点点头随着乘务员进入了二等车厢。

纪清漪与这位老茶房素不相识,但从他的热心相助中仿佛看到了那颗火热的爱国红心在跳动。车站送别的情景像刀刻般铭记在纪清漪心中。她认为这是英雄的中华儿女,这是民族之魂,这是中华民族不可侮的表现。时隔六十四年后,纪清漪撰写了题为《民族之魂》的文章,回忆这一段经历,向这位一直不知姓何名谁、家住何处的茶房表示崇高敬意。她的这篇文章发表在北京文史研究馆编的《京华风云》上。

纪清漪在这位好心人的帮助下,脱离了险境。到达奉天后,颇费周折地找到了彭震。在约定好的旅店里，旅客登记簿上没有彭震。原来彭震为了安全起见，改换了姓名。纪清漪只好一个房间一个房间挨门去找，最后找到了彭震，两人一起回到了齐齐哈尔。彭震面见张学良也较顺利。两人分别向新东北学会汇报了完成使命的经过。新东北学会发动的这次活动，对张学良最后下决心易帜，起到了一定的促进作用。

组织读书会，用知识充实自己

纪清漪考上北大后，在校园里幸能见到几位有名的教授，像胡适、李大钊、周作人等。由于纪清漪最爱上图书馆看书，所以对图书馆馆长兼经济系教授李大钊先生印象十分深刻。当时李大钊所写的《庶民的胜利》《布尔什维主义的胜利》《青春》等文章在学生中一直传诵不衰，享有盛誉。纪清漪印象中的李大钊面容和蔼可亲，没有一点知名教授的架子，他关心、爱护学生，平易近人，在图书馆或校园经常可以见到他的身影。

一次，纪清漪在图书馆门口遇见了李大钊。纪清漪很有礼貌地向他鞠了一躬，然后说："李先生，您好！"李大钊立即停住了脚步，一边仔细打量眼前这位学生，一边连说："好，好。"然后亲切地询问纪清漪是哪个系的学生？最近读了哪些书？学习中有什么困难没有？他恳切地叮嘱纪清漪一定要好好利用图书馆，多看一些课外书，特别是政治理论方面的书籍，要多思考，学会独立思考，对书上所说的理论不可不信，也不可尽信。李大钊还说要合理分配课余时间，除了读书，还要多参加社会

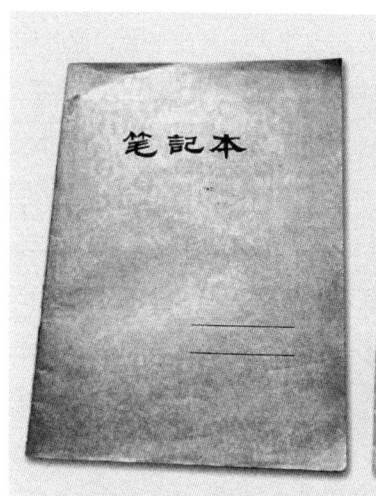

纪清漪读书笔记赏析

活动，培养乐群助人的精神。李大钊的谆谆教诲一直牢记在纪清漪心中。

李大钊被奉系军阀杀害后，纪清漪感到十分悲痛，为继承先烈遗志，她决心更加刻苦，努力学习，学好本领，报效祖国，告慰先烈在天之灵。

1928年10月19日，纪清漪发起组织了一个读书会，取名叫"皓社"，意思是要像长空皓月那样明亮皎洁。成立时有政治系、法律系、教育系、经济系的七八个同学参加。其中有李夏云、王德芳、鲁文、宫天纵、姜××、张××（中共地下党员）等人。

读书会的宗旨是多读书、读好书，随时推荐书籍和交流读书心得。读书会规定每个会员每天读课外书时间不得少于两小时，读书要精读、细读，首先把有关自己所学专业的参考书逐一阅读，然后再读一些中外名著。读书要养成写读书笔记的好习惯，不动笔墨不读书。书籍来源除向图书馆借阅外，还可相互交换个人藏书，无论是个人的书或借来的书，都需包上书皮，爱护图书。

读书会的成立极大地促进了会员的阅读积极性，每个会员都争分夺秒，利用一切可以利用的时间去读书，简直到了废寝忘食的地步。读书会规定每星期三下午四点到六点开会，汇报交流读书的心得体会，一起进行研讨。开会时，大家拿来所读的书籍和读书笔记，说自己读书的收获，也说读书中遇到的疑点。有时为了弄清一个问题，你一言，我一语，讨论得十分热烈，甚至争论的面红耳赤，互不相让。反映了当时青年追求真理，认真探索的精神。这样的读书活动就等于在同一时间，每

纪清漪获学士学位照片

国立北京大学政治系一九三一级校友会摄于民国十九年五月。照片中唯一坐的女生为纪清漪

个人通过别人的介绍多读了好几本书，既弥补了课堂教学的不足，又提高了读书效率。特别是通过彼此交流和讨论，培养了同学的思辨能力和阅读能力。

读书会的地点是向校方申请借到北大三院的一间小平房。每天中午，读书会成员都聚到这里吃饭，讨论。通常是由一个人出去买大饼咸菜，有时则买几套烧饼油条，拿回来当作午饭。冬天则是有一个白洋铁煤球炉取暖，同时还能烧开水或热一下饭菜。生活条件虽然很艰苦，但大家都没有怨言，他们只想在求学期间多读一些有用的好书，尽量用知识不断充实自己，准备以后到社会上更好地发展自己，更好地为国家效力。

他们在这里研读过谭嗣同的《仁学》，梁启超的《少年中国说》，胡适的《多研究些问题，少说些主义》，也读过鲁迅的《狂人日记》《伤逝》和《阿Q正传》，杜威的实用主义哲学和泰戈尔的诗歌。通过读书活动，大家感到获益匪浅，感到每一天都过得很充实，很有意义。

"皓社"的读书活动一直坚持到1931年部分同学毕业。他们积累的交流心得体会材料叠起来约有15厘米厚。这些材料后来被湖南籍同学鲁文拿走，不知下落。"皓社"的活动反映了当时北大学生的读书生活的一个侧面，应该在北大校史中有所记载。

披露《田中奏折》，做了"一件惊天动地的大事"

纪清漪在北大读书期间，一个偶然的机会得到一份当时日本首相田中义一向日本天皇呈递的"秘密奏折"，凭借高度的爱国热忱和政治敏感,她毅然决然当机立断,想方设法予以披露,及时揭露日本军国主义侵略中国的狼子野心,在社会上产生了极大的政治影响。

所谓《田中奏折》是《对华政策纲领》的简称。它是日本对华提出"二十一条"的继续,其内容比"二十一条"更加周密和完备,包括有具体行为步骤。1927年6月,日本首相田中义一在东京召开了所谓东方会议,在会上经过反复讨论,判定出全面征服中国的计划——对华政策纲领,于同年7月25日呈送天皇。这一计划的第一步是在东北建立"满洲国";第二步勾结中国腐败的政客,各个击破,成立各种形式的自治政府;第三步是逐步向中国内地推进,直到最终占领全中国。

这里,有必要先介绍一下田中义一。田中义一(1864—1929),出生于日本长州藩的一个士族家庭,从小深受长州军阀山县有朋的影响,具有疯狂的侵华野心。1892年他从日本陆军大学毕业,先后参加过甲午中日战争与以后的日俄战争,从陆军参谋逐步升迁为陆军省军务局长、参谋次长、陆军大臣,军衔升为陆军大将,继山县有朋成为日本陆军长州军阀的统帅与最后一任臣魁。他长期从事侵华工作,熟读《大清一统志》与《曾文正公全集》,有"中国通"之称。从1913年以来,他赤裸裸公开鼓吹侵华,首先是割裂与霸占中国的东北地区——日方称之为"满洲",宣称:"大陆扩张乃我民族生存的首要条件"。将"满蒙"变成"世界上最昌盛的殖民地"(见田中义一:《滞满所感》)。他组织了以自己为头子的政党"政友会",在日本军部的支持下,于1927年4月20日上台组阁。在这届政府中,田中义一除担任首相外，还兼任外务大臣与据殖大臣（即殖民大臣），亲自掌管对外扩张事务。他任命主张"满蒙第一主义"，积极鼓吹以"外科方案"解决"满蒙同胞"的强硬派侵略分子森格为外务省政务次官，分掌外交宪权。他们与日本军部的法西斯分子勾结密谋，策划加深侵略与分割中国东北的阴谋计划。

1927年4月底田中内阁上台不久，森格外务次官就约见日本参谋本部作战课的铃木贞一少佐，通告即将召开"东方会议"，研究解决中国"满洲"的各种问题，委托铃木贞一先行与日本驻中国东北的关东军高级参谋河本大作、日本陆军大学教官石原莞尔等人密商，归纳与制定出日本应当采取的有关满蒙政策的积极意见，由铃木贞一执笔写成一份方案初稿。该方案的中心方针就是"把满洲从中国本土分割出去，成为另一个地区，使日本的政治势力进入这块土地。"森格与铃木带着这个方案同日本驻奉天（沈阳）总领事吉田茂会晤磋商。吉田茂认为，这个侵华方案计划过分赤裸裸了，在国内外都通不过，"需要用糖衣包裹起来"。吉田茂介绍日本驻纽约总领事斋藤博对原计划方案进行了修改粉饰。修改后的方案加进了许多冠冕堂皇的语句，但其侵略实质并没有丝毫的改变。这样就形成了一份名称为《帝国对满蒙之积极根本政策》的侵华文件，也就是后来形成的《田中奏折》的原件。

在秘密制定了侵占中国东北计划的文件之后，日本政府与1927年6月27日至7月7日，在东京召开了专门研究侵华问题的"东方会议"。这次会议由首相田中义一亲自出面主持，由外务次官森格策划与组织召开，参加会议的人员有日本驻中国东北、北京、天津、上海、汉口、南京等地的使领馆外交官员，驻蒙特务机关首领，以及日本驻中国东北的关东军长官，南满铁路总裁等。这次历时十一天的会议是日本对华关系史上一次至关重要的侵略决策会议。会议的中心议题是制定"对华政策的根本方针"。会议确定以将"满蒙"从中国分离出去为根本方针的日本国策。会议公开发布了一份《对华政策纲领》，这份文件措辞含蓄隐晦，但其基本内容与精神实同森格、铃木等秘密制定的《帝国对满蒙之积极根本政策》是一脉相承的。

东方会议闭幕不久，1927年8月16日，日方又在其占领下的中国旅顺、大连召开会议，研究落实对华外交工作，基本上形成了分离与霸占中国东北的系统计划。

上述会议后，田中政府就开始实施对华强硬方针与分离、霸占中国东北的侵略计划。

1927年底到1928年初，遵照田中义一的密令，日本政府派出代表，会同日本驻奉天总领事吉田茂，向东北地方政府当局开展了强硬的外交攻势，向张作霖父子施加种种压力与恫吓，提出一系列扩大日本在东北各项侵略权力的蛮横要求，企图攫取东北新铁路的路权、在东北的"维持治安"权、土地商租权和经营商工农林矿各业的权力，摆出一副全面吞并东北的架势。

1928年5月，当中国南京国民政府举行第二次北伐，兵抵济南时，日本政府公然第二次出兵中国山东，制造济南惨案，屠杀中国外交人员与普通民众，武装阻击北伐等。

1928年5月18日，日本田中政府向中国南北两政府发出《五·一八觉书》（觉书：日本语，外交文书之一，详载某事的始末，及所主张的办法等，以与对手国进行交涉之外交文书）。公开宣称要以武力干涉中国内政，一方面以日军阻击南方国民革命军出关，一方面解除败退关外的奉军的武装。日本田中政府的目的就是妄图肢解东北，实施东方会议决定的"满蒙分离政策"；同时，大约这一期间，田中义一首相将上述东方会议与大连会议的全部结果及其制定的侵华方针与计划写成奏折，上呈裕仁天皇。这就是臭名昭著的《田中奏折》。《田中奏折》与铃木贞一等秘密撰写的《帝国对满蒙之积极根本政策》和东方会议公开发表的《对华政策纲领》基本内容是一致的，只是因为《田中奏折》是日本最高当局秘而不宣的核心机密文件，因而在表述与措辞上更加露骨而已。其核心内容就是从分割与侵占中国东北入手，进而侵略全中国，进而控制亚洲大陆，并与美、苏决战，夺取世界霸权。

"惟欲征服中国，必先征服满蒙；如欲征服世界，必先征服中国。"《田中奏折》中这一高度概括的表述，充分显示了日本最高当局对中国与世界狂妄嚣张的扩张野心、战争狂热与侵略计划。《田中奏折》被密藏于戒备森严的日本皇宫之内。《田中奏折》是田中义一于1927年7月25日致函宫内大臣一木喜德郎，请其代为呈奏，并奏明秘密制定的过程。

裕仁天皇阅看了《田中奏折》后，发交日本最高阶层和元老、重臣、皇族、党魁们讨论研究。由于日本最高决策阶层的派系纷争，在对待《田中奏折》上出现了严重的意见分歧。当田中义一的执政党"政友会"在日本军部的支持下，野心勃勃地准备立即实施其《奏折》，并秘密酝酿倒阁步骤。

裕仁天皇因最高决策阶层意见不一，故未将《田中奏折》立即批交内阁，由于《奏折》事关日本最高国策与当时极其敏感的国际关系，属于极端机密，故天皇下令将《奏折》密藏于日本皇宫内的皇室书库中。

日本皇宫位于东京的市中心，四周围绕着一条御河，有大门二十四个，偏门三十六个。每个门前都配有多名卫兵手执长刀日夜警卫，进出制度极其严格，终年戒备森严，出入均需持有皇室颁发的通行牌。皇宫各门前的御河上，均架有长桥，俗称"断足桥"，因凡有潜渡御河或经过长桥者，卫兵先砍断其双足，审讯后再处以极刑。《田中奏折》秘藏于内，天皇认为极其保险，一般人想一窥此件，比登天还难。

世界上没有不透风的墙。《田中奏折》的详细内容外界虽然不得而知，但有此计划的消息已经不胫而走。日本行将吞并中国东北，并进而向中国广大关内地区，向亚洲和世界扩张的侵略野心与战争计划，引起各国军政界与新闻界的关心与震撼。各国情报人员与新闻记者纷纷涌向东京，都试图获取这份绝密情报。一时间到达东京的各国情报人员和新闻记者竟多达两千余人。他们各想妙策，各找门路，使出浑身解数，多方奔走。但在日本政府的严密警戒与矢口否认下，这些情报人员与新闻记者一无所获，只得无功而返。

《田中奏折》的出笼与日本企图吞并东北的侵略计划更引起了中国政府与各界人士的高度关注。特别是在1927年底到1928年年中，日本田中政府加强对中国的侵略与干涉，同传说中的《田中奏折》的侵略计划完全相同，激起了中国人民的极大愤慨，使得中国政府急于了解与掌握《田中奏折》的原件与详细内容。

1928年6月4日，日本驻东北之关东军高级参谋河本大作指挥日军制造了震惊中外的"皇姑屯事件"，炸死张作霖，企图乘乱夺权，武装占领东北；此计不行，田中政府又派出特使林泉助对张学良进行威逼利诱，阻止东北"易帜"与全国统一。日本田中政府上台一年多来对中国的野蛮的侵略行径与对中国东北的赤裸裸的野心，已是昭然若揭，世人皆知。这尤其引起了东北地区政府新上台的领导人张学良的深深忧虑与不安。

张学良是个有爱国心的军人。他在其父张作霖被日本特务炸死后，于1928年6月上旬伪装从北京回到沈阳。当时东北政局危急，日本关东军虎视眈眈，张学良处境艰难。他审时度势，很快确定了基本方针。他一方面为其父发丧，并宣布在沈阳戒严以稳定东北局势，挫败了日本乘乱夺占东北的企图；在这同时，他派人与南京国民政府谈判言和，准备改旗易帜，归并南京政府，实现全国统一，对抗日本的压力与粉碎日本分裂、吞并东北的阴谋。

在此期间，张学良为了对付日本的阴谋，亟欲摸清敌情。他返回奉天不久，亲自连续会晤日本新任驻奉天总领事林久治郎，试探日本对东北的意图；同时拨出专款，派出多种人员，通过不同渠道，加紧搜集日本对华政策的情报。其中最重要的就是千方百计、不惜一切代价获取《田中奏折》的内容。

1928年6月底、7月初的一天，日本首都东京。正是天气炎热的日子。在东京一所豪华的住宅里，旅居日本的华侨巨商蔡智堪收到从北京寄来的一个小邮包。他拆开一看，是盒月饼，一共六块。他立即掰开每块月饼，从其中的一块中找到一张小纸条，系用毛笔书写的一封密信，上面写道："英美方面传说，《田中首相奏章》对我国颇有利害，宜速图谋入手，用费不计多少。树人。"蔡智堪看过这封"饼信"，知道这是新任东北保安司令部最高长官张学良的外交秘书主任王家桢写给他的秘密指示信。"树人"是王家桢的化名，他用此化名向中国东北地方政府与张作霖、张学良父子提供日本方面侵华的种种情报。这次王家桢要他不惜一切代价，尽快获取《田中首相奏章》（即《田中奏折》）。由于事关中国的安危存亡与日本国家核心机密，蔡智堪深感责任重大，陷入深深的思考之中。蔡智堪经过认真思考，决定不管要承担多大风险，都要完成这项任务。

蔡智堪原籍台湾苗栗县，1888年出生于一个华侨家庭，上学时改姓山口，长大后在日本经商，开设"蔡丰源贸易行"，因经营得法，成为日本商界的巨富。他出生在异邦，却心系中华，不忘祖国，时刻关心着中国的存亡兴衰，为祖国的独立与进步、繁荣而尽心尽力。早在清末，他就加入了同盟会，以财力积极支援孙中山领导的反封建专制的民主革命活动。1915年袁世凯复辟帝制，他不惜钱财疏通日本警察当局，掩护蔡锷将军经日本返抵云南，发动反袁护国运动。20世纪20年代，他应好友革命党元老李烈钧等人的委托，密切关注日本的侵华政策，尤其是日本的"满蒙工作"，经常提供有关日本动向的各种情报。他与东北地方当局张作霖父子也建立了秘密联系，多次将获取的日本军政情报密报给他们。蔡智堪还以"山口"为笔名，在报纸上多次撰文，忠告日本朝野泯除侵华思想，修睦中日邦交。

这次，他接到王家桢传达给他的秘密指示后，深知完成这一使命十分困难，甚至有送命毁家之虞。但事关祖国安危，义不容辞，虽死无憾。他苦苦思考着获取《田中奏折》的方法。

蔡智堪长居日本，对日本上下情况了如指掌，可称"日本通"。他经过缜密思考后，决定不采取间谍手段，而采取与日本上层人士关系的途径取得这个密件。蔡智堪在日本各党派、军政界上层活动多年，结识了不少要员。蔡智堪了解许多日本政要平时开销巨大，往往入不敷出，陷入经济困境。蔡利用自己的财力，多年来有目的地接济与帮助他们，这些政要自然十分感谢他，如果蔡有事相求，则会尽力相助。当时日本政界派别甚多，其中势力最大的，除元老派外，就是以田中义一为首的政友会以及与它的政敌民政党。蔡与各派均有联系，其中，与政友会要员，正担任政友会会长的永井柳太郎，民政党的党魁，前内务大臣床次竹二郎及元老派的牧野伸显伯爵的关系更为密切。蔡决定利用与他们的关系去获取《田中奏折》。蔡首先找到执政的田中派政友会的总务会长永井柳太郎，向他提议：应设法取出《田中奏折》，首先在蔡出资开办的《日华》杂志上发表，让日本国民了解田中政府的计划，借以动员日本全国"征服满蒙"的舆论，以便积极向满蒙进取。但永井柳太郎有所顾虑，没有答复。

蔡智堪一计未成，又生一计。他又去找在野的反对党民政党的床次竹二郎。床次是一个权力欲极强，在政治上惯于纵横捭阖的政客。他曾经和田中义一有过短暂的勾结，共同组建政友会；后来他为了实现自己组阁的目标，一方面奔走于元老派门下，一方面离开政友会，另组新党——民政党，打算凭借议会第一大党的优势，谋求挫败政友会和田中内阁，取而代之。当田中内阁向天皇提出以武力分割与侵占中国"满蒙"地区时，床次得知元老西园寺，内务大臣牧野伸显不赞成这一政策，就认为这是一个攻击与推倒田中内阁的绝好机会。蔡智堪十分了解床次其人及其当时的政治心态，就投其所好地向床次提议：为了民政党能打倒执政的政友会，推翻田中内阁，应设法公开揭发《田中奏折》，以引起国际舆论的关注与谴责，并引起国内政局的变化；同时联络元老派，向他们指出，当时日本国内准备尚不足，矛盾众多，如果立即实施《田中奏折》的计划，以武力夺取中国"满蒙"，势必引起中日关系的紧张与西方国家的外交干涉，导致日本国内政局动荡与军人势力膨胀，甚至引起人民革命，危及皇室地位，从而与元老派结盟，共同推倒田中内阁。果然，床次听了大喜，对蔡智堪说："你如有必要，我当为你打听线索。"

过了几天，床次竹二即要蔡智堪以五千日元设盛宴，用中国高级菜肴与五加皮酒，宴请内务大臣牧野伸显等元老派要人。在宴席上，床次在致辞中强调指出："田中内阁欲以武力吞并满蒙，必将危及中日邦交，并引起国内革命，危及天皇。"蔡智堪也在讲话中与床次相呼应。牧野等人听了颇为心动，宴会取得圆满成功。

一星期后，床次对蔡智堪说："牧野伯爵要我告诉你，中国政府如敢将《田中奏折》公之于众，元老派就可利用关系舆论，阻止田中内阁执行武力政策。中国政府如能承诺这一点，牧野就设法让你去皇宫中秘密抄写《田中奏折》。"蔡智堪听到这番话真是大喜过望，立即写密信报告王家桢。王家桢得此信讯后，请示张学良，回密信表示同意。蔡智堪立即手持王家桢回信，会同床次去会见牧野。牧野当即交给蔡智堪一块"皇室临时通行牌"（军七十二号），并让其妻弟，正担任皇室书库管理员的山下勇，约妥其他几位皇室书记官，密引蔡智堪于夜间进入皇宫的皇室书库去抄写《田中奏折》。蔡智堪夜入日本皇宫抄出侵华密件《田中奏折》。

1928年7月的一天，东京最炎热的日子。这天深夜11点50分，蔡智堪装扮成一名裱糊匠，手持金质盾形的"皇室临时通行牌"，由山下勇领路，前往日本皇宫。皇宫书库位于皇宫"西丸大年门"内。蔡智堪与山下勇原打算从此门进入皇宫。但后来考虑到此门外的"断足桥"很长，而且四周树木稀少，难以掩蔽，为安全计，他们临时决定改走"红叶山下御门"。当他们进入皇室书库时，已是次日凌晨零点50分。

蔡智堪进入书库后，早已等候的库员西尾宽与片山之两人立即取出准备好的《田中奏折》交给蔡智堪。奏折系用日本内阁奏章专用的西内纸撰写而成，共有六七十页，长达三四万字，题笺为《田中首相奏章》。蔡智堪使用随身带来的民政党总裁专用的薄质碳酸纸铺在原件上，用铅笔描抄。因奏折太长，当夜没抄完，与山下勇等人商议要事，于次日夜再次潜入皇宫，一举抄毕。

蔡智堪得手后，将抄件散铺在新购置的一只手提皮钥箱底夹层之中，以从事大豆贸易为名，动身到沈阳后，立即到小西关西王家桢公馆，当面将小皮箱中加藏的《田中奏折》抄本交给王家桢。王家桢来不及接待蔡智堪，请他在家中休息稍后，便把抄本送给张学良。张学良也十分高兴，指示王家桢组织人员赶快将抄本译成中文。王家桢从张府中回来，才设宴为蔡智堪洗尘，并盛赞蔡立了大功，表示要给蔡发特别奖金。蔡详述了抄出的全部经过，并表示一如既往，他搞情报是纯义务性质的，他不要一分钱奖金。蔡盘桓数日，去大豆市场打听行情以掩人耳目，随即返回日本。

王家桢遵照张学良指示，立即组织精通日文的翻译人员进行翻译，由于抄件字迹潦草，而且还有脱字脱句的地方，王家桢均一一研究，加以译解、整理。一直到1929年春，将译稿装订成一份完整的文件，面呈张学良。经张批准，把这份极密文件送到官银钱号印刷所印刷，用上等宣纸六开大本装订成册，一共200本，发给在东北范围内任级有实职的人员每人一本，另外送呈南京国民政府4本，共发出120本，还剩80本一直存放在王家桢家中。"文革"中这些书全部丢失。

据王家桢回忆，参与《田中奏折》翻译，审校工作的还有外交秘书办公室的资深秘书陶尚铭、杜重远、陈曙升、宁思承等人。当时王家桢主张翻译《田中奏折》不是为了发表而是提供给张学良将军和东北地区一些要人掌握日本对华动态，进而采取防范对策的。然而他没有预料到，这份绝密文件《田中奏折》经译成中文并印发出少量文本后，引起全国民众和世界舆论的强烈反响。

而将《田中奏折》最早公布于世的，正是当时还在北大读书的纪清漪。

1929年，纪清漪在北大读书期间，在课余兼任新东北学会主办的《新东北》半月刊的编辑工作。这个刊物旨在揭露日本帝国主义侵略东北的具体事宜，同时抨击国民党政府对日妥协的外交政策，作为副刊之一，挂靠在《华北日报》上出版。1932年1月改为月刊独立出版，仍由纪清漪负责编辑。

话说5月一天傍晚，纪清漪到《华北日报》社去送《新东北》半月刊的稿子，到达报社编辑部后，只见该报总编辑安怀音正在聚精会神地阅读文件，只见他神情很激动，脸色绯红，两手微微颤抖。他看见纪清漪来了，没有像往常那样，站起来打招呼，让座倒水，而是仍然端坐椅上，用手指着前面的那份文件说："真令人无比气愤。这是日本要征服全中国的秘密计划。你是研究东北问题的业余记者，应当了解它的内容，赶快来看一看。"纪清漪怀着十分好奇的心理，放下随身带来的《新东北》半月刊的稿件，立刻接过安怀音递过来的文件，只听安怀音说："这是内部文件，你只能在这里看一下，对外要绝对保密，切不可同别人说起你看过！"纪清漪点点头，立即回答说："您放心，我是不会外传的。"

她从头到尾浏览了一下。立刻意识到这是一份十分重要的文件，短时间无法仔细看完。于是她便对安怀音说："安先生，能不能让我拿回去看一看？因为现在时间太晚了，我回宿舍至少要半个小时，而宿舍大门要是关了，就不好进去了。我在您这儿工作也不是一天两天，您应该了解我的为人，请您通融一下,让我拿回去看吧!"安怀音先是不肯,说如果一旦外传了这份文件,责任重大,他也是从一位东北同乡那里借到的,人家让他看完马上还回。纪清漪恳求说:"您如果肯借我拿回去看一下,我明天早晨7点以前一定送回来。"安怀音见纪清漪执意要借,略为踌躇了一下,勉强表示同意,但再三嘱咐:"这是绝密文件,你拿回去,千万不要再给其他人看。"纪清漪拿到文件,出门骑上自行车,飞奔回到北大女生宿舍,立即找了几位知心的同学把文件拆开分成几份,连夜分头抄写,整整抄写了一个通宵,等天亮时终于把全份文件抄完,又把文件重新订好,此时已过6点。她赶紧带上文件骑车来到《华北日报》社,刚好赶在7点之前。

安怀音正在焦急地等待,见到纪清漪按时送回文件,一颗悬着的心才放下来,夸奖说:"小纪,你遵守诺言,不愧是守信用的好青年!"纪清漪说:"我向来说话算话,绝不会让您为难。我要再次向您致谢,感谢您把这么重要的文件借给我看。"说完道了别又飞快赶回北大女生宿舍。就在纪清漪去送文件的同时,纪清漪的同学杜春晏等人已经把刚抄好的稿子立即送到和平门外的京华印刷厂,请印刷厂的工人按紧急快件赶印5000份。印刷厂的职工听说是揭露日本帝国主义侵华计划的稿件,破例没收订金,便开始印刷。纪清漪、杜春晏等人积极筹款,还向北大教授募捐。据纪清漪回忆,胡适先生还捐了大洋5元,其他教授也纷纷解囊。她们又向亲友借贷了一部分钱,终于凑齐了印刷费。京华印刷厂的员工不仅按快件印出这份文件,而且还按最低价收取印刷费。显示了一般民众抗日爱国的热情。

纪清漪等人将印好的小册子运回宿舍，又设法找来一些通讯录，把一本本小册子用牛皮纸包好，写上全国一些大城市的政府机关、社会团体、大中小学、各地图书馆以及一些大商店，写好后又运到邮局，把5000册小册子全部邮寄出去。纪清漪在这本小册子的扉页上写了这样几句话："首先我要向借给我'田中奏章'的人表示歉意，我违背了诺言。但这关系到中国存亡的大事，我只能失信于朋友，不能对不起国家。读者啊，如果你的心还在跳，如果你的血还在流，你就应该把这个小册子一字一句地读完。你就应该想一想：你作为一个中国人，你有什么责任？你应该做些什么事情！"从这几句话中我们至今仍可感受到一个爱国女青年沸腾的热血，爱国的热忱，国家民族意识的深沉。真是天下兴亡，匹夫有责啊！

值得注意的是，纪清漪在印发这本小册子时还写了一篇序。《序》中纪清漪以敏锐的政治眼光剖析了所谓的满蒙积极政策并非田中义一个人的主张，而是六十余年前明治大帝遗策之继续，日本希望灭亡满蒙，不过是"征服支那全土"的一个初步罢了。纪清漪指出"日本侵略满蒙政策之乖巧，计划之周密，用心之毒辣，我们确实不能轻视"，接着又指出日本时时都在挑拨中俄关系，目的是利用我以制俄，又利用俄以制我，提醒大家千万不要中了日本的奸计。

日本另一手恶毒的做法是悬羊头卖狗肉的方策，即利用支那籍之朝鲜民作乱，抑或日本籍之朝鲜民作乱，以达到占据我国东北土地的目的。东三省人将大量国土盗卖给朝鲜人，除了东三省当局要负相当责任外，也不能不归咎于东三省教育进步太缓。纪清漪尖锐地指出，由于教育落后，特别是平民教育、乡村教育简直还没有人注意到，致使一般民众的头脑里只有唯利是图。这样下去，等到将来东三省教育权操纵在日本人手里，东三省青年就会全变成日本的奴隶。在内外蒙古问题上，纪清漪一针见血地指出必须马上废除王公旧制，防止蒙古王公贵族把大片土地送给日本人。

《序》中最后归纳出三点：第一，东北问题，已不是中国问题或是日本问题，而是世界问题之一，如果中国当局和民众还不觉醒，还如一盘散沙一样，那么东三省就将变成世界列强角逐的场所，利益全归列强和日本所有，到头来中国只落得个一无所有的结果。第二，中国人做事向来是得过且过，在应对东北政策上，一味迟延和等待，这样做正中日本下怀，他们是毫不客气且不肯放松分毫地推行侵略政策。第三，现在中国的事情，无论如何紧急，都不能依赖政府。所以，东北政策的确定，如果完全依赖政府，那就等于拿东北去送礼了！纪清漪明确指出此刻挽救东北的方法便是要出自民众。开启民智，研究怎样开发东北，讨论后确定一种政策，再督促政府去做，政府只居于辅助地位而已。她认为只有这样做，东北庶几不致丢失。

《序》的最后，纪清漪呼吁："我们读完这本书，应该知道日本的侵略东北，是无时无刻不在进行，千辛万苦也要达到的，中国当局、民众总该醒觉了，利刃当头，还在瞌睡吗？"

纪清漪在这篇《序》里高瞻远瞩，认识到东北问题的严重性，稍一放松，就会被列强和日本瓜分。同时她对中国国民性的劣根性有着深刻的认识，那就是不觉醒，得过且过，不团结，犹如一盘散沙。这也正是日本侵略计划能够得逞的重要原因。更难能可贵的是纪清漪敢于说出不能完全依靠政府，而要唤起民众的觉醒，抵制日本的侵略计划，自行开发东北，督促政府去做，东北才能保住。

事隔六十三年后，1992年北京现代国际关系研究所的高殿芳同志经过多方寻找，居然找到了一册保存完好的《田中奏折》。高殿芳所持有的这个本子应该是纪清漪所存，高曾向纪清漪借阅过此册文本。他在复印本上的扉页上写了几句话："这份《田中奏折》是纪晓岚的七代孙纪清漪等四人于1930年10月（按此是第二版，第一版应为1929年5月）集资出版的。他们当时以爱国学生身份，勇敢地在北京散发宣传，激起了北京爱国人士抗击日本的热情。借来阅读之功，复印之力，出自王俊彦、赵旭东、特登纪念。"

这册《田中奏折》（复印本）于抗日战争胜利五十周年前夕，由纪清漪捐献给北京卢沟桥中国人民抗日战争纪念馆，作为珍贵历史资料妥为保存并定期展出。臭名昭著的《田中奏折》经纪清漪等人愤慨揭露后，在"九一八"前后广为传布，对揭露日本军国主义者灭亡我国的狼子野心，激发中国民众的爱国热情，促进中国全民的抗日活动起了很大作用。印出《田中奏折》并广为散发这一壮举，被著名爱国人士沈钧儒先生称誉为"一件惊天动地的大事"。《田中奏折》经纪清漪披露后，引起的反响是巨大的。可以说，"九一八"前后，世界的政治家、外交家、战略家、历史家，尤其当时的在读大学和中学的中国青年，几乎没有人不曾读过乃至研究过《田中奏折》这册日本军阀企图侵吞中国、兼并世界的秘密计划。"欲征服支那,必先征服满蒙"(奏折原句),是东北青年人人口诵心念,坚决抗日的动力;"欲征服世界,必先征服支那",更是全国青年日夕诵读,坚决抗日的动力。前一动力,促成东北将领张学良等参加国民革命的决心,毅然易帜,悬挂国旗,效忠中央,我国终告统一;后一动力,激发了"七七"卢沟桥全民抗日,地无分东西南北,人无分男女老幼,经过中国人民艰苦卓绝的奋战,付出了巨大代价,终于打败了日本帝国主义,取得了抗战的最后胜利。

时至今日,日本右翼反动势力仍在否认侵华罪行,否认南京大屠杀的同时,也在极力否认《田中奏折》这份侵华秘密文件的真实性,尤其是战犯岸信介之外孙安倍晋三再度当选首相后,更是变本加厉为侵略罪行进行辩解、开脱。指使168名议员参拜供奉甲级战犯东条英机等牌位的靖国神社,无视二战的成果,妄图霸占我国领土钓鱼岛,这些倒行逆施引起中国人民和全世界人民的强烈愤慨和一致谴责。他们妄图复活日本军国主义的狼子野心是徒劳的。历史岂容篡改。日本侵略者的罪行连同他们的罪证已被永远钉在历史的耻辱柱上,而中国人民的爱国精神与英勇行为将永远光照山河,为后人世世代代所铭记!

在20世纪的国际关系和战争史上,许多重大事件都充满了令人莫测的传奇色彩。其中,日本侵华史上最为引人注目的《田中奏折》事件,就是一个当时在国际上引起强烈震动而几十年来一直是扑朔迷离、真相难辨的历史疑团。

《田中奏折》出笼后引起中、美、英、苏等国情报机关的高度重视,并千方百计打探消息,想把这份情报弄到手。在中国由北大女生纪清漪于1929年5月首先披露了《田中奏折》中文译本。接着，1929年12月，由著名报人史量才等主办的南京《时事月报》刊出《惊心动魄之日本满蒙积极政策——田中义一上天皇之奏章》，从此《田中奏折》的内容广为人知，轰动了全世界。

《田中奏折》称"欲征服支那，必先征服满蒙；欲征服世界，必先征服支那。倘支那完全被我国征服，其他如中亚细亚、小亚细亚、印度及南洋等异服之民族，必畏我、敬我而降服于我，使世界知东亚细亚为我国之东亚，用不敢向我侵犯。"从这段话中不难看出，日本军国主义者的胃口不小，它不仅要征服满蒙和中国，它的最终目的是征服世界，称霸全球。

奏折声称征服中国、亚洲和世界的野心的计划，是明治大帝的遗策，也是日本帝国的立国之本。其实，早在中国明朝时期，日本就有侵略中国的动作，那时被称作倭寇的浪人，就不断在福建沿海一带进行骚扰，幸有戚继光、俞大猷等将军及时对他们进行打击，平定了倭寇的骚扰。日本经过明治维新，工业化迅速发展，而贫乏的资源和狭小的国内市场既不能保证足够的原料供应，也无法容纳急剧增长的生产能力。于是日本看中中国这块富饶的土地，他们采取的大陆政策，就是凭借军事武力侵占中国，以获得可靠的原料供应和商品输出市场。那时日本当政者也考虑到自己还没有实力一下子吞并中国，于是就制定了分步骤侵占中国的计划。首先是把所谓满蒙从中国分裂出去。日本人特创的满蒙这一名称就是指东三省及内外蒙古。东三省与内外蒙古，位于中国东北部，北接苏俄，南邻日本，沃野千里，农矿产富甲全国；而且地广人稀，气候温和，日本对我国东北垂涎已久。在奏折中居然挖空心思，提出满蒙并非中国领土的奇谈怪论。

查有关资料，20世纪20年代日本每年人口剩余约有70万人之多，在1927年、1928年两年，日本国内所产粮食，仅够供应消费需求的50%左右，其余不足之数，皆由朝鲜及台湾、东三省各地供应。而且根据推测，日本国内的粮食生产，还有下降的趋势。人口不断增长与粮食生产不足的矛盾，成为日本的致命之伤。因此数十年来，日本朝野上下，全都把中国东北当作侵略的焦点。

日俄战争之后，日本把俄国势力驱逐到北满之外，于是他们把目光聚集在东蒙南满之间，数年间他们投资此处的农业矿产、交通运输以及畜牧各业，竟达四万四千余万元。他们进行渗透策划十分精密，包藏祸心，无不显示处心积虑之阴险。中国人民早已对此深感不安。日本方面善于恶意宣传，颠倒黑白、混淆是非，蒙蔽国际舆论，造成一种假象，似乎他们在东三省和蒙古享有特种权利，使一些国家受到蒙骗，错误地认为中国政府没有能力驾驭治理满蒙，必须依靠日本才能进行建设和开发。日本的恶意宣传使中国陷于国际孤立地位，得不到外国的财政支持，而日本却得到大量贷款。1927年，美国摩尔根银团，应允贷款给南满铁道公司，发展铁道建设，便是一例。

第一次世界大战之后，世界各国人民都认识到战争的罪恶，一致决心防止第二次世界大战的发生。对于远东纠纷问题特别加以关注，于是召开了太平洋九国会议，中国对于东三省的问

北京大学演说辩论会评奖大会摄影纪念合影，第二排左二为纪清漪

题,即日本所谓的满蒙问题,虽然没有得到妥善解决,但在国际一致谴责下,日本的侵略气焰不得不稍稍有所收敛。从东方会议和《田中奏折》可以看出,日本蚕食我国的野心,依然如故。东三省和内蒙古是我国的固有领土,中国的主权不容侵犯,《田中奏折》是一份赤裸裸的侵略计划,尽管日本官方千方百计否认《田中奏折》的存在,并污蔑是中国方面伪造的。但是后来的事实证明,无论是"九一八"事变,还是卢沟桥事变可以说都是按照《田中奏折》的计划进行的。所以,有无《田中奏折》,也决不能改变日本军国主义的罪恶历史。

今天我们重读《田中奏折》,仍然感到热血偾张、义愤填膺。田中之流对中国这块富饶的土地觊觎已久,在他们眼里中国如同俎上之肉,可以任意宰割。我们一定要提高警惕,日本右翼势力仍然做着侵略扩张的迷梦,田中的阴魂不散,亡我之心不死,千万不要高枕无忧,掉以轻心。我们一如既往,牢记历史,勿忘国耻,珍爱和平,开创未来!

抗日演讲比赛,荣获第一名

1929年11月北京大学学生会张贴布告,通知全校学生将于下月举行以抗日为主题的演讲比赛,各系各年级学生均可报名参加。纪清漪作为政治系二年级的女生立即报了名。纪清漪是当时北大为数不多的女生之一,政治系只有她和另一名叫周佩衡的女生。纪清漪口才极好,而且发音标准,听不出东北口音。她在课堂上凡是老师提问时,她都积极发言,努力做到回答准确,要言不烦。

为了准备参加这次演讲比赛,她到图书馆借阅了有关演讲术的书籍,其中风靡一时的美国演说家达尔尼金的《演说术》对她帮助最大。这本书中介绍美国第十六届总统林肯的演讲成功经历,更是让她倾倒。为了这次演讲比赛,她事先做足了功课。她的讲题是抗日与外交政策,演讲内容主要是抨击国民党的妥协外交政策。她写出演讲稿后,反复修改多次,还让读书会的同学提意见。当基本确定下来后,她每天在上学的路上,在僻静的地方,甚至晚上熄灯后躺在床上,她都抓紧时间,默默地背诵演说稿,一直到非常熟练地掌握为止。

1929年12月11日上午九时,在北大红楼的一间大教室里,抗日演讲比赛隆重举行,参赛的十名选手,每人演讲时间为十五分钟。会场简朴,近百名听讲者坐满教室,可以说是座无虚席。前排有六名评委,包括校长、教务长和各系知名教授,学生会主席首先讲了举办这次演讲比赛的意义和目的,那就是让大家读书不忘救国,救国必先抗日。接着他依次介绍了参加比赛的十位选手,女生仅有纪清漪一人,她排在最后出场。

只见演讲者一个接着一个走上台来,有的慷慨激昂,有的娓娓动听,有的节奏明快,有的委婉浑沉,总之都达到了较高水平。当纪清漪出场时,她身着中式学生装,梳着齐耳短发,戴着一副眼镜,只见她不慌不忙,从容镇定地走到讲台前,用清新生动的语言,亲切柔和的语调向大家打了招呼:"各位同学,各位老师",一下子就吸引住全场听众,接着她直奔主题,引用南京政府要员吴铁城去东北视察后的讲话:"真是不到东北不知中国之大；不到东北不知中国之富；不到东北不知中国之危……"纪清漪讲至此，稍稍停顿了一下，接着她提高声调，义正词严地反诘道："身为国家股肱之大员，竟然不知中国多大、多富、多危，还能代表中国讲话吗？"她的整篇演讲观点鲜明，理足气畅，言辞犀利，把南京政府对日的妥协外交政策揭露得淋漓尽致，极大地激发起听众的爱国热情，更加痛恨日本军国主义分子对中国的侵略罪行以及国民党政府的不抵抗主义。她的精彩演讲博得听众一阵又一阵热烈掌声，最后担任评委的校领导和教授们经过评议，一致同意给她打了最高分，纪清漪以她出色的表现赢得了这次演讲比赛的冠军，其他选手全都心服口服，承认自己略逊一筹，自愧不如。

这次演讲前，纪清漪曾在胡适教授家试讲过。胡适（1891—1962）是当时北大的知名人士。他于1910年赴美国，先后入康奈尔大学和哥伦比亚大学学习，获哲学博士学位。1917年回国，年仅26岁的胡适，被聘为北京大学哲学教授，后来又担任北大文学院院长，是当时北大学子心目中的偶像。在学生中享有很高的威望。他平易近人，尤其喜欢和学生接触，这次他很关心纪清漪作为一个女生参加演讲比赛，是他主动提出让纪清漪到他家去试讲。

胡适当时住在离北大不远的景山大街陟山门6号，是一所很大院子，房子也很讲究，有长廊，有机井，客厅里有皮沙发。胡适当时只在星期天上午接待来访客人，纪清漪试讲这天就定在一个星期天的上午，那天他还特地请来北大代理校长陈大齐，教务长兼法律系教授何基鸿，英文系教授鲍明黔等一同前来听纪清漪试讲。

纪清漪于上午八时准时来到胡宅,在客厅里看到胡适和几位教授已经到齐,正坐在沙发上品茶。纪清漪向几位老师行鞠躬礼,心里不免有些紧张。几位教授看出她有些羞怯不自然,没有让她马上开始试讲,而是让她先坐下。女佣过来给她斟上一杯茶,让她先平静一下。几位教授谈笑风生,做纪清漪的思想工作,让她演讲时一定要做到上台勇敢而不怯,表情自然而不乱,大方优雅而不生硬,适当加些手势动作,要以真情和诚恳的态度去打动听众。

胡适还特别提到1863年11月19日美国总统林肯在葛底斯堡国家烈士公墓前的演讲,这篇演说词只有短短246个词语,时间不到3分钟。这是一篇经受住时间考验,被认为是在合适的地点,说了恰到好处的话,无论从哪方面看,它都完美无疵,它是一篇誉满全球的演说词。这篇演说词后来被镌刻在牛津大学图书馆入门处的一块铜牌上,成为至今还被传诵的演说词典范。教授们说这篇演说词也应该是纪清漪学习的典范。

教授们的启发和鼓励使纪清漪信心大增,她表示一定要试讲成功,绝不辜负师长们的期待。将近九点时,试讲正式开始,纪清漪从沙发上站起,从容镇定地走到茶几前,面对几位听讲的老师,先用平和的眼神扫视了一下几位听者,接着便开始了试讲,一气呵成,没有任何局促和忘词的地方,讲完后她向几位老师深深鞠了一躬缓步走回沙发前坐下,静听几位老师的意见。几位老师都报以轻轻的掌声,嘴里都说:不错不错。胡适教授认为纪清漪的语调、姿态都很好,只是有些言辞过激,劝

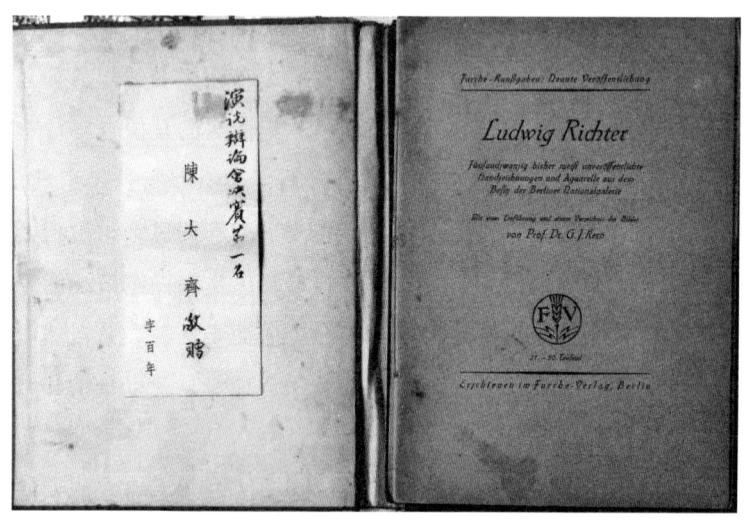

北京大学陈大齐教授亲笔签名赠送纪
清漪的法国速写画集

1929年12月纪清漪荣获讲演比赛第一名。图为纪清漪手持"可以立言"奖旗照片

她把内容再修改一下，否则，弄不好有坐牢的危险。纪清漪立即表示不怕坐牢，为宣传抗日即使坐牢也值得。陈大齐代校长很佩服这位勇敢的女学生，最后拍板说："你是好样的，是真正的北大学生，就这样讲吧！"

纪清漪这次到胡适教授家试讲，除得到教授们的认可和好评外，还有一份意外的收获，那就是见到了胡适的小脚夫人江冬秀。胡适这位留美的洋博士，在康奈尔大学学习时，与一位教授的女儿韦莲司产生恋情，韦莲司的父母也很喜欢这位才学出众、温文尔雅的中国留学生，有意招他为婿，让他留在美国与他们共同生活。可是胡适是位孝子，他对寡居在安徽家乡的母亲唯命是从，母亲听说儿子在美国有了洋人相好，立即托人写信把儿子叫回，为他包办了一位乡下缠足的姑娘江冬秀。胡适在美国接受了西方现代民主自由思想，可是迫于母命，他屈从了，尽管他内心十分痛苦，但是母命难违，于是出现了一位堂堂的洋博士娶了一位缠足的女文盲，这在中国现代历史上是一桩很特异的婚姻。婚后两人相处甚好，相敬如宾，江冬秀相夫教子，把家务活治理得井井有条，凡有客来访，她都落落大方地出来相迎，丝毫没有自惭形秽的表情。这次纪清漪来府上试讲，她也出来相见，认为女生参加演讲比赛正是男女平等的典范。纪清漪见到她，胡适介绍说："这位是我的夫人。"纪清漪立即上前与胡夫人握手，口称"胡师母，您好！"胡夫人回答说："你好，快请坐，请喝茶。"纪清漪印象中胡夫人面容白皙，微胖，穿一件很合体的蓝丝绒棉袍，足蹬一双黑色尖头的小皮鞋。据说这是胡适特地到皮鞋厂定制的。胡夫人的优雅气质说明受到丈夫的熏陶，除了不能出席一些大的社交场合，不会跳舞外，在家里是一典型的东方贤妻良母。对于母亲送给自己的这件礼物，胡适一直很珍视，很尊重，虽然后来又有了几次来自女方的诱惑，胡适始终对结发夫人不离不弃，在纪清漪眼中胡适是一位宁肯牺牲自己，成全对方的男子，为中国式的婚姻写下了颇有传奇色彩的一笔。纪清漪告辞时，胡夫人送到客厅外面，嘴里说着："以后有空请常来玩。"纪清漪虽然在这里仅见过胡夫人一面，但胡夫人的形象给她留下很深刻的印象。

纪清漪在这次演讲比赛中勇夺魁首，受到北大师生的热烈赞誉。她的演讲稿曾在北平《晨报》上发表。她获得了一面蓝底白字，上面写有"可以立言"的三角形奖旗，还得到一册有陈大齐校长亲笔签名的法国速写画集，这两件奖品纪清漪一直完好无缺地珍藏着。此外，她还参加过辅仁大学举行的北大、清华、燕京、师大、辅仁五所大学的演讲比赛会，也取得了很好的成绩。纪清漪通过演讲比赛活动，锻炼和提高了自我口头表达能力，这为她后来参政和当律师做了准备。

与马毅喜结良缘，成为终身伴侣

1928年暑假纪清漪在齐齐哈尔与马毅结婚。马毅，1903年生，长纪清漪一岁。纪清漪与马毅是在1927年六七月间发起组织新东北学会时相识的。

马毅是黑龙江省绥化县双河镇人，他的曾祖父、祖父、父亲世代务农，靠给地主当短工维持生计。后来攒了一点钱，他父亲和他的姑父一起合伙开了一个小杂货铺。但当时东北农村的农民购买力极低，基本上还处于一种以物易物的原始交换方式，比如农民可以用二斤黄豆换一斤豆腐，用一斤芝麻换半斤香油，货币的流通受到极大限制。农民手中没钱，自然地就无法去购买日常用品，所以杂货铺的生意很清淡，每个月赚不了几个钱。那时农村缺医少药，农民生了病就找村里的郎中，所谓郎中就是既能开方诊治又能针灸按摩的乡土中医。而乡土中医的收益在农村中还算是比较高的。于是马毅的姑父便拜村里的一位老中医为师，开始学起了中医。眼看杂货铺开不成了，马毅的父亲也改行，跟着马毅的姑父学起了中医。

要学中医先要学汉字，认识字才能看中医书，又能学着给病人开药方。世上无难事，只怕有心人，马毅的姑父和父亲经过三年当徒弟的经历，终于出了师，可以独当一面，给病人开始治病了。看病当医生收入较高，马毅的父亲省吃俭用，积攒了十多年，到四十岁买了二十亩地，租给人种，可惜好景不长，仅仅过了四年，因天旱无雨，租地人颗粒无收，交不起租子。马毅的父亲只好把地卖了，继续以行医为生。到了五十岁时，他带领全家离开双河镇，搬到绥化县城，开了一个中医诊所。

马毅的舅舅也是给地主当短工，后来因为工钱纠纷，地主克扣工钱，马毅的舅舅去说理，竟被地主家的护院活活打死。马毅本人在乡下时没钱上学，学着种过地，当过小干活的，即帮着干一些辅助性农业生产劳动，像施肥、除草、掰玉米等。直到全家搬到县城后，才上了小学，他那时已经十一岁，马毅上学虽晚，但倍加珍惜学习机会，非常刻苦，勤奋读书，还尽

1928年纪清漪与马毅在齐齐哈尔结婚。图为结婚照

量找一些古书，像四书五经之类当作课外书来读，开始时看不懂古文，但他一直坚持下去，读书百遍，其意自现，慢慢地就看懂了大概的意思。因此他上学虽晚，靠个人努力，打下比较坚实的古文功底，为他后来的求学深造奠定了基础。

马毅是一位有热情、有抱负、有理想的爱国青年，他在中学学习努力，勤奋上进，成绩一直名列前茅。高中毕业后他考上了北京师范大学历史系，那时师范院校都是公费，不用家里的钱，减轻了家里负担。在北师大上学期间，他积极参与东北学生的抗日宣传活动，在1927年六七月间，他和几个在北京的黑龙江籍大学生一起发起组织了抗日群众团体新东北学会，吸收东北籍学生参加。正是这时他认识了纪清漪，常一起开会研究东北局势，部署反对日本帝国主义侵华行径，反对东北军阀张作霖的妥协屈从。

纪清漪不仅抗日坚决，而且才华出众，不仅善于演说，而且文章也写得很好，报纸上常有纪清漪的文章。她的文章词锋犀利，有理有据，逻辑性强，揭露日本帝国主义和军阀张作霖一针见血，让人读了感到痛快淋漓，极具感染力、说服力和鼓动性。在共同的抗日活动中，二人渐渐产生了感情。二人取得双方家长的同意，于1928年暑假期间在齐齐哈尔一座基督教堂举行了新式婚礼，参加的亲友不少，婚礼简朴而隆重，从此二人携手并肩共同为民族解放事业，为实现民族复兴而奋斗终生。

纪清漪在结婚前，生活费要靠自己解决，过着半工半读的勤工俭学生活。她在课余给杂志社抄过稿子，当过家庭教师，给三名初小女生辅导国文、算术，每月有15元的收入；她还到石驸马大街市教育局当过录事（不在编的抄写员），每月有10元收入，干过半年多；她还给报社写稿子，有时能得一点稿费；因为学习成绩优秀，她还获得过克兰夫人奖学金（当时北大奖励优秀学生的一种奖学金，克兰夫人，美国教育家，她在北大设立奖学金，每月15元，奖励学习成绩优异的学生，张挹兰也曾获得过此项奖学金）。

单靠这些收入维持学业，生活十分清苦，为了省钱，经常不吃早点，中午与同学杨宜春两人合着到红楼对面的小铺子买6分钱烤白薯，两人权当午饭，有时买一角钱大饼，2分钱腌萝卜条，就算改善生活了。冬天中午到宿舍（在松公府夹道）与同学李慰慈一起在取暖炉子上用砂锅煮饭，煮好后放一点酱油，自称酱油饭，晚上则到食堂吃一碗面条。二人结婚后，马毅旋即毕业，到一所中学教书，他按月资助纪清漪的生活费，使纪清漪结束半工半读的生活，可以有更多时间投入抗日救国活动中去。

二人结婚后，纪清漪没有像鲁迅小说《伤逝》中的子君，婚后即沉湎于小家庭的琐碎生活中，消失了继续前进的斗志，而是相互促进更加积极地投身于反日爱国运动中去。她于结婚后才几天就立即返回北平，鼓动东北易帜。而马毅则暂留在齐齐哈尔，领导各校学生反对日本在东北修建五路。当时日本侵略者为了扩充在东北的势力，打算修筑长春—大赉县，洮南—索伦，长春—五常县，吉会线，延吉—海伦线共五条铁路。马毅等组织学生示威游行，打出反对修筑五路，维护中国主权的横幅标语。这件事在社会上引起轰动，当时的《东方杂志》曾刊登学生示威游行的照片。后来由于新东北学会的成员先后毕业，人员分散各地，这个学会也就无形中停止了活动。作为一个由学生自发组织的群众团体，在历史上还是起过一定进步作用的。

马毅后来加入国民党，一度弃教从政，当过国民政府国大代表，同时从事文史研究。他积极支持纪清漪从事律师职业工作，抗战开始后两人离开北京辗转天津、西安、重庆、上海几个大城市，为了各自的事业，经常聚少离多，过着天各一方的生活。

新中国成立后，马毅参加了中央水利部的工作，任水利部参事室的专员（行政级别14级），同时还是中国国民党革命委员会（简称"民革"）团结委员会委员，和平解决台湾委员会委员。20世纪60年代他曾参与郭沫若等人发起的关于王羲之《兰亭集序》真伪问题的讨论，显示出深厚的文史功底和学术研究能力。他还利用自己的影响对促进海峡两岸和平统一事业做出过贡献。马毅在"文革"中受到批斗，受折磨，突发脑溢血，留下半身不遂的后遗症。1976年4月他与世长辞。

1978年水利部给马毅平反，并为他举行隆重的追悼会，杨秀峰、张友渔等领导同志亲临参加，向纪清漪表示慰问，纪清漪怀着十分悲痛的心情送走了老伴。

编辑《东北月刊》

前面已经说过，纪清漪在北大读书期间，在课余兼任新东北学会主办的《新东北》半月刊的编辑工作。作为副刊之一，挂靠在《华北日报》上出刊。1932年5月改为月刊独立出版，名义上由王之相主编，实际上仍由纪清漪负责编辑。《东北月刊》主要研究学术问题，介绍社会思想，侧重于东北问题的探讨。《东北月刊》设有评论、论著、通讯、文艺等栏目，宣传抗日救国主张，揭露日本帝国主义的侵略阴谋，寻求挽救危亡的计策。这个刊物存在的时间不长，1933年4月停刊，出至第2卷第8期。纪清漪在编辑《东北月刊》的同时，还写了不少文章发表。下面选一篇录入，并作一简要介绍。

中国今日之严重关键

这是一个应该彻底明白自己的过失，重新努力自立的关头。看看过去，看看眼前，中国真糟得够了，凭良心讲，我们实在没有一个理由可以来掩饰这些不可磨灭的罪恶。一切是自己做成的呵，"物必先腐，而后虫生"。

二十年的经过

因为鸦片战争抓破了我们的假脸，于是第一次看见了世界的面孔，自己的短处，想要努力走上一个新的路。太平天国出现了，因为不彻底的缘故，成了昙花一现，在隔三十年仍想挣扎到新的路上，遂起变法维新之议，然而，因为又不彻底，于是发生了辛亥革命。这回看起来可是一个绝大的进步，怒狮一吼，震动世界。只是太可惜了，从兹以后，一样的，始终不曾做过一次彻底的革新事业，直到如今。看看这二十年间的大事：

民国二年	李烈钧据湖口起兵举行二次革命名曰讨袁军
民国四年	袁世凯称帝蔡锷在云南宣布独立
民国五年五月	袁世凯申令撤销承认帝位
同年七月	宣统复辟
民国六年八月	唐继尧通电护法
同年九月	孙文称大元帅于广东
民国七年十月	广东军政府通电护法
民国八年五月	曹汝霖签订二十一条，发生"五四"运动
民国九年	直皖战争
民国十一年	直奉战争
民国十三年	江浙战争
同年	直奉二次战争，冯玉祥倒戈
民国十四年	奉浙战争，郭松龄倒戈
民国十五年	冯张之战
同年秋	国民革命军北伐军出师
民国十六年	张阎之战，张作霖称大元帅 武汉国民政府清共
民国十七年	北伐成功
民国十八年三月	国民革命军第一集团（蒋介石）与第四集团（李宗仁）战

同年六月	国民革命军第二集团（冯）与蒋战
	唐生智、石友三做反蒋运动
	收回中东路，引起俄国进攻东北
民国十九年	蒋冯阎之战
同年九月	汪精卫等在北平组织扩大会议
同年十月	东北军入关，张（学良）蒋合作，冯阎退出北平，扩大会议解散
民国二十年四月	蒋介石囚胡汉民
同年五月	开国民会议
同年七月	汪精卫、孙科在广东组织西南政府
同年九月	日本抢占东北，宁粤进行合作
同年十一月	蒋介石被迫辞职
同年十二月	孙科请蒋介石出山，汪任行政院长，孙科负气走上海
民国廿一年一月	日本炮攻上海
同年二月	政府迁洛
同年三月	十九路军退出上海

哎呀，查查旧账，这够多么悲惨的一个国家！二十年来不曾过过一天平安日子，整天家公有公理，婆有婆理的自相厮杀，动机都是好的，为国为民，而结果却都是为金钱，为地位，惟恐别人占上风。太悲惨了，二十年的日子没有一天不是不在无组织、无秩序、计划着一己禄位的里面过去的，而且这种无组织、为禄位的程度愈来愈深，宛

若是一种进步。

中华民国是过去廿年了,所谓更彻底的国民革命政府,国民党统治以来已是五个年头,我们看看这廿年来厮杀,改革的结果,造成了怎样的一个国家呢?建设在哪里?进步的是些什么?家,早已破了,亡国奴的帽子已经戴在一部分人的头上。读者呵,到了这种生死关头,我们再用不着端起肩膀,讳说自己的短处,那种"堂堂乎大矣哉"的架子已经再吓不住任何人了。知过能改,我们或者还有一天可以抬起头来。

建设呢?

这些年来,我们事事都可以说:"其所以如此,因为政治还没上轨道。"时时都可以以"穷"标在任何不肯努力、不肯起头的事业计划的前面。但是究竟有没有一个"走上轨道"与"不穷"的时候呢?谁也没有工夫去想。战后的德国比今日中国的情形更坏,一切都破坏了,全国经济整个的破产,至于透不过一丝气来,看他们十年来的建设,大体已恢复了战前状况。革命后的苏俄,国内所有的制度组织完全毁坏了,要重新建设一个与世界上还没有见过的新制度,新国家,一切都需要安设新的轨道,而国外方面,谁都认为他是一个奇怪的东西,谁也不肯给与一点滴的帮助,那种立不住的情况,不比今日中国的情况更坏吗?这才几年,新的基础稳固了,四年间实现了五年计划。回头看看中国的国库收支,除了盐关两税收入外,二十年间发行公债竟达十六万万三千九百余万元。自民国元年至十五年北京政府时代，共发行公债二十八种，总额六万万三千九百万零六千五百八十八元。自民国十六年至二十年南京政府时代，共发公债二十七种，总额十万万元。

国民政府仅仅五年发行公债数额竟超过北京政府时代，知识很可惊人的事件，我们并不是说发行公债便是坏了事，顶要紧的是发行公债的用途是什么？我们算一算这十几万万公债的用途，是开发实业，是发展交通，抑或是用于文化和普及教育呢？什么都不是，大部分用在老百姓的身上了，而用的方法不是叫他们生活幸福，而是叫他们做几个要人争禄位的牺牲者，换言之，这无限金钱就是完全消耗于自相残杀了！今日忍痛，忍辱不能和日本宣战的绝大理由是没有海军，没有空军，兵工厂不能自给，缺乏新式兵器，决不能和坚甲利兵的日本相抗衡。这种理由确是理直气壮，知己知彼，但是，我们年支军费平均三万万元，二十年的结果竟是如此！二十年的结果竟是如此呵！

近五年来，除掉军费是主要开支外，新的、必要的最大支出要算年支党费五千万元以上，这五千万元换得的是些什么呢？我们看见的成绩只是写标语、贴标语，与刷洗标语，今日打倒、明日欢迎的标语都被人看得眼花了。某某中委死后有遗妾六人，遗产六百万元，受国葬之礼，这是一百七十六位中委之以德死后荣哀。

二十年五月国民会议开幕了，是的，庄严郑重，代表民意说话的机会，结果呢？费掉五千万元，议决的议案，只是纸上无数黑道。好像是多么彻底，多么诚意的编遣会议，其结果也不过是花掉几千万元会费。

从前北京政府时代发行公债六万万，没有丝毫建设，曾被国人唾骂的不堪，如今，南京革命政府五年间发行如此巨额公债除了把大路公园衣服改称中山，除了把红的墙上刷上蓝色，除了各地兵匪蔓延，除了中东路事件的"听其自然"，与日本强占东北后的"无抵抗主义"而外，这国民会议与编遣会议，与各地添设的党部与夫这和日本不能宣战的绝大理由，要算国民政府的主要建设。几千万灾民在那儿呻吟，几十万民众流出的鲜血还在那儿鲜红呢！没有办法，一切都没办法。

我们不是穷到无法建设，不是环境不许我们建设，是没有能力建设，是没打算建设呵！把有用的金钱都消耗在无结果，无意义的所在了！

今日的农工教育

我们来注意的看今日中国的农工教育吧，这立国之本的几桩大事：

农业——中国是以农立国的国家，农产品现在是怎样情况呢？民十一以前是出超，以后年年入超，一年比一年入超的数目大，去年竟造成极新的纪录。

占世界第二位的东北大豆去年滞销，出产五百万吨，经囤积了三百多万吨，无法销出，致使一般农村均陷于破产。长江一带因空前水灾，把所有的农村都整个破坏了。使二万万五千万人无家可归。黄河流域则连年为兵匪蝗旱所扰害,一样的,饿殍载道,惨不可言。民以食为天,食粮要仰给外国,怕终非长计?那么我们怎样善其后呢?到今天还没见具体的计划,所看见的只是:"美麦救灾。"

实业——中国最大的实业要算丝与瓷,而丝业与瓷业破产了,去年春竟由日本输入蚕茧六百万石,上海纱厂除被外商收买了三五家外,倒闭了八十几家(据二十年调查),景德镇最大的几家瓷业公司不堪兵匪所扰,于去年春倒闭了(参看二十年四月十六日大公报)。重工业更不用说依然操在日英手中(如汉冶铁矿,开滦煤矿等)没有一点新的进展。

教育——自从民国以来直到现在我们对于教育就始终没有过一个整个的计划。苏俄在十年间能够驱逐文盲百分之八十以上,让我们看来真是骇人听闻!革命后二十年的中国除了通都大市是已走入二十世纪,各地的陋塞绝非中央要人们所曾梦想,看看洛阳妇女仍以小脚为荣(现在还有赛脚会);汾阳民众仍以着长衫为怪;泰山道上带辫子的依然是络绎不绝,这些比较大些的城市尚且如此,其他可想而知了。不但此也,现在仅有的这不普及的教育,却又到了总破产的地步。虽然教育经费由国库支出的仅是一个小的数目,然而,大人先生们不但不觉得教育的重要,反而认为这是一笔额外花销,一提到教育经费就觉得头痛。他们从来未曾想过,一个国家的国民没有知识,这个国家是难得在现世界上存在的。

如此结果!

二十年来的中华民国，顶明白的，始终是在一种不彻底，不清楚，毫无组织，毫无志气的里面生活着，直到如今还没逃出这个圈子。这种不彻底，无组织的行为，造成了今日这种局面：政治仍然不上轨道；统一仍然是梦想，所谓革命外交仍然是只对国民而言；宝藏最富的东北被日本占据了，经济中心的上海被日本破坏了；农村经济整个的破产；工业不但没进步而且日益衰落；我们除了空气水与劳力而外，一切都仰给外国，所有的用具衣服以至于食粮。教育总破产业已摆在面前；中东路事件听其自然的没有办法，中日交涉天天哭丧着脸说"委诸国联"。

呵，这种局面，已到了极悲惨，极可怜的境地了，无论如何这不生不死的状态已不能再继续下去。即刻就要决定，无论是生与死，存与灭。一个新的局面将要开展了。

潜伏着一种"力"

无疑问的，现在我们的政府已经失掉了一切能力，也就失掉了一切信仰。民众呢？百分之八十五以上的人是没有知识，没有饭吃，而且肩上还负有七元国债。他们除了渴求知识与粮食而外，这种外人的侮辱，已经到了无可再忍的地步。显然的，这是一个严重时期，目前中国只有两条路走，一条是继续着这不生不死的现状，等着灭亡；一条是别传弯来，拼命得马上打出一条新的可以生存的路去。如今，这中华民族将要走哪条路呢？

严格说来，一般老百姓的心究竟还没死透，神经也还不曾麻木，告诉他们说："等着灭亡吧！"这是不可能。而且，动物受了生之欲的支配，对于这"生"终有相当的留恋。"九一八"之后，东北义勇军到处蜂起，老百姓们为十九路军及马占山捐助金钱与衣食，王正廷、郭泰祺被殴流血……这一切一切清楚的表现了保存种族的本能。毫无疑问，一般人铤而走险，即可就要走上后一条路。

现在中国的情形，已俨若一七八九年（法国革命），一九一七（俄国革命）两年的前夕了，一种极大的将一发不可遏止的"力"已经潜伏在民间。"九一八"事后，中国的民众醒觉了。虽然历史告诉我们这种"力"的原因与结果，但是此刻我们还要严格注意：今日中国这种力的原因较一七八九、一九一七前夕的原因更为复杂，因为国外恶势力的压迫，不是单独中国的问题，而是世界的远东问题；还有，中国民族性与斯拉夫族与拉丁民族根本不同，不但没有那种果敢，毅力与伟大，而且是怯懦的，散漫的，虎头蛇尾，利己主义者。因为一方面这将要爆发的"力"已经潜伏着了，一方面我们要极力注意后面的两点，所以今日事件之严重性迥非过去任何时代所曾经验。

青年知识者的责任

我们认清了二十年来造成的今日这个局面，同时事实又告诉我们国际方面决不会给与我们任何力量，所以，此一刻中国正需要这种潜伏的"力"。不过这种力的本身虽然是怒不可遏有着绝大理由，然而它的内在的继续性与决断彻底性却异常薄弱。如果我们事先不能用一种方法范围它，指挥它，领导它，恐怕将来的结果要比辛亥革命与北伐革命还要更坏。所以，怎样运用支配这种将要爆发的"力"是当前问题。要知道这种力固然潜伏在民众中间而能负支配指挥责任的，却不是全体民众，而是全体中间的一小部分青年知识者。俄国文豪屠格涅夫说："你想革命的要素存在于人民中，其实恰恰相反，我可以断定革命这样事件，从他的真实的最大的意义解释起来，只存在于青年知识阶级的少数人，假若我们自己不自起纷争以自损灭，实在很足以有成……"这话的确很有道理，因为一般民众所感觉到的只是由于一种极度苦痛所起的强烈需要，原于需要不得发生的一种热烈情绪，这种情绪便是我方才所说的"力"。换言之，就是一般民众所有的只是因需要不得发生的激怒情绪，但是他们不知道怎么样才可以达到或是得到这种需要。知道的仅是民众中间一小部分人——青年知识阶级者。

"怎么办"呢？

中国的青年呵！不能够等了，不能够再如现在一样的泄泄沓沓了，这正是时候，把摆在你面前的担子放在你的肩上。就是现在，什么事都要人去干，整千万的青年都有机会尽量地去发挥他们的智力与他们的才干，帮助民众完成这将要开始的伟大事业。不要再说："现在的青年没有出路吧！"那是一句可耻的话。一般所指"没有出路"的意义从正面解释，是说没有事业可做；从反面解释，就是找不到吃饭的方法。能说现在没事业可做吗？中国千百万种事业正在那儿等着青年去起头；若说我们青年活着就是为了吃饭，这话未免太可怜了。讲到这里现在一定会发生一个问题：

> 若说：青年没有出路是一句可耻的话，那末，在现在这种乱糟糟的中国，一切事业，那有机会让我们去干呵！我们想干又怎么办呢？

是的，应该问"怎么办呢"。

一个吃苦的决心

我们生不逢时，生在这样的一个中国了。国家一切都不上轨道，我们的政府没有一点能力，他不能给你任何机会，虽然它也需要你去努力。机会吗？是要我们自己去找呀！

顶要紧的一个起头，是下最大的"吃苦去"的决心，脱离你现在所处的环境，这悠闲、懒散、不肯向上的环境。亲自走到民众中间，找你要找的机会，替那些需要你们最殷的人们去做事。那儿有许多机会，有许多工作，正等着你。你要去把民众中间潜伏着的"力"组织起来使成为系统，成为有组织，然后继续不断用尽你的热情、能力，努力去干，是民众的需要与希望在实际生活上实现出来。

这不是享乐的时候了，这一个伟大的事业就要起始了，如果我们想要把它完成；如果我们并没想亡国奴的滋味好尝。即刻就要去吃苦向前干。要谨记住：没有一件成功可以不吃大苦，不经风霜的。而且，要认清这吃苦是应该，是本分而不是暂时的不得已。

日本人屠杀我们的兄弟宛若戏弄几个蚂蚁；我们的老百姓们含着愤怒的眼泪在啃树皮；我们的政府要人在绿灯红酒之前唉声叹气……青年们呵！此情此景，还有心坐在电影院里看西洋女子歌舞吗？还能够坐在值廿金的酒席之间端起酒杯吗？

不，一千个不，不能如此了！即刻下这"吃苦去"最大的决心吧，尽我们的精力去替民众做一点我们能做的事。

坚决果断来割治现社会

克鲁泡特金说："请带着你的解剖刀，坚决地果断地来割治这个正在腐败朽毁的现社会。"这话宛若对中国人所说，坚决果断的决心，正是第二点我们要严格记住的。因为中国人的民族性吃苦很能做得到，而这坚决果断的精神却极为薄弱，数一数过去种种事业失败的原因，莫不是缺少坚决果断的决心。每做一种事一遇到困难，就即刻转变方向，另定方针，一而再，再而三，于是结果越弄越糟。要知道，世间没有一件事业的成就，是能够依照预定计划平平安安达到目的的，这里很需要一些毅力与决心才可以排除中间所必经的阻挠。我们的民众是如何渴盼着医治他们的苦痛呵！那无可再忍受的惨苦就要使他们疯狂了！不要理直气壮地再说:"五分钟热血"是侮辱吧,那正是对症的药。历史指给我们过去的事实没有一件不是起头热烘烘的,后来发现了困苦与荆棘就慢慢地凉了,放下了,直到把它忘去。我们那有过坚决、彻底的精神与果断的勇气呦!谁能够再来辩护说中国的现社会并不是正在腐败朽毁呢?现在这个老大国家并不是不可救药,顶重要的就是看我们有没有割治的决心。

勿自纷争

还有第三个我们该记着的事不自起纷争,以自损灭,前面写过屠格涅夫说:"假若我们自己不自起纷争以自损灭则很足以有成。"这对于我们是一句有力的针砭。中国二十年来弄到今天这种地步,就是过分的自相损灭。一切誓师大会摆在那儿了,终年累月相互厮杀,从来不觉得那是羞耻。其所以如此的最大原因是人人都想做领袖,为了领袖欲的缘故,就不惜以百姓们做孤注。现在我们还能这样做吗?事实已经不许了,老百姓们业已看穿了所谓领袖者,耍的把戏是什么。他们决不能再接收这些骗人的把戏了。我们此刻所要做的事不是为自己而是为全体民众,我们要给民众们去找到他们的希望与需要,我们要领着他们走到一个合理的生活境地。是责任而不是权利,要是牺牲而不是享受了。

各个人的智慧与能力不相同,因之各个人的长处也就迥不相同。聚拢许多人的长处,才可以把一件伟大的事业向前推动，这是顶要注意的一点。一种共同事业，必须大家能够利用长处而原谅短处，中间才不致发生冲突。一种事业的确需要一个领袖，但是并不需要人人都做领袖呀！完成我们的责任不在于是不是领袖。换言之，一种事业的成就所需要的，是责任心而不是领袖地位。今天是如何严重的一个时期呵，无论如何负有绝大责任的青年中间不应该再有一点滴自相矛盾，自相损灭的情事。如果我们的行为与良心，能够完全一致，毫无矛盾，尽我们所有的精力努力干去，这种感觉会给我们许许多多力量同着兴高采烈的浓厚趣味。事业完成的速率也会较我们所预定的为更快。

记住过去失败的原因

青年们呵！记住我们过去一切一切事件失败的原因吧。克鲁泡特金说："现在不是治病的时候，应该首先铲除的，是使人生病的原因。"是的，这对于我们中国人是顶重要的一点。数吧，我们以往失败的原因没有一件不是不由于不彻底，无组织，虎头蛇尾而且自相损灭。如果这时不能够首先铲除这失败的原因，将来的情形就不堪设想了。问问良心，现在我们还能够再欺骗民众吗？老实，忠厚的民众们因为听受欺骗而身受的惨苦，实在已经够了。而且，更要紧的，该知道现在的中国问题并不是中国自己问题，已是世界的远东问题，如果我们不能决心铲除已往失败的原因，以自振拔，将来的中国变作列强相竞争的战场，是毫无疑问的。墨索里尼本年三月二十六日在罗马演说:"……今兹极东事件与其谓为中日直接战斗,毋宁谓为有惹起更大危险之可能……不久苏俄将与中国缔结同盟,事实上或以中国为保护国,亦未可知……中国数千年来萎靡不振原因正坐于缺乏组织能力与勇敢精神,一旦日本指导中国必有以训练培植之,事果至此,则日本坐享东洋霸权而令中国为其守望西欧之步哨……"青年们呵!这话我们要怎样反复思索呵!

不需要空论了

现在中国已到了生与死的关头,民众们决不肯老老实实地死去,青年知识者呵!他们正在那里握好了拳头,储够了鲜血,等着你的口号向前杀出一条生之路去,你要走在前面,指给他们走哪一条路哩!这正是把你自己的身体放在民众中间实地里同他们一块去干的当儿,此刻不需要空谈了,在辉煌的会场上高谈阔论民间疾苦与救国之道的空话,现在已失去了他的麻醉性。廿年来骗人的议论给我们的苦味已是如此深厚了。

最后我们问怎么办呢?

要下决心,吃苦,坚决,果断,彻底,不自损灭的决心,到民间去。用不着发表什么空洞的议论了,只说明白为什么这样做,应该怎样做就行了。用你的热情与智力努力去干,领导着他们得到他们所需要的,无论是知识、食粮,以及洗刷这忍受不了的侮辱。定一个目标,无论经过怎样苦难也非达到不可。站在民众中间，为公道，为真理，去努力奋斗，直到牺牲自己。在人生当中还能找到比这个更高尚的事业吗？

请不要说："我们人数太少，能力太薄弱，要想达到这个伟大的目的是难能的。"

只要我们能下决心，肯干，肯牺牲自己的享乐，就够了。人数少吗？数一数在惨苦生活之下的民众；能力薄吗？潜在于民间的极大的"力"正在那等着你去运用哩！

此刻我们已没有任何力量可以依赖了，能够依赖的只是民众的"力"与青年知识者的决心。

墨索里尼说："吾侪不可对于中国估价过低，更不可因过去数世纪中国在沉睡状态中而推测其将来，亦复如是。"是的，中国不应该也不能够永远如今日这样的沉睡。时候到了，这正是一个严重的关键，生与死，存与灭。担起面前的担子，努力向前吧！

这篇文章充满了忧患意识，一个年仅二十多岁的北大学子表现出青年知识分子强烈的民族责任感。作者认为"九一八"之后，中国确实已经到了生死存亡的最危险时刻。之所以弄到这种糟糕透顶的局面，应该从内因说起，那就是应该彻底明白自己的过失，不再掩饰过去犯下的深重罪恶，"物必先腐，而后虫生"，只有认真总结过去失败的经验教训，才能树立重新努力自立的信心。所以说当前是中国严重关键的时刻。

作者先给我们列出一个从民国二年到民国廿一年中国二十

年间的大事年表，我们看到的是连年不断的军阀混战，领导人则是你方唱罢我登场，频繁更迭。日本则趁机强占东北，进而炮攻上海，迫使政府迁洛，十九路军退出上海。作者感慨道："查查旧账，这够多么悲惨的一个国家！二十年来不曾过过一天平安日子，整天家公有公理，婆有婆理的自相厮杀，动机都是好的，为国为民，而结果却都是为金钱，为地位，惟恐别人占上风。"这里无情地揭露了那些当权者打着为国为民的幌子，实际上干的是争权夺利的勾当，使人民过着没有平安的悲惨日子。作者认为在生死关头，再不能讳说自己的短处，知过能改，我们或者还有一天可以抬起头来。以下就从建设和农工教育两方面自揭短处。在建设方面是毫无建树，成天打仗，民生凋敝，经济破产，财政枯竭。政府完全靠无休止的发行公债过日子。作者总括说："我们不是穷到无法建设，不是环境不许我们建设，是没有能力建设，是没有打算建设呵！把有用的金钱都消耗在无结果，无意义的所在了！"这话一语破的，戳穿了当权者根本没有打算建设的险恶用心。

再从农工教育方面来说，中国是一个以农立国的国家，农产品却要靠进口，而且数量一年比一年多。原因是天灾人祸，农村破产，饿殍载道，惨不可言。在实业上，重工业依然操纵在日英手中，丝业与瓷业是当时中国的最大实业，由于不堪兵匪骚扰，纱厂和瓷业公司大量倒闭。教育方面更是骇人听闻，文盲充斥城乡，洛阳妇女仍以小脚为荣，居然还保留着以丑为美的赛脚会；泰山道上带辫子的依然是络绎不绝。教育经费日渐短缺，那些大人先生们不但不觉得教育重要，反而认为是一笔额外花销。他们从来没有想过,一个国家的国民没有知识,这个国家是难得在现世界上存在的。

尽管局面是如此严峻,作者指出目前中国只有两条路可走,一条是继续着这不生不死的现状,等着灭亡;另一条是别转弯来,拼命得马上打出一条新的可以生存的路去。这中华民族究竟要走哪条路呢?作者发现在民间潜藏着一种救亡图存、保存种族的力,促使中国即刻走上后一条路。作者引用俄国大文豪屠格涅夫的话,明确地指出青年知识者的责任,那就是立即行动起来,承担起救亡图存的重任。作者号召青年们抱定吃苦的决心,尽我们的精力去替民众做一点我们能做的事。作者还引用俄国著名无政府主义者克鲁泡特金的话:"请带着你的解剖刀,坚决地果断地来割治这个正在腐败朽毁的现社会。"作者说:"现在这个老大国家并不是不可救药,顶重要的就是看我们有没有这割治的决心。"为了完成割治的任务,作者警告说切勿自起纷争,以自损灭。要牢记过去失败的教训,根除不彻底、无组织、虎头蛇尾、自相厮杀的愚昧做法,决不能把中国作为世界列强互相争夺的战场。还要杜绝空论,下定决心,吃苦、坚决、果断、彻底、不自损灭的决心,到民间去,站在民众中间,为公道,为真理,去努力奋斗,直到牺牲掉自己,这是人生最高尚的事业。这篇文章中,不仅提出问题,更重要的是还提出解决问题的办法。这些办法既是切实的,又是超前的。反映出一个女青年的真知灼见和爱国情怀。这样的文章经受住了历史和实践的考验,对纪清漪这位伟大的爱国者,我们充满了仰慕和钦佩。

《日本将在东北设满洲总督（评论）》(《东北月刊》第1卷第2期)，这篇文章是讲"九一八"事变之后，日本妄图长期霸占东北，他们将在东北设立满洲总督边是一项重要的具体措施。纪清漪敏锐地捕捉住这一政治动态，及时写成文章，以期引起全国人民的警觉。文中引用日本媒体的消息，说明日本为什么要在东北设立满洲总督，目的很简单，就是为了便于长期统治东北和经营东北。而中国政府的反应却是所谓静观其变，报告国联，哀求制止。作者尖锐地指出国联是靠不住的，即使国联能对日本说一声"不许你这样做"，日本也决不会听从的。作者举出我国台湾及印度、朝鲜等地的例子，凡是设立总督的地方，都是殖民地。这样就不言自明，日本之所以要在东北设立总督，就是要把东北当作他的殖民地。日本不是光嘴上说说要在东北设立满洲总督，而是积极物色具体人选，可见设立总督乃必行之策。面对日本侵占我国领土的阴谋举措，中国政府显得软弱无力、无动于衷，寄希望于国联的干预，这其实不过是不切实际的幻想而已。作者提醒中国人一定要下决心割掉健忘的劣根性，朝鲜沦为日本的殖民地就是前车之鉴。作者没有掩盖自己的观点：对于东北的前途，她是悲观的。她迫切希望东北不要成为朝鲜第二。

此外，在《国难周年之前夕》(《东北月刊》1932年第1卷第4期)一文中，作者无比沉痛的陈述，在国难周年的前夕，中华民族的同胞一定要认真反思，摸摸我们的良心，问问我们的脑，我们能让"九一八"的巨痛继续扩大下去吗？充分显示出一位热血青年的忧患意识。在《明年今日》一文中，作者表明自己生长在东北,热爱这片热土,痛惜这片热土沦与日本之手。"九一八"事变已经过去一年了,她提出不要幻想偶然与意外得到外界的帮助,一定要用自己的汗与血去把东北收回。她还提出不要多说空话,光靠写标语发宣言,表面上轰轰烈烈,实际上也没有什么影响。她指出,今后一定要下决心,脚踏实地地去做,要多流汗、勤动脑、认真思考才对。为政不在多言,多言无补实际。文章最后着眼于未来,过去的已经过去了,悔恨、责骂、怨尤一点没有用。重要的是从今日起彻底地觉悟,用严格的、细致的理智去检点过去的得与失,确定一个新态度努力将来。纪清漪有敏锐的政治悟性,她能在纷繁复杂的现象中抓住实质性的要害问题,予以分析与解读,她具有渊博的学识,深厚的文字表达功底。她的文章有的放矢,举重若轻,引证丰富,语言生动活泼,有很强的吸引力和说服力。她发表在《东北月刊》上的几篇文章是留给我们的宝贵精神财富,具有重要的史料价值。

第二章 律师工作

作为京城的第一位女律师,纪清漪牢记北大老师的教诲,当律师一定要有正义感,要光明磊落,要不畏权势,敢于为贫苦人撑腰。她做了一辈子律师,始终坚持这一原则,不为名、不为利,从来不做任何蝇营狗苟的事情,从来不迎逢阿谀任何高官权贵。

京城第一位女律师
——一颗法学界新星冉冉升起

1931年,纪清漪在北大毕业后,先到东北同乡王之相(中共地下党员,新中国成立后曾任全国政协委员、九三学社北京市副主委、国务院参事等职)任院长的北京大学俄文法政学院工作,在教务处文书课任课长。这一年她还申请当上了京城第一位女律师。那时申请当律师的手续(程序)是这样的:

第一,申请人的资格,必须具有高等学校法律系或政治系本科毕业学历,如果是政治系毕业的,一定要修够法律系的主要课程。

第二,想取得律师执业资格,先要向国民政府司法部提出申请,填写申请表格,还要有所在毕业学校一名法律系教授的推荐书。同时附上学习法律课的考试成绩,每门课都要在85分以上。当时纪清漪的推荐人是听她抗日演讲试讲的北大教务长兼法律系教授何基鸿先生。何先生很欣赏纪清漪的出众才华和正义感以及高超的口头表达能力,认为这是当律师必备的素质。

当纪清漪登门请他当推荐人时，他欣然同意，立即给她写了充满誉词的推荐信。以何先生当时在北京法律界的声望和地位，这封推荐信起了至关重要的作用。

第三，缴纳200元申请费。当时这200元不是一个小数目。在20世纪30年代的北京物价，工资水平大致为：大学生每月伙食费3—4元，保姆工资每月3元（管食宿），医院传达室工人每月工资6元，图书馆低级职工每月工资8—10元，而像何基鸿这样的名牌大学教授的月工资为300—500元。像纪清漪这样刚大学毕业参加工作不久的年轻职员，月工资最多20元，所以200元的申请费对她来说无疑是一个巨大数字，她一时筹措不出这么多钱，正在为难之际，何基鸿教授早就看出来了，对她说："申请费还没凑齐吧！不要紧，我先借给你，等你有了钱再还给我。"说着便拿出200元钱交给纪清漪。纪清漪是个勤俭节约的人，从不乱花钱，也从不向别人借钱。上大学时，她靠半工半读坚持读完学业，还领取过克兰夫人奖学金，后来靠丈夫马毅的资助才不去做家教和抄写员。这次何教授主动借钱给她，使她很激动，真是雪中送炭，解决了她的燃眉之急。她接过钱说："何教授，太谢谢您啦！您对我的帮助我永远不会忘记。请您放心，只要我有了钱，一定立即还给您。"然后她执意要写一个借条给何先生。何先生看她非写不可，便给她笔墨纸张，只见纪清漪工工整整地写道："今有学生纪清漪因急用特向何基鸿教授借到200元整，空口无凭，立此为据。借款人纪清漪，民国二十年八月三日。"纪清漪千恩万谢拿到何教授的推荐信和借款200元，到司法部办理了申请手续。

由于手续齐全，特别是有何基鸿教授的推荐信，纪清漪的申请很快就获得批准。纪清漪拿到司法部颁发的律师资格证书后，先向高等法院报到备案，再向当时的律师公会报到备案，完成了这一系列程序后，纪清漪成为北京第一位女律师，可以接受案件并出庭为当事人辩护。纪清漪有了律师资格证书后，便在她的住所西城小沙果胡同2号挂出了私人律师事务所的牌子。当时她先在北京几家主要报纸上刊登开业广告，广告上写明：某某律师自某年某月某日起执行律师业务，欢迎办理诉讼事项的各界民众前来咨询。同时注明事务所的地址和电话号码。为了顺利开展业务，纪清漪还聘用了一位看门老头和一位负责缮写的书记员。当事人先找看门老头说明来意，然后由看门人带领去见书记员，书记员有一间办公室。当事人见到书记员后，说明介绍人，要办理什么案子。由书记员简单记下，再写一个条子送到纪清漪的办公室。纪清漪看过条子，感到能接的案子，便写下约定见面详谈案情的时间，如果感到不便接手的案件，当时就予以拒绝，省去当事人再来询问的往返时间。

作为京城的第一位女律师，纪清漪牢记北大老师的教诲，当律师一定要有正义感，要光明磊落，要不畏权势，敢于为贫苦人撑腰。她做了一辈子律师，始终坚持这一原则，不为名、不为利，从来不做任何蝇营狗苟的事情，从来不迎逢阿谀任何高官权贵。她永远站在正义的一边，爱国家、爱民族、爱人民。宁可牺牲自身利益，竭尽全力帮助受冤屈的人。从来不对旧社会贫苦的下层小民有任何歧视和嫌弃。伴随着纪清漪律师事务所的成立，一颗法学界的新星冉冉升起。从下面几个案例，就

纪清漪律师事务所信封

纪清漪律师事务所在京津两地开设,故有京津两地地址

可以看出纪清漪的高贵人品和职业操守。

纪清漪接手的第一个案件
——师大附小教师庄淑贞离婚案

纪清漪律师事务所开办后,虽然在报上刊登了广告,但反响平平,迟迟没有人找上门来。有一天,终于来人了,这是一件维护妇女权益的离婚案,是由当时北京师范大学第二附属小学教师陶淑范(后来成为著名的小学教育专家,特级教师)介绍的。陶淑范和纪清漪在齐齐哈尔女子师范学校为校友,陶淑范比纪清漪高两班,后来二人都到北京工作,平素就有来往。陶淑范在报上看到纪清漪律师事务所的开业广告,她深知纪清漪为人正直,办事认真,所以便主动帮她招揽业务,介绍打官司的人。

陶淑范介绍的这个案件,男方当事人是北京市政府机关的一个姓王的科长,由于另有新欢,与科里一位年轻美貌的女科员勾搭成奸,打得火热,当他的原配妻子师大附小教师庄淑贞发现了丈夫的不轨行径后,王某不但不思悔改,反而恶人先告状,他提出与庄淑贞性格不合,无法继续共同生活,要求离婚。男方先请了一位律师,想压服女方;后来庄淑贞也请了一位律师,两位律师联合起来,经过谈判,达成"协议离婚"的决定,双方签订了协议离婚证书,除双方当事人签字外,双方律师也都在协议书上签字作为证明人。

这份协议离婚书上明确规定:"自签字之日起,一年之后,庄淑贞必须离开北平（当时北京称北平），迁往外地居住，不得再留在北平，两个孩子归庄淑贞抚养，由王某负担孩子的生活费。"之所以写下这样的条文，理由竟是为了给王某留面子，以便其再娶新妇。

很快一年过去了，王某派人催促庄淑贞于一周内迁出北平，并声言在天津已经替庄淑贞租好房子。意想不到的事发生了，就在王某下达驱逐令的当天傍晚，庄淑贞的两个孩子在门外玩耍时忽然不见了，四处寻找也不见踪影。庄淑贞的同事及邻居分析，很可能是在王某的主使下弄走了两个孩子。在孩子"丢失"的第二天，师大附小的陶淑范老师带着同事庄淑贞来到了纪清漪律师事务所，庄淑贞向纪清漪哭诉了案情，要求男方立即归还两个孩子并请求北平地方法院重新审理此案。纪清漪立即答应受理此案。

接手后纪清漪又到双方工作单位进行了调查，还翻阅了当时有关的民事法律以及民国宪法和《六法大全》等专业法律文书，可谓做足了功课，进行了充分准备，决心一定要打好执业律师的第一枪。纪清漪当时是一个名不见经传，初出茅庐的年轻女律师，既没有经验又没有名气，但由于是一件离婚案，报上对案情还是做了一些宣传。所以到第一次开庭时，在北平律师界引起了一次小小的轰动。

那天纪清漪按时来到法院，先到律师休息室填写律师报到单，然后准备向法庭递交原告庄淑贞的委托代理书。这时只见早已等在休息室内的一群男律师一下子围拢过来，他们争着要看纪清漪填写的报到单和委托代理书，他们看不起纪清漪这个律师界的新人，要从纪清漪的报到单和委托书上考察她是否具有当律师的能力，是否懂得法律程序。纪清漪从容镇定地把报到单和委托书让这些别有用心的同行们看个够，嘴里还很谦逊地说："请各位前辈多多指教！"这些想看纪清漪笑话的资深律师看了纪清漪写的报到单和委托书后，面面相觑，目瞪口呆，说不出半句话来。因为纪清漪写得清清楚楚，挑不出半点差错。接着男方请的律师也来到了，男方所请的是当时赫赫有名的大律师王步青。王步青是当时朝阳大学的教授兼教务长，还是北平律师公会的会长，凡是他接手的案件，胜诉的概率都很高。他到了休息室未和纪清漪打招呼，趾高气扬地坐在椅子上吸烟，法院的仆役立即给他端来茶水，其他律师立即毕恭毕敬地站在他座椅的旁边，向他请安问好，王步青也仅是略微点一点头，表示还礼。这种气氛已经预示胜诉的天平开始向男方倾斜。

这时一位名叫金炼的男律师，是北大法律系毕业，出于对校友的关心爱护，他走到纪清漪身旁，同纪清漪说最好在委托书的聘任律师一栏中加上他的名字，这样两个人联名总比一个人强，需要时他可以及时提供帮助。纪清漪自信自己一个人完全可以胜任律师的各项职责，便婉言谢绝了金律师的好意相助，说这是自己初次执行律师事务，正好锻炼和考验一下自己的能力。

正式开庭后，审判长、书记员、双方当事人、两位律师陆续步入法庭，各就各位。旁听席的座位上座无虚席，媒体记者拿着照相机等待拍照。整个审判庭，众目睽睽，目光全部集中在纪清漪身上。审判长坐下后，先翻检了一下有关卷宗，停了几分钟才敲击法槌宣布正式开庭。他知道纪清漪是个新手，有意让纪清漪先冷静一下，放松一下紧张情绪。法庭顿时一片肃静，只听审判长按程序对此案进行审理，原告、被告申诉案由，王步青大律师满有把握地说按照原离婚协议书的规定，庄淑贞必须在一周内离开北平，男方给她在天津租好房子，已经是做到了仁至义尽。两个孩子的"丢失"没有证据是王某所为。

接着纪清漪进行辩护，只见她站起来，神态自若，毫无怯色。她引经据典，侃侃而谈，整个发言有理有据，条理清晰，用词简洁，引用法律条文准确适当，具有很强的说服力。她说原来签订的协议离婚书，是由于当事人庄淑贞不懂法，被诱骗才签了字，属于无效签约；而且根据国民党时期的宪法明文规定，公民有居住自由权，原协议让庄淑珍迁离北平是违宪的。至于两个孩子的丢失问题，纪清漪已事先请了证人，证明这两个孩子就在王某家中。纪清漪的辩护，使对方全线崩溃，再没有反驳的余地。纪清漪发言结束后，有礼貌地向审判长深深鞠了一躬，口里说："我的发言到此为止，请审判长依法明断此案，做出合理合法的判决。"此时全场响起热烈掌声，持续达数分钟之久。

法庭经过短暂休庭，审判长与审判员经过合议，做出了最后判决。重新开庭后，审判长宣布最后判决如下：准许王某和庄淑贞离婚，王某必须把两个孩子交还给庄淑贞，并应立即补足原先所欠的抚养费；原来所签订的协议离婚书无效，庄淑贞不必离开北平，准许庄淑贞继续在北平居住。

宣判结束后，只见那个小官僚脸色灰黄，低头不语。他的卑鄙目的最终没有得逞，那位王步青大律师也赶紧离座扫兴而去。伴随着又一阵经久不息的掌声，旁听席上所有的人都向纪清漪投去钦佩崇敬的目光，那些原来想看纪清漪热闹的男律师们也都为纪清漪的出色表现所折服，纷纷离座上前与纪清漪热情握手，表示由衷祝贺。

原告庄淑贞早已由泣不成声到后来激动地痛哭失声，待稍稍平静后不住地向纪清漪表示感谢。来旁听的陶淑范老师也向纪清漪竖起了大拇指，称赞说："清漪，你真行，你为维护女权做了一件大好事，我们不会忘记你！"纪清漪为辩护此案花费了大量时间和精力，考虑到庄淑贞的经济情况，她没要庄淑贞一分钱诉讼费，相反她还给庄淑贞一些生活资助，给庄淑贞的两个孩子买了衣服和玩具。这第一案的胜诉，使纪清漪逐渐成为小有名气的京城女律师。

为抗日名将马占山义务辩护
——马鸿认子案始末

1936年夏，纪清漪曾为抗日名将马占山当辩护律师，为他办理马鸿认子一案，此案轰动一时，最后以马占山胜诉告终。

在谈这一案件之前，应先了解马占山其人。马占山（1885—1950）是"九一八"事变后，第一个反对蒋介石不抵抗主义的国民党高级将领（陆军上将），他亲自指挥的江桥战役，打响了中国军队抗日的第一枪，赢得全国人民的热烈称赞。

东北这块土地，养育了性格鲜明、独具特色的东北人。寒冷的气候,辽阔的雪原,参天的松树和望不到尽头的蜿蜒长河,培育了东北人的坚毅、豪放和粗犷。这里出现过许多东北硬汉,有胡子(土匪)响马,绿林好汉,更有视死如归、宁死不屈的抗日英雄。他们在茫茫无际的林海雪原上,演绎着一个个苍凉、悲壮的传奇故事。马占山就是其中之一。

马占山,字秀芳,祖籍河北丰润,家中世代为农,过着贫困的生活。早在清朝嘉庆年间,他的祖父马万龙携妻带子离开老家,闯关东到东北谋生,定居在奉天怀德(今吉林怀德)毛家城镇毛家城子村西炭窑屯,生活仍然十分贫苦。马占山的父亲马纯长大后,凭着勤劳苦干,家境逐渐有所好转。马纯为人老实厚道,又能吃苦耐劳,很快家中购置了几亩薄地,又娶了本村的外姓姑娘为妻,一家人勉强度日。1885年11月30日,刘氏为马家生下一个儿子,马纯十分高兴,为儿子取名叫占山。

童年时,为分担家庭生活负担,马占山没有上学就给地主姜顺家放牧。放牧对身体瘦小的马占山来说并不是一件轻松的事,那些高大的骡马总给他带来不少麻烦。为了放牧方便,马占山学会了骑马,学会了纵马在旷野上飞奔,很快成了远近闻名、骑术高明的小骑手。

转眼到了1903年,19岁的马占山已经长成一个体格健壮的小伙子。因被姜顺诬告盗马,愤而离家出走,径直上了黑虎山(即哈拉巴喇山)落草为寇。

黑虎山上已有一伙没有出路的穷兄弟,干着劫富济贫的营生。马占山的到来受到他们的热烈欢迎。因为马占山能骑善射的本领闻名乡里,众弟兄佩服得五体投地。他入伙后很快成为山寨的大王。

1905年日俄战争结束后,马占山率领同伙接受怀德县衙的收编,成为地方游击队,负责维持地方社会秩序,驻守怀德县城。中华民国成立后,马占山投靠中央骑兵旅第二旅旅长吴俊升,任该旅第三团少校连长。随后,他的职务不断提升,从营长到团长。1925年升任为第十七师第五旅旅长兼呼伦镇守使。由于得到张作霖的器重,先被任命为骑兵第十七师师长,后又升任骑兵第二军军长。1928年,张学良易帜后,任命马占山为黑河警备司令。

"九一八"事变后,马占山在齐齐哈尔就任黑龙江省代理主席兼任军事总指挥,率领爱国官兵奋起抵抗日本侵略军。他亲自视察防地,修筑防御工事,积极准备抵御敌人的袭击。此时,以劣绅赵仲仁为代表的亲日派企图劝马占山向日军投降,马占山坚决拒绝,并表示"吾奉命为一省主席,守土有责,不能为降将军"。

1931年11月4日凌晨5时许,日军出动飞机7架,陆军4000余人,在铁甲车和山炮的掩护下,向江桥、大兴等地发起猛烈进攻,马占山率领守军奋起反击,爆发了震惊中外的江桥抗战。激烈的战斗持续了三天,马占山亲临前线指挥作战。全军将士誓死抗敌,前赴后继,击退了敌人多次进犯。这是中国军队对日本侵略者的第一次大规模抵抗。

马占山不顾蒋介石的不抵抗政策,英勇抗敌的行动,就像黑夜里燃起的一簇篝火,点燃了人们心头的希望,在国内外引起炽热反响。社会通过不同方式慰问英勇抗敌的将士。然而马部在毫无增援和接济的情况下与敌激战半月有余，人员仅剩两千余人，在日军源源不断调来增援部队的攻击下，他们不得不向后撤退，大兴、昂溪等地相继失守，省城齐齐哈尔也被攻破，最后退到了海伦。

后来几经周折，马占山不得不于12月和苏炳文一起退入苏联境内。这支抗日队伍约有3万余人，他们经苏联进入新疆，准备转赴内地继续抗日。但到了新疆却被改编为新疆地方部队，马占山、苏炳文等将领则先后被解职，游历了许多国家。1933年，马占山回国，经香港到上海。

身在上海的马占山，关注着北方的抗日形势，当东北义勇军英勇抗敌，华北出现严重危机的消息不断传来的时候，他坐不住了，立即前往庐山向蒋介石请战。未遂，马占山大失所望，在上海白等了一年，看到请战无望，便回到天津。

日本军方对马占山恨之入骨，认为马是他们侵占中国的一块大绊脚石。当日本的特务机关得知马占山到达天津后，便不断采取跟踪暗杀手段，企图置马占山于死地而后快。当时担任河北省主席的是东北军将领于学忠，他对马占山采取了特别保护措施。他把马家安排在英租界内，并派人严密保护。

1935年初，天津日本特务机关决定用炸弹炸死马占山。他们早就租下了马占山住所楼后胡同的一间平房，每天窥视马家的动静。他们制定了一个暗杀计划，成立了一个由四男一女组成的暗杀小组，事先把整箱的炸弹运来，只等大年三十晚上，街巷都放鞭炮时，准备从马家后阳台上向正在打牌的马占山投去，马占山必被炸死无疑。

到了三十这天白天，暗杀小组成员之一，外号叫马跛子的人因内部矛盾，只让他在外面巡风，这样奖金就少很多，他就到巡捕房告了密。巡捕房立即通知了天津警察局，让马跛子带领侦缉人员将其余四人全部逮捕，并起获一箱炸弹。于学忠下令将此四人就地枪决。日本特务谋杀马占山的阴谋没能得逞。日方一计不成又生一计，在炸弹暗杀事件不久，马占山长子马奎（字子元）被特务骗到日租界中原公司楼上舞厅去跳舞，正当马奎和一个舞女翩翩起舞之际，突然从乐池闯出四个凶悍的大汉，不由分说，将马奎捆绑起来，并用毛巾塞入马奎口中，使其不能叫喊。随即将马奎带走，关押起来。绑匪给马占山家打电话，索要一百万美金做赎金，并威胁说三天之内不交赎金，立即撕票，让马占山尝尝老年丧子，断子绝孙的苦头。马占山说："我不怕断子绝孙，他们用绑架这种卑劣手段想敲诈我，办不到。"

第二天马占山在天津各大报上刊登一则声明："马奎到中原公司楼上跳舞，行为不端，引发事件，由其自负。自即日起我与他脱离父子关系。马奎在外一切行动，马占山概不负责。"声明登出后，绑匪又托人到马家游说，说如果一百万美金一时拿不出，先少交点也行。马占山一口回绝，说："如果马奎让绑匪弄死了，我只当他在打鬼子的战场上牺牲了，我一滴眼泪也不会掉。再说赎金，别说一百万，我一分钱也没有。"后来在于学忠和天津媒体的过问下，马奎被解救出来。日本人迫害马家的企图又失败了。

1936年夏，在天津又出现马鸿认子一案。日本特务两次暗害马占山均未得逞，便又绞尽脑汁，挖空心思设计了一场破坏马占山名誉的闹剧。他们让日本浪人和地痞流氓收买了一个叫马鸿的老年农民。马鸿先是到马占山公馆前又哭又闹，硬说马占山是他丢失已四十多年的儿子，非让马占山认他为父，并担当起赡养责任。马占山的父亲马纯早已在东北逝世多年，现在怎么又冒出一个自称是马占山生父的人，弄得马占山既恼火又莫名其妙。

马占山让手下人对这位老人讲清楚马家情况，说马占山和全家人以及亲友没有一个人认识马鸿，劝他不要受人指使，被人利用，无理取闹。马鸿非但不听，反而天天来闹，每次都围着一圈人，人群有不明真相的人，也有别有用心的人，纷纷指责马占山不认亲爹，禽兽不如。更有支持马鸿认子的人，给他写了诉状，将马占山告到天津地方法院。天津检察院不分青红皂白，不进行深入调查，偏听马鸿一面之词，竟以遗弃尊亲罪，对马占山提起公诉。马占山为了维护自身名誉，决心打这场官司。天津黑恶势力放出风声，扬言哪个律师胆敢出庭为马占山辩护，当心他的脑袋。马占山本想聘请一位熟识的律师，这位律师不好拒绝，便狮子大开口，向马索要公费两万大洋，并说能否胜诉不能打包票，这明明是虚晃一招，假意敷衍而已。马占山很生气，决定不再请天津律师，他听说北京有位大律师叫纪清漪，便让他的秘书杜荀若专程到北京来请纪清漪。纪清漪听了杜秘书的案情介绍，知道这是一件要承担极大风险的案件，是要冒生命危险的。出于对抗日英雄的尊敬，她心甘情愿担任被告人的律师，立即爽快答应为马占山进行义务辩护。

在杜荀若秘书陪同下，纪清漪乘火车到天津，住在一家小旅馆。第二天上午到天津地方法院出席第一次开庭。只见原告马鸿衣衫褴褛，形容枯槁，头发蓬乱，胡子花白，完全是一副穷苦农民的模样。他在法庭上陈述自己是河北丰润人，他打听明白马占山也是河北丰润人。他的儿子出生于光绪十一年（1885），马占山也是出生于光绪十一年，是光绪十六年（1890）马占山五岁时丢的，当时他四下寻找，没有找到，后来听说被人带到东北去了。他坚决要求法庭传马占山到案，他亲自一问，再仔细看看，马占山就会认他这个父亲的。

纪清漪作为被告马占山的辩护律师严正指出，当初马鸿如何丢失儿子，又如何被人带到东北，为何时隔四十多年才来认子，又是谁告诉他马占山就是当年他丢失的儿子的。这些问题光靠口说没用，原告一定要提出一系列人证、物证，用证据证明马占山是他的亲生儿子。马鸿被问得无言以对，法庭宣布休庭，让原告、被告双方进行充分准备再行开庭。第二次开庭，马鸿穿着与第一次大不相同。他理了发，剃了须，容颜不再憔悴，身着长袍马褂，俨然一副阔地主家的老太爷模样，而且聘请了律师，一同步入法庭。马鸿仍然坚持被告马占山必须亲自出庭的要求，说只要马占山出庭，一定能解决认子的悬案。

纪清漪义正词严，从法律程序上指出遗弃尊亲罪属刑事犯罪，这一罪名的确立必须以确认亲子关系为前提，而确认亲子关系属民事诉讼范畴。所以马鸿认子案不能一开始就以遗弃罪立案，应先解决确认是否为亲子关系为案由，是一宗民事案件。接着纪清漪提出三点要求：

第一，原告必须提出证明，什么人，在什么地方，在什么条件下告诉他，马占山是他丢失的儿子。

第二，法院如果能够切实保证被告人离家到法院的沿途以及在法庭上的人身安全，下次开庭被告一定到庭。

第三，原告必须提出他儿子有何特征，而这特征又恰与被告相符。

纪清漪说到此处，那个原告老头脱口而出："我儿子右耳根处有一出生而带来的拴马桩（即一小肉球）。"接着原告律师发言说："这就好办了，只要被告出庭，当庭验证一下右耳后有没有拴马桩就可真相大白了。当然如果没有，也不排除已经动手术割掉了。除拴马桩外，见面之后，或者还可能找出其他证明是亲生父子嘛！"至此法院宣告退庭。

几天后法院用电话通知纪清漪，法院决定第二天下午到马占山家开调查庭，主要检验马占山耳后有无拴马桩，参加人有法院刑庭庭长、书记官、检察院检察长、法院法医、天津总医院外科医师以及新闻记者、被告律师等。并驳回原告及原告律师参加验证的要求。验证那天，马家很热闹，门前车如流水马如龙，除法院有关人员外，新闻记者来了十多人。马占山从容应对，热情招待来客，庭长、检察长宣读了起诉及验证文书，书记官当场做了笔录，法庭及外科医师仔细检查了马占山的两耳前后，根本没有发现什么拴马桩，也没有动过手术留下的疤痕。当即照了马占山两耳前后的照片，足足折腾了半天，法院方面才寒暄了一番，告辞而去。

第三次开庭用时甚短，审判长给马鸿及其律师看了四张放大一尺的马占山左右耳前后的照片,向他说明经仔细验证马占山右耳后既无拴马桩,也没有动过手术的任何痕迹。原告既然提不出其他有力证据,据此,本院认定马占山与原告丢失的儿子并不是同一个人,驳回原告的诉讼请求。老头及律师听后一脸扫兴,表示服从此判决,不再上诉。当他们二人灰溜溜退出法庭后,马鸿认子的一出闹剧宣告结束。

纪清漪在整个案件期间,完全是义务辩护,分文未取,连往返京津的火车票,住旅店费也是自掏腰包。此案胜诉后纪清漪更加声名鹊起,她为抗日英雄维护名誉取得胜诉更是传为美谈。马占山也十分敬服这位女律师,从此成为要好的朋友,两家像亲戚一样,长期保持着交往。

随着马鸿认子一案的结束,宣告日方想把马占山的名誉搞臭的企图再度破产。

纪清漪说过去她并不认识马占山这位抗日英雄,担任辩护律师期间才与他有所接触,而且有过多次较长时间的谈话,马占山给她留下了极为深刻的印象。她感到马占山最突出的一个特点是爱国思想热烈,抗日决心发自肺腑,其中并不掺杂任何一点个人名利思想。在他心目中只有一个指导思想:抗击日寇,保我河山。他经常挂在嘴上的一句话是"个人生死,无足轻重,但国家兴亡,匹夫有责"。杜荀若秘书对纪清漪说:"马将军脑子里只有一件事,打跑日本鬼子,不许他侵占中国一寸土地。但是蒋介石就是不许他上战场,去前线奋勇杀敌,这一点也正是让他感到最痛苦的事。"

杜荀若每天早晨要给马占山读各种报纸,把最新的国际、国内形势简明扼要地告诉他,可见他人在寓所,但心系天下,一直关心着国内外的大局。马占山和纪清漪的谈话内容,也总是围绕着抗日和欧洲的时局动态。从来不谈个人或家庭琐事。他常常提出问题说:"你是搞法律的,从法律角度看,这应该怎样解释呢?""我怎么也弄不懂,为什么日本来侵略我们,而我们不抵抗?这不是等于人家打了你的右脸,再把左脸也给他打吗?保卫国土是军人的天职。日本鬼子在我们国土上横行,要我不打日本鬼子,我怎么也忍受不了。我不怕死,我要尽我当军人的神圣任务,死在战场上是光荣的。我回国后,在上海一年之久,老是叫我等着,等着,等到什么时候呀!"他还说:"日本入侵上海,十九路军如能得到增援,我相信不会败退,为什么要签订丧权辱国的《淞沪停战协议》?为什么要签订《何梅协定》呢?我相信这样下去,日本要向中国全面进攻了,我们都要做亡国奴了。"说到这里,他面红耳赤,义愤填膺。他接下去说:"我是一介武夫,草莽之流,想不通呀!《何梅协定》和《二十一条》有什么区别呢,不过是五十步与一百步之别而已,能这样说吗?"

马占山为人机警,遇事沉着冷静,善于思考,爱憎分明,遇文能很快做出明确的判断。例如他谈到马奎被绑架之事,他说:"没什么了不起,只当这孩子是在战场上牺牲了,他们醉翁之意不在酒,绑架的目的是阻止我抗日,他们如果把我的儿子杀了,对一个抗日军人来说是光荣的。我能屈服于日本鬼子或其他反对抗日的人吗?绑匪派人来说,不交钱就撕票,就叫他们撕吧,我不在乎。"

谈到马跛子告密一事，马占山说："马跛子到巡捕房说：'我是被人利用了，我想来想去觉得不该杀马占山，他是抗日的，我后悔了，中国人不该杀中国人。'你看，这话说得多好！他一下子明白过来了。后来我对警察局长说，我给他五百块钱，叫他回老家吧！他如果继续在天津住下去有危险，杀一个马跛子比杀一个马占山容易得多。"

对于马鸿认子一案，马占山始终认为这老头丢了儿子可能是真的。只是他被人利用了，而又解不开这个结，我想帮助他，也没有用。看他那样子怪可怜的，蓬头垢面，衣衫褴褛说明他家境很穷。我原想把误会说清楚，给他点钱打发他回家去就了结了，可他不听劝，非要告到法院去，结果碰了一鼻子灰，什么也没得到，打完官司，没有利用价值了，还是灰溜溜回去了。

马占山在天津期间，结识了共产党人和爱国人士栗又文、杜重远、阎宝航。

为农村弱势女申冤
——轰动一时的张桃英案

1942年1月至1946年5月，纪清漪在西安、宝鸡开设律师事务所，执行律师业务，当时她已是很有名望的女律师，她不仅不畏权势，秉公办案，而且不图钱财，经常义务为贫苦百姓辩护，所以找她办案的人很多，她的事务所业务一直很繁忙。

1944年在西安以及西北地区的一些报纸上都刊登了曾经轰动陕西全省的张桃英案，办理这一案件的律师就是纪清漪。

张桃英，陕西长安县潘家庄人，贫农女儿，年十七岁（实际十六岁）。1943年因张家欠王家庄富农王家一笔钱，由张桃英父母做主于同年10月25日将张桃英嫁给王家之子王联娃。这实际上是一桩买卖婚姻，因为王家答应只要张桃英嫁过去，欠债就一笔勾销。张桃英年纪虽小，但反对这种封建包办婚姻。她生性刚烈，出嫁前她把内衣裤紧紧缝接在一起，始终不肯与其夫同房。因此屡次遭到公婆、丈夫及小叔子毒打。她在婆家住了18天，托人告诉娘家，她受到虐待，希望回到娘家住一段时间，她父亲便接她回娘家，劝她回心转意与丈夫同房。婆家不断催她回去，于12月15日张家把张桃英送回，没想到次日张桃英便突然死亡，说是系自杀身亡。

张桃英的哥哥认为妹妹死得不明不白，便找到纪清漪，请她帮忙，为妹妹之死弄清真相。张桃英哥哥介绍说："妹妹嫁给王家50天，在王家只住了18天。王家让我们把妹妹接回，是让我们劝说妹妹死心塌地地跟王家过，但又不愿意妹妹在娘家住的时间过长，所以派人来催妹妹回去。我父亲不得已只好把妹妹送回，这是在1943年12月15日，没想到次日妹妹就被害死了，王家没有立即通知我们，也没有通知保甲长，当夜就将妹妹草草掩埋，次日才通知我们，说是妹妹自抹了（自己抹脖子自杀）。"张家感到张桃英之死太蹊跷，久闻纪清漪大律师为民做主，所以特意前来请纪清漪主持公道，为妹妹申冤。

纪清漪听了张桃英哥哥的诉说，感到这里面一定有冤情，决定接下这个案件。于是她便让张桃英哥哥向长安县地方法院提起诉讼，纪清漪以附带民事诉讼代理人资格参与此案。

纪清漪仔细研究了案情，认为王联娃、张桃英的婚姻实际上是一件封建买卖婚姻，张桃英嫁给王家实际上是以人抵债，她嫁过去不肯与丈夫同房实际上是反抗这种封建包办买卖婚姻。一个十七岁的农村弱女子能有这样的思想和行动（坚决拒绝同房）是很了不起的。她的作为定会引起王家的愤恨，她屡遭毒打便是证据。因此要解决此案，关键在于必须先弄清张桃英之死到底是自杀，还是他杀。但张桃英死后尸体已被王家掩埋，没有任何目击证人看到她的尸体情况，所以纪清漪请求法院开棺检验。经长安地方法院检察处批准，于12月23日派员会同双方家长及保甲长、纪清漪律师一同来到张桃英掩埋地，挖出一口薄木棺材，由于当时是冬季，又系刚死不久，尸体完好。

法院检察处派来的一名仵作（验尸员）将死者衣服脱掉，未带尺具，未验全身，只看了看死者颈部，便让民工将棺材封上，埋入土中。纪清漪当时就提出检验过于草率，不合程序，但检察处官员和仵作不听，说已经看得很清楚了，随即让观看检验的有关人员返回，等候检验结果。检验结论很快做出："死者左手微屈，系用铁器自刎伤一处，斜长二寸二分，宽二分，认定系用左手自刎。"纪清漪认为这个结论没有说服力，因为结论全系验尸员目测估计，认定只一处自刎伤，但未检验死者全身，是否还有其他地方受伤，结论说系用左手自刎也没有依据，因此纪清漪让张家表示不服，向陕西省高等法院申请再次开棺验尸。

经纪清漪到陕西高等法院检察处当面陈述要求再次验尸的理由，即第一次验尸纯属敷衍，既不细致，又没带任何验尸工具,所得结论只是验尸员凭经验做出的主观判断,不能作为法庭依据。在纪清漪的据理力争下,陕西省高等法院检验处不得不答应于1944年5月4日再次掘坟开棺检验尸体。这次检验时,除检察官、两名验尸员、纪清漪律师及原、被告外,还有中央社、西安各报社记者十余人参加。这次检验,尸体已显浮肿,检验也较细致,验尸员用酒精消毒双手,戴上白手套,用药棉酒精擦尸体伤口,并用专用钢尺测量伤口长宽尺寸,一人测量一人随即在尸格单上填写数据。在新闻记者和闻讯前来的群众围观目睹下,法院方面不敢怠慢,前前后后用了近一个小时才验完。新闻记者把检验全程都拍摄下来。

三天后,陕西省高等法院开庭审理此案。此次开庭由于事先各大报纸均做了预告,开庭前法院门口即挤满了前来旁听的群众。开庭后,旁听席坐满了新闻记者、群众、原被告家属亲友,足有几百人。审判长一敲法槌,宣布正式开庭审理张桃英死亡原因一案,并宣布了法庭注意事项,旁听都不得大声喧哗,否则将被逐出法庭。原被告律师有权当庭提问质疑,控辩双方必须真实作答。随即由审判长宣读再次验尸报告:"死者颈部右侧刀伤两处。其相交处成锐角形。食、气管俱断,结论仍断定系死者用左手自杀致死。"

审判长宣读完验尸报告,问双方律师有何意见,原告律师同意这一报告,只见纪清漪沉着镇定,不慌不忙向被告发问:"死者张桃英生前吃饭使筷,做活用针是用右手,还是左手?"被告母子异口同声回答:"是用右手。"纪清漪当即对审判长说:"试问一个平时使用右手的十七岁女子,怎能有力气一刀未死,再砍第二刀，使食、气管俱断呢？由此可以推断本案死者绝非自杀，而系他杀无疑。"但审判员反复解说用左手自杀的可能性，还说第一刀未毙命，反正死者已不想活了，为减轻半死不活的痛苦，发狠再砍第二刀，用尽全身力气，才致食、气管全断导致身亡。原告支持这位审判员的论断。纪清漪说绝不可能，自杀者无论用刀用枪只能一次。张桃英是个十七岁年轻女子，还有生的欲望，一刀未死，绝不会再砍第二刀。再说此次验尸仍没有脱掉死者衣服，做全身检验，也没有将尸体翻身，看后背部有无伤痕。如果其他地方有伤，是被打所致。由于死者生性刚烈，虽被打但仍不肯屈服，致使被告顿起杀心，将张桃英杀死。

纪清漪接着又发问："据报载在张桃英死后，你家卖了一辆大车、一头骡子和几亩地，是否属实？"被告回答："是真的。"纪清漪问："卖来的钱干什么用了？"答："为了埋死人和请律师用。"纪清漪说："不对。埋葬死人，你们仅用了一口薄木棺材，请律师也用不了那么多钱，你们是向验尸员、审判员行了贿，所以才做出有利于你们的判决。"

纪清漪面向旁听席高声说："此真相已近大白，为维护法律公正，我请求法庭准予再次开棺检验尸体的全部。"这时旁听席呼应声此起彼伏，同意声接连不断，审判官连呼肃静。控辩双方进行了激烈辩论。最后旁听群众纷纷站起涌向前面审判席，外面一些没进来的群众也不顾法警阻拦，向里面涌进，致使窗玻璃挤碎，椅子被踩坏，法庭顿时乱作一团。审判长已无法控制局面，赶紧敲了一下法槌，宣布临时休庭。第二天继续开庭审理。宣告后，审判长及审判员赶紧溜之大吉，随即人众渐渐退去。此次开庭未做出最后判决，但新闻媒体及旁听群众多数都认为纪清漪所说有理，陕西各大报纸立即将此次验尸和法庭开庭情况做了及时报道。

当晚陕西省高等法院院长魏大同（他和纪清漪丈夫马毅是小学同学，算是熟人）给纪清漪打电话说：事情闹得太大了，为了一个农家女子，犯不上这么认真，所以劝纪清漪明天不要出庭。随后他气势汹汹地威胁说，如果纪清漪再要求开棺验尸，他就对纪清漪提起掘坟罪诉讼。第二天一早，纪清漪写了一封信给魏大同，信中说：我是律师，你是法院院长，当然你有权管辖我。但我作为一名律师，有权出庭担任代理人的案件审理，除非司法部明令撤销我的律师资格，我就不再出庭。在此之前，我还是要履行律师职责的，你不能剥夺我作为律师的权利。

第二天纪清漪并未出庭，她积极联系陕西妇女会的刘宦（陕西省政府主席祝绍周夫人），皮以书（国民党陕西省党部主任谷正鼎夫人），政论活动家陈建晨，西安第一女中校长等知名人士，由妇女会出面约了省医院主治医师，以维护妇女权益为由，于第二天下午在没有通知法院的情况下，自行第三次开棺验尸。当时刘宦、皮以书、陈建晨等乘小汽车，带着护兵来到现场，纪清漪没有出头露面，而是挤在记者和围观群众之间，作为看热闹的人目睹了这次验尸的全过程，这次验尸以省医院主治医师为主，同时还请了有经验的老验尸员2人，共同对尸体做了全面检验。他们戴着口罩、手套，将尸体的衣服脱下，除了检验下面伤情，还将尸体翻身，查看了背部的伤情，发现不但死者颈项右侧有两处刀痕，而且腹部有青紫色多处伤痕，都呈条纹状，显系生前被用皮鞭抽打过，验尸人员对验尸情况做了详细记录，还画了图，标明伤痕位置，还做了分析报告，确认张桃英是被他杀，因为她是用右手使刀，如系自杀，刀伤应在颈部左侧，而现在刀伤在右侧，不合常理。

这份材料，刘宦、皮以书、陈建晨等均以见证人身份签了字。由省妇女会转省高等法院。这次验尸可以说万人空巷，坟地周围人山人海，持续达三小时以上。最后给死者穿上衣服，装入棺中，钉上棺盖，埋入土中，一切恢复原状，才结束了全部工作。几位高官夫人的汽车陆续开走，新闻记者和围观群众也陆续离开。参加者均为张桃英惨遭杀害而惋惜，一致谴责王家的暴行，以及妄图掩盖罪行的卑劣行径。纪清漪利用高官夫人顺利完成了第三次验尸，可谓大快人心，也揭露了司法腐败的冰山一角。

次日，各大小报纸争相对验尸情况做了详细报道，还配发了不少图片和照片。魏大同对纪清漪这次突然袭击式的验尸大为恼火，他对别人说：纪清漪用高官夫人压我，这一法律事件已变成了政治事件，我豁出去这顶乌纱帽不要了，也不能让纪清漪等人得逞。魏大同不顾一切，仍驳回张桃英家属的上诉，维持长安县法院的原判，引起舆论大哗，认为太不公正。在纪清漪的努力下，这一案件一直上诉到南京最高法院。在舆论压力下，最高法院将此案件发回陕西重审，陕西高等法院在抗战胜利前夕，不得不改判张桃英系被婆家杀害，将王朕娃及其父母一并逮捕入狱，后来王家托人花钱运动，均只轻判了事。

纪清漪由于离开西安返回北平，也就没有再过问此案。这一案件最后虽没有把杀人凶犯判处极刑，但它的意义还是很大的。纪清漪为贫农女儿昭雪冤狱，不收张桃英家一分钱，显示了一名律师的正义感和对弱者的同情心，办案过程中还显示了纪清漪的非凡智慧和勇气。这一案例也成为国民党时期司法史上卓有光彩的一笔。

为三个老农辩护
——从判死刑到无罪释放

"七七"事变后，纪清漪为躲避特务追捕，先到天津，后又带着长子马纪龙历尽艰险，辗转来到重庆，与夫君马毅团聚。在马占山的推荐下，她当上了国民党军委政治部设计委员，这是一个虚职，虽然拿少将级薪水，但实际上有名无实，终日无所事事。1942年初，她毅然辞去了军委政治部设计委员的职位到了西安，仍然从事律师职业。她站在受冤枉的劳苦大众一边，不惧权贵，秉公执法，为民请命，伸张正义。

当时国民党陕西省民政厅秘书长孔某的堂弟在乡下被人杀害，家属竟罗织罪名，诬告三个老农是杀人凶手，而且还买通基层法院把三个老农判成死刑。此案在最高法院发回复审时，纪清漪被指定为辩护律师。按常规说这种缠讼数年的案子发回更审，只是个程序问题，被判死刑的人不会再有被释放的可能。可是纪清漪先会见了原告和被告，听取了案情的原委，又到案发地进行了实地调查和勘验。然后用了整整四天时间仔细阅览和分析厚厚的案卷，终于弄清楚了案情的来龙去脉和案情的黑幕，写出了详细的辩护词。

在法庭上，纪清漪义正词严、慷慨激昂地驳斥原告，逐条按法理分析，有理有力地指出案卷中所列的定罪理由根本都不能成立。令人信服地驳倒了原告和他的律师，社会舆论在纪清漪辩护后为之哗然。在舆论压力下，陕西省法院不得不以三个乡下人谋杀孔某证据不足为由，将三个老农予以释放。这一案件的成功辩护，救了三位无辜老农民的命，显示出法律的公正，于是纪清漪声名鹊起，受冤屈的老百姓纷纷找她来辩护。

纪清漪同情农民，认为农民处于社会最底层，受苦受累，生活贫困，所以她从不嫌弃农民，遇到农民来打官司，她总是义务为他们辩护，做他们的代言人。有一位在西安曾任纪清漪律师事务所书记员的张嘉惠先生讲过一个有关纪清漪律师的有趣故事。他说在西安时，一位农民老大爷来找纪律师打官司，她把这位农民老大爷请到自己的办公室，让他坐在沙发上，问他为什么要打官司。老大爷一边说一边哭。纪清漪给他倒了一杯茶水，让他慢慢说，有时温和地提几个问题，张嘉惠在一旁做记录。他亲眼看到一个大虱子在老大爷的衣领上爬来爬去，心里很着急，又不便说。等这位农民走后，他才对纪律师说："以后农民来打官司，最好在传达室或书记员室接见。刚才我看见一个大虱子在那个农民衣领上爬，直恶心。"不料纪律师听后，立即变了脸，很严肃地对他说："他愿意穷吗？他愿意生虱子吗？刚才你听见了，他一年才用一斤油，而且还省着吃，留出夜里照料牲口点油灯用。我们一年吃几斤油，你一年吃几油？我们怎么能嫌他们脏呢？"这件事，当时他还一时难以接受，心想：我是为事务所好，我怕虱子爬到沙发上，影响卫生。耿耿于怀好几年，直到解放后，通过学习，才体会到纪律师对劳动人民的深厚感情，这也正是她受到劳动人民拥护的原因。

为地下党员辩护解脱
——兰仲雅被诬汉奸案

1946年7月纪清漪从西安回到北平，在北平、天津执行律师业务。当年纪清漪对国民党的腐败和专制深感痛恨，对共产党的进步与民主思想十分钦佩和向往，所以早就和共产党内许多人士有密切交往，同时与中共地下党取得联系。

1946年底中国北平市委负责人之一徐冰同其夫人张晓梅（地下党妇女工作负责人）一起来到纪清漪的律师事务所。由于他们是老朋友了，没有过多的客套，直截了当向纪清漪布置了任务，他们说"有一个我们的人"（意即也是中共地下党员）叫兰仲雅，她是一位年轻的女谍报员，她学过通讯技术，通过地下秘密电台，与苏联和延安收发各种情报，她担负着很重要的联络各地地下党组织及收集、报告各种情报的任务。

她在天津因家中设有秘密电台，被国民党军统逮捕，后转押到北平。她的罪名是汉奸嫌疑罪，因为她和苏联互通情报。徐冰说，考虑到兰仲雅工作的重要性，而且她的罪名并不是与日本有关，纯属诬陷，所以组织上决定让纪清漪担任兰仲雅的辩护律师，尽快把她营救出来。纪清漪明知办理此案有一定难度，但既然是中共地下党的决定，她二话没说，毫不犹豫地答应下来。

接受任务后，纪清漪先到北平市法院备案，说明自己是自愿为兰仲雅义务辩护。随即到监狱去见兰仲雅。兰仲雅约二十五六岁，中等身材，容貌姣好，已婚配，谈吐简明扼要，是个很精明强干的女子。当她知道纪大律师自愿担任她的律师，心知肚明是组织上派人营救她了。一见面，她显得很激动，也充满感激之情。

她告诉纪清漪，早在抗战胜利之前，她在天津就因秘密发报，和她丈夫张冠生曾经被日本宪兵队逮捕过，后来张冠生越狱逃跑了。日本宪兵队对她说，可以把她放出去，但要她登报声明自己已被释放回家，让张冠生见报后立即回家与妻子团聚。兰仲雅为了早日出狱，只好在天津一家小报上按日本宪兵队的要求登了一则声明。兰仲雅说，释放她实际上是阴谋诡计。她回家后，看到自己所住的弄堂口布置了日本宪兵岗哨，在她住所的对面楼上也住有日本特务，随时监视她家，只等张冠生回来，就可以把他们夫妇二人重新逮捕归案。因此她不但无罪，而且有功。

后来兰仲雅的公公张仲年到律师事务所见纪清漪，也是这么说，还把兰仲雅刊登声明的那张小报带来，请纪清漪转给法院，作为被日本宪兵队逮捕过的证据。当然他还向纪清漪说了不少恭维话，说久闻大名，您是京津女律师的翘楚，有您担任兰仲雅的律师，定会逢凶化吉，遇难呈祥，这是他们家三生有幸。仲雅命中有贵人相助，定能弄清冤情，及早无罪释放等等。

纪清漪听后淡然一笑，说："不用客气，我一定会尽力帮助你的儿媳早日出狱，与您团聚。"

兰仲雅被押解到北平，先关押在北新桥炮局监狱，后和其他汉奸一道转移到河北高等法院，羁押在南城第一模范监狱。纪清漪接手了兰仲雅案件后，除了同兰仲雅本人会面了解案由外，还从法院要来了兰仲雅案的卷宗，仔细阅览了全部材料。令纪清漪感到十分奇怪，百思不得其解的是，在兰仲雅案的卷宗里，没有任何一点她犯罪的记录和证据，也没有原来日本宪兵队逮捕审讯的卷宗，更没有任何逮捕兰仲雅时的书证、人证或物证。只有一张炮局监狱的起诉书和河北省高检处的起诉书，两张起诉书内容相同，文字极其简单，只写了兰犯有汉奸嫌疑几个字。令纪清漪更加不解的是在兰仲雅卷宗还发现一张小纸条，上面用毛笔写着一行小字："此人系赤色分子，有通讯技术，我们是否可以利用？"这张字条既无抬头，也没署名，纪清漪猜想有两种可能，一种是写字条人马虎，误把字条放入了卷宗里面，另一种可能是军统有意留给法院的。法院办案人看过后没拿出去，仍放在卷宗里面。纪清漪从这张小纸条上看出兰仲雅身份已暴露，军统认定她是赤色分子，但从是否可以利用上看，打赢这场官司的希望很大。纪清漪心里有了底。

会见时，兰仲雅告诉纪清漪，关押期间，她因患有乳腺肿瘤，送到北大医院住了几天院，同时她还说和其他犯人一样要参加监狱工厂的体力劳动，她希望给她几尺黑布做条裤子，劳动时穿。再次会见兰仲雅时，有法警监视，纪清漪只能悄悄告诉她只说发报是给国民党发的，其他一概不承认，只承认自己是受丈夫张冠生牵连，自己只是一个普通家庭主妇，说她是汉奸，简直是天大的冤枉。她痛恨日本侵略者，痛恨汉奸卖国贼，所以才被日本宪兵队逮捕，自己怎么会当汉奸呢？

在法庭上纪清漪为兰仲雅辩护说兰仲雅是个爱国青年，天津沦陷期间她因反日，所以才被日本宪兵队逮捕过。这次却以汉奸嫌疑罪将她逮捕，但起诉书中没有任何人证、物证，法律是要讲证据，没有证据说明她的汉奸罪名不能成立，把一名爱国青年定为汉奸，这简直是滑天下之大稽，请问法官先生，有哪一条法律规定反日有罪，可以定为汉奸的呢？法官被问得哑口无言，经与其他几名审判员合议后，不得不宣判兰仲雅无罪。

兰仲雅被宣判无罪后，按当时法院规定必须取保才能释放。这个保一定要铺保，而且这个铺子有一定资金限制，最低不能少于万元银圆（折合数）的资本。兰仲雅的公公张仲年找了几家他认识的铺子，都不肯担保。张仲年很着急，正当他走投无路时，纪清漪律师事务所有一位书记员叫张玉山，此人颇有侠义之风，当他知道释放兰仲雅要有铺保时，他主动承担了这个责任。他设法偷盖了他的一个亲戚的营业执照图章，这家铺子注册的资本金2万元，符合法院要求，实际上这家铺子已因营业不善，歇业关门，但还没吊销营业执照，图章还没收回。张玉山为兰仲雅无罪释放书盖了章后，亲自到法院表示承担保证责任，法院方面查看无误后，兰仲雅才得以出狱。

兰仲雅出狱后，对纪清漪表示千恩万谢，说如果没有纪清漪做她的义务辩护人，她不会这么快就被无罪释放。同时她还说她家住天津，在北平她没有亲友，能不能暂时借住纪清漪家一段时间,她有些私人的事要料理,还要到医院去看一下病。纪清漪爽快地答应了。纪清漪对待兰仲雅像亲人,还带她去烫了发,给她买营养品吃。兰仲雅对纪清漪说她是在苏联留学时学会通讯技术的,她丈夫是她的留苏同学,学的也是通讯技术。

她还向纪清漪说,在第一监狱和她住在一个牢房的是川岛芳子,她原名金壁辉,是日本女特务,大汉奸。1931年"九一八"事变后,曾出任伪满洲国别动队司令。1937年卢沟桥事变后,来北平任华北人民自卫军总司令。平日总是女扮男装,刺探情报,死心塌地为日本军国主义卖命。抗战胜利后,被国民党政府逮捕,关在监狱里。由于当时的汉奸案中只有两个女汉奸,就是兰仲雅和川岛芳子,所以把两人关在一起。川岛芳子曾问起兰仲雅的辩护律师是谁?兰仲雅说是京津鼎鼎有名的大律师,川岛芳子曾表示想通过兰仲雅也让纪大律师给她辩护。兰仲雅对川岛芳子说,你别做梦了,纪大律师最恨你这样背叛祖先的大汉奸,她绝不会给你辩护的。川岛芳子只好悻悻地打消了请纪清漪给自己辩护的念头。后来川岛芳子被判处死刑,人人拍手称快。当时第一监狱的吴姓典狱长确实曾问过纪清漪是否愿意为川岛芳子辩护,被纪清漪严词拒绝。

兰仲雅住在纪清漪家的这段时间,不断有新闻记者来纪清漪家,说要见兰仲雅,特别是有一个姓白的自称《世界日报》的记者,来过好几次,都被纪清漪回绝了。他说他知道兰仲雅住在这里,他采访兰仲雅的目的是表示祝贺,并想了解一下她在监狱中的情况。纪清漪说,不巧得很,兰仲雅已经回天津了,那个姓白的记者说,您庭院的花木很好,我能不能进去参观一下。纪说，当然可以，你不仅可以参观花木，还可以参观我的房间。这样纪就领着这位假记者参观了一圈子，其实纪早就让兰从后门躲出去了。每当有新闻记者来访时，兰仲雅都显得惊惶不安，赶紧躲起来。纪清漪所以不让兰仲雅见新闻记者，是怕惹出麻烦。因为她考虑到法院宣判兰无罪，军统不会善罢甘休，一定会再逮她。

除记者外，也有其他人来看过她。一次有一个西装革履的男青年，留着大背头，乌黑的头发油光可鉴。这人是坐着一辆小汽车来的，车停在胡同口外，他进来与兰仲雅谈了一会儿就走了。后来兰仲雅告诉纪清漪，这人是她的表弟。至于这人是干什么的，纪清漪也没有多问。

兰仲雅出狱后，纪清漪曾托人带话给徐冰、张晓梅夫妇，说他们交给她的任务已经完成，如有什么其他任务，只要她能做到的，一定尽力而为。

兰仲雅在纪清漪家住了一个月左右，考虑到自己的安全，就决定离开北平，后来她的公公张仲年前来把她带回天津，此后就没有再联系。

新中国成立后，有人告诉纪清漪，兰仲雅精神失常了。她的丈夫张冠生在北京市公安局工作，改名刘义。兰仲雅后来的情况就不得而知了。

破格为一件汉奸案辩护
——杜超杰汉奸案

1945年8月15日日本无条件投降后,国民政府立即不断空运军队和接收大员来到北平。李宗仁被任命为国民党军事委员会北平行营(后改称行辕)主任,熊斌为北平市市长。当时首要的任务就是逮捕汉奸,抄没逆产。自1945年12月5日起,军事委员会北平行营别动队、宪兵十九团、警备司令部会同保安警察队等拘捕汉奸175名。其中有大汉奸王克敏、王揖唐、王荫泰、齐燮元、殷汝耕等。这些汉奸起初关押在北新桥炮局监狱,后来转移到北平市高等法院在南城的第一监狱。按照国民党时期的刑法规定,凡判处五年以上有期徒刑的犯人,审理时必须有律师出庭,如果被告出不起律师费则由法院指定义务辩护律师。这批汉奸大都是重判的罪犯,都需要请律师辩护。而此时原在北平未去后方的律师,因在北平沦陷期间就曾经为敌伪司法服务过,所以国民党司法部明令这些人停止执行律师业务两年,在此期间反省思过,不得出庭。这样像纪清漪等从内地返回的律师一下子业务繁忙,应接不暇了。

一次,一个叫张燕卿的汉奸夫人,找到纪清漪的律师事务所,进门见到纪清漪便磕头不起,连连请求纪清漪为她的丈夫出庭辩护。说着从手提包里掏出一枚大钻石戒指说:"这是送给您的,这颗钻石重9克拉,在国内是少有的。我们想请您辩护,只要法院别判他死刑就行了。公费(律师辩护费)另付,请您提出数目。至于法院上下打点,还需要用多少,我当尽力去筹措。"纪清漪说:"钻戒你收回去,我现在业务太繁忙,手头的案件还顾不过来,无暇再接新的案件,你既然有钱,另请高明吧。"那个汉奸夫人跪地不起,苦苦哀求,说还有其他值钱的珠宝首饰,可以送来由纪清漪挑选,全送她也行。纪清漪说:"我担任律师决不为钱财,但是我不为汉奸辩护,请你谅解吧。"那个汉奸夫人见纪清漪态度很坚决,聘请无望,最后只得站起来,哭着走出律师事务所大门。

纪清漪在为兰仲雅辩护成功后不久,却破格接受了一宗汉奸案。她担任辩护的这名汉奸叫杜超杰。杜超杰在敌伪占领北平时期担任过伪调查统计局局长和启新院院长,这两个机构都是特务机关,所以根据《汉奸惩治条例》将杜超杰逮捕关押入狱。

杜超杰的叔叔杜春晏(又名清轩)和纪清漪的夫君马毅是北师大同学,而且他们的关系一直不错,所以当杜超杰被捕后,杜春晏和夫人浦洁修就到纪清漪的律师事务所,请她担任杜超杰一案的辩护律师。纪清漪说她从不为汉奸辩护的原则立场,杜春晏、浦洁修透了个底,说请纪清漪放心,杜超杰绝不是真汉奸,他实际上是为国民党军统做卧底的。纪清漪说如果是做抗日工作的,她可以考虑接受为杜超杰辩护。

纪清漪接手之后,了解到杜超杰是被国民党军统逮捕的,先关押在北新桥炮局子监狱,后来移送到北平市高等法院,关押地点也改在南城第一监狱。纪清漪查看了杜超杰的卷宗,并同杜超杰见了面,杜超杰一口咬定他当汉奸是为了给国民党做地下工作。纪清漪问:"你有什么证据吗?"杜超杰说:"当然有了,当时负责和我联系的军统人员王化一,我有一块他用白绸子写的委托书，这就是有力的物证，另外王化一此人现在就在北京，如果能请他作证就是有力的人证。"纪清漪说："很好，你有了这两样证据，你的官司就好打了，可以说是稳操胜券了。"

这次谈话后，纪清漪把杜超杰所说的情况向他的叔叔杜春晏、婶婶浦洁修，妻子潘君方一一转达，让他们务必把王化一写的那块白绸子找出，设法交给狱中的杜超杰，另外通过各种关系找到王化一，请他到审理时出庭作证。两项准备工作都顺利进行，潘君方找到了那块写有委托书的白绸子，借探监之机放在衣服里交给了杜超杰，另外王化一很痛快地答应一定给杜超杰当庭作证的。

到了开放审理杜超杰那一天，纪清漪作为辩护律师，讲述了敌伪时期，确实有一些担任敌伪要职的人员，其实是受国民政府委托，担任卧底做抗日的地下工作。他们把所探听到的有关敌伪动向的情报，及时转给国府方面，所以他们不但无罪，反而有功，杜超杰就是其中的一个。审判人员让杜超杰拿出证据，超杰当庭出示了王化一写有委托书的白绸子，上面用毛笔写有"兹委托杜超杰，男，年龄***，为国府情报提供人"，并有联络人王化一的签名，注明日期为民国二十六年八月。杜超杰还说在整个北平沦陷期间，他曾多次将情报转给与他接头的特工人员。这些情况王化一能给他作证。

纪清漪遂请求法庭安排王化一出庭作证。法庭答应了这一请求。审判长宣布闭庭，择期再审。等到下一次开庭时，王化一果然亲自出庭作证，首先他确认那块白绸子是他写好交给杜超杰的,用白绸子比图纸可以保存时间长久。然后他证明杜超杰确系利用敌伪要害部门的职务,他所提供的情报对抗日工作很有价值。法庭认为王化一的证词虽然可以采信,但毕竟只是个人的证词,最好要有机关的证明,王化一表示可以提供,但法庭要给十天时间。

休庭后,王化一立即给南京军统局总负责人写信,请求再出一个证明。九天后,即杜超杰案最后一次审判前,南京军统局的证明信寄到了。这封证明信由保密局局长毛人凤署名,说杜超杰系抗日战争时期军统的特派人员。杜超杰的叔叔杜春晏把这封信交给纪清漪,他非常高兴地说:"原先我怕毛人凤不肯出具证明,没想到他的亲笔署名信寄来了。有了这封信,超杰的案子肯定会翻过来了。"纪清漪也认为有了这封证明信,杜超杰的案子一定会打赢。

果然,第二天开庭最后一次审理杜超杰案,纪清漪当庭宣读了这封毛人凤亲笔签署的证明信,读完后呈递给审判长,审判长又给几位审判员传阅了一下,他们简单地合议了一下,当即宣布杜超杰汉奸一案,查无实据,有人证、物证证明杜超杰确系国民党地下工作人员,经审判人员合议,杜超杰不属《汉奸惩治条例》治罪范围,现决定无罪释放。法警当即给杜超杰打开手铐,旁听席所有旁听都全体起立,热烈鼓掌。

杜超杰的叔叔、婶婶、妻子从旁听席走下与杜超杰拥抱、握手,口中说:"你吃苦了!"他们转身让杜超杰好好谢谢纪清漪,他们说如果没有纪清漪大律师出庭辩护,案子不会这么快能胜诉。纪清漪说:"这个案子之所以顺利了结,主要是人证、物证起了关键性的作用，证明杜超杰不仅无罪，而且抗日有功。我不过起了一点法庭内外的联系，疏通作用罢了，没什么可谢的。"

杜超杰是东北人，在北平读大学，毕业后曾在北平俄文法政学院和商业学校教过书，敌伪时期不知为什么在伪政府中当了高官。他出狱后，王化一曾对纪清漪说："杜超杰的被捕纯系误会，如果戴笠不死，杜超杰很快就会被释放，不至于转移给法院的。"杜超杰是在戴笠座机失事摔死后被捕的。杜超杰被关押在国民党的第一监狱里，享受特殊优待。当时他和大汉奸王揖唐、王克敏、王荫泰等都住在病号间，每人单独一间房，天天都由各自的家里送饭，不吃监狱里的伙食。杜超杰由医院出具诊断书，他患的是肺病。后来王克敏在狱中畏罪自杀，王揖唐、王荫泰都被判处死刑伏法。那里作为汉奸被逮捕的，能够宣布无罪释放的极少。杜超杰除了军统出具证明他是国民党地下工作人员外，是否其他人或其他关系对他进行营救，纪清漪就不得而知了。杜超杰在新中国成立后，曾在房管局工作过，后来又当了国务院参事。

为美军强奸北大女生沈崇案奔走呼吁
——要求废除治外法权

抗战胜利后，北平比沦陷时期繁华热闹多了，商店招幌各式各样，入夜五光十色的霓虹灯显得十分耀眼。马路上汽车、马车、人力车、三轮车川流不息，往来不断。但是交通秩序非常混乱，美国兵和国民党军官专用的吉普车在街上乱穿乱行，根本不听交通警察的指挥。在长安街三座门一带，常有吉普车撞死人的恶性交通事故发生。美国兵三五成群，从舞厅或咖啡馆喝醉酒出来，嘴里哼着流行歌曲，走路歪歪斜斜，在街上经常惹是生非。

1946年12月24日，这天是圣诞日，晚八时左右在北平东交民巷发生了两个美国大兵强奸北京大学先修班读书的女青年沈崇（19岁）的严重案件。当媒体披露了这一案件后，12月30日，城外的清华大学、燕京大学的学生进城，与北京大学及育英中学、贝满女子中学等大中学校的学生近万人沿长安街进行游行示威，学生们高呼"美军从中国滚出去""抗议美军暴行"等口号，游行中，学生们向沿途市民散发传单《一年来美军暴行录》，揭发美军在北平从1945年年底至1946年12月所犯下种种罪行，激发众多市民对美军的极大愤慨。

抗议美军暴行的游行示威活动从北平开始，相继在上海、南京、天津等全国大城市，爆发了共有五十多万名学生参加的抗议美军暴行的爱国运动，并得到了朱自清、翁独健、郑天挺等知名大学教授的支持与同情。纪清漪作为一名法律工作者，又是北大校友，从开始获悉小师妹沈崇被美军强暴的消息，就义愤填膺，她认为这是中国人的奇耻大辱，也是北京大学和北大女生的奇耻大辱。她随即积极行动起来，为受害者奔走呼吁，对报社记者发表谈话，主张严惩凶犯，废除治外法权。她以律师的身份指出美军的暴行是严重侵犯人权，违背妇女意志强行在城市街道明目张胆对一名中国女大学生进行性侵犯，这是禽兽不如的野蛮罪行，必须公开审判，为受害者申冤，维护中国人的尊严。她还与北大校长胡适联系，请他主持公道，为受害的北大学生伸张正义，并表示愿意为这一案件做法律支持。在沈崇案件中，纪清漪表现出作为一名法律工作者应有的正义感，为维护中国女性的尊严发出了抗议的吼声。

为东北籍流亡学生仗义执言
——"七五"惨案中王大有抢枪案

大批东北学生流入平津

国民党军队在东北战场节节败退，1948年4月辽宁、吉林的大中学生约3000人，为躲避战火而逃往北平、天津两地。国民党政府宣称要在北平、天津成立临时大学、临时中学，但因经费及校址等原因，均未兑现。东北学生进入山海关"要读书、要生存"的愿望落空，一时间生存及就学问题都无法解决，他们派出代表同北平参议会交涉，没有得到答复。后来，这些东北学生听说北平参议会通过"征招全部东北（流亡）学生当兵"的议案，认为北平参议会议长许惠东要将他们送去当兵，感到十分气愤。6月初到北平的东北流亡学生已达3500多人，到6月底，已猛增到近两万人。他们到北平后无学可上，已大失所望，继而食宿问题无人过问，使他们更加沮丧。

面对东北流亡学生无学可上、食宿无着的窘境，国民党参政会参议员、国大代表马毅（《东北民报》董事长、发行人，纪清漪丈夫）曾赴南京求见教育部长朱家骅，请他从速负责解决东北流亡学生的生活学业等问题，但朱家骅只是一味搪塞推诿。马毅还曾鼓动一批国大代表向当时的行政院长张群要钱，而张群也以一时无处筹款，表示无能为力。陷于困境的东北学生逐渐觉醒，在5月底，已有部分学生到府右街北平市政府（市长何思源已被罢免，由刘瑶章接替，尚未办接替手续）、中南海北平行辕（副总统李宗仁兼行辕主任）集体请愿。

李宗仁敷衍学生说："我是个空架子，说了也不算数。"北平市政府则断然拒绝学生提出的增发粮食、停止迫害、从速成立临中等要求。但学生们不肯离开，在市政府门口高呼口号，怒火冲天。警察宪兵和警备司令部的军队把学生包围起来，各院校一部分学生闻讯赶来增援，在街口被军警堵截。通往市政府的各个胡同进口被封锁，军警与学生形成对峙局面，事态愈加严重。

经同乡会派人和学生代表商谈决定：第一，粮食由每人每天十二两六钱增加到十六两（一斤）；第二，由国民党当时北平市党部主任委员吴铸人负责通知三青团，此后不得随便检查、逮捕、侮辱东北学生。第三，由市教育局局长王季高负责向教育部电催火速开办临时中学。这次包围市府的事件虽然暂时得到解决，但反动当局更加仇视东北学生，认为东北学生受"匪党"操纵、利用无端滋事，准备用镇压手段对付东北学生，终于酿成"七五"屠杀学生的大血案。

血案的导火线

在东北学生这次请愿的当晚，北平军警对流亡学生住地进行了搜查，捕走了三十余人，严刑逼供，追问"主使"。紧接着北平市参议会第一届第三次会议的秘密会议上，有参议会议员丁履进（中央社北平分社主任、中统分子）领衔提出一个正式提案《救济东北来平学生决议案》，主要内容有：第一，对已到平之东北学生，不论公私立学校，凡确有学籍及身份证明者，请华北"剿总"司令傅作义予以严格训练。在训练期间予以士兵待遇。确有学历及思想纯正之学生，暂按其程度分发东北临大或各大中学借读，俟东北稳定时，仍令回籍读书。第二，其身份不明，思想悖谬者，予以管训；学历不合者，即拨入军队入伍服兵役，期满退伍。第三，电请中央停发东北各国立公立学校之经费及学生公费，全部汇交傅总司令，会同省市政府审核发放，补贴东北来平学生费用，或改汇临大作为经费。东北各校一律暂行停办、停发经费，令教职员一律进关，以原薪在学生军训办和东北临大工作。

配合这个议案，北平市教育局局长王季高发表谈话，说设立临大、临中，收纳名额应以1000人为限；北平市社会局长温崇信也一再表示，该局无法再继续"救济"，认为东北流亡学生中，有许多是"假的""冒名的""身份不明"的可疑分子。7月4日北平市各报都刊登了这份《决议案》，一时舆论大哗，激起东北学生的义愤，他们互相传阅，奔走相告，情绪激昂。几个月吃尽苦头的东北学生，愤怒像火山般爆发。当日，15个东北院校学生自治会代表，齐聚长白师范学院住地开会，决定第二天（7月5日）联合到市参议会抗议，要求取消《决议案》。4日晚上，东北学生的住地，灯火通明。学生们紧张地进行着抗议的准备工作。

此时沈阳迁校工作尚未结束，沈阳来平的中共地下党员，刚刚开展工作。几所东北大专院校中，除中正大学外，学生自治会的领导权还没有掌握在中共地下党手中。事件突然发生，东北各院校地下党组织，决定党员、盟员都参加到游行队伍中去，因势利导，必要时站到斗争第一线去。同时，还派人到北大、清华等校联系，请北平学友给予支援。

血案经过

7月5日清晨，5000多东北学生先到中南海门前集合，8时向参议会（西长安街新华门斜对面）进发，沿途游行学生张贴标语，高呼口号："反对市参议会非法决议！""取消陷害东北学生的议案！""反对摧残东北青年！""我们要吃饭，要读书！""反饥饿、反迫害、要自由、要生存！""打倒北平市参议会！""誓死不当炮灰！"震彻天地的口号声倾泻出学生们内心的积愤，有些学生边喊，泪水不禁滚滚而落。

游行队伍来到市参议会门前时，只见参议会大门紧闭，门内及周围布满了警察宪兵，西长安街已交通断绝。学生代表同守卫门警交涉，要求面见议长许惠东。门卫说："时间太早，没有负责人在此。"学生代表要求打电话给负责人前来接洽，门卫也不允许。警察的生硬态度引起学生的极大不满，不少学生准备夺门而入。这时，忽然从参议会楼上扔下一些碎石和果皮，恰巧落在门前学生们的头上和身上。本来已达沸点的群众情绪，遇到这种无理行为，犹如火上加油，学生们顿时冲向铁门，冲在最前面的几个学生互相扶掖,登上墙头,爬进院内,打开大门,学生一拥而入,和警察宪兵发生搏斗,警宪见学生来势凶猛,随即作鸟兽散。学生又冲到楼上,只见参议会里只有几个工人和职员。学生们气愤之余,在室内捣毁了几张办公桌椅,打碎了几块门窗玻璃。在大门口,学生们把"北平市参议会""北平市戡乱建国委员会""北平市民众清共委员会"三块牌子砸碎,并用沥青书写了"土豪劣绅会"几个大字。然后全体学生退出,坐在门前马路两旁。11点左右,北大、清华等八院校学生自治会派人送来慰问信,并送来一面"要自由,争生存"的旗帜。学生队伍中见到北平学友的声援,立即发出一阵热烈的欢呼。

三个钟头过去了,无人理睬。由15个院校组成的主席团经过协商,决定到北长街副总统李宗仁公馆去请愿。游行队伍走进北长街,街上军警林立,戒备森严。请愿代表进了李公馆,恰值李宗仁去怀仁堂开会。李宗仁的顾问甘介侯和秘书黄雪村出来接见,要求学生提出书面请愿书,由他们转呈。学生代表坚决不同意,要求面见李宗仁。僵持了一段时间,才由黄雪村给李宗仁打电话请示。李答应回来后接见。学生们忍着饥渴,头顶骄阳,静坐在马路上,足足等了两个钟头,李宗仁才驱车回府。

李宗仁接见了学生代表。代表们提出了三点要求:第一,要求市参议院撤销原议案,保证此后不再有入伍集训举动;第二,立即成立临大、临中,并无条件地收容东北所有来平学生,同时一律发给公费;第三,请从速解决现有同学的食宿问题。

李宗仁表示同情学生的困境，但对具体问题则敷衍推托，他表示：第一，参议会是民意机关，他无权干涉；第二，答应致电教育部，即速解决学生就学和学籍问题。第三，救济问题，可商请北平市政府考虑解决办法。代表们将李宗仁的答复公布后，引起学生们的不满。正当群情激愤之时，有人喊了一声："同学们！许惠东就住在东交民巷1号，走啊！找许惠东算账去！"于是调整队伍向许宅进发。下午两点多游行队伍到达东交民巷许惠东住宅门前。许宅早已有所准备。由北平市警察局副局长白世维亲自指挥的五六百名军警全副武装守卫在门墙内外，摆出如临大敌的阵势。

学生代表向守在大门内的警官交涉，要求许惠东出来，答复学生们要求取消参议会提案的意见。北平市内七分局警官张乃仁拒不接受学生的请求，并喝令学生们不准靠近大门，否则开枪。大队学生闻讯高声怒骂，同时涌向大门。军警持械阻挡，并向学生投掷石块。学生们愤怒至极，不顾一切继续冲向铁门，几乎冲进门去。这时军警竟向学生鸣枪恫吓，学生们遂稍稍后退。一部分学生撤离正门，在墙角上拆开一个缺口。军警发现后立即砖石齐下，加以阻拦。学生仍奋不顾身，攀登缺口，奔向院内。军警这时接连开枪，子弹掠过学生头部，飞向天空。学生又暂行退避。这样学生和守卫军警发生数次冲突，军警先后有三四次鸣枪示威，学生也数次冲击大门，和警察交手互相推打，双方都有受轻伤者。学生曾抓住警官张乃仁，痛打了他一顿。自早晨水米未进的学生此时已筋疲力尽，又值盛暑，饥渴难忍，便分坐马路两旁，略事休息，同时派出代表向门卫表示：许惠东不出见,绝不散队撤离。

许惠东在上午得知学生捣毁了参议会,曾去面见北平警备司令陈继承和华北"剿总"司令傅作义,请求予以保护。陈继承命令白世维带领军警到许宅严加防范。下午5时左右,陈继承又派来青年军二〇八师(师长段沄)一个搜索营(营长赵昌言)从西苑乘军用大汽车开赴支援。接着又开来了六辆装甲车。一时间杀气腾腾,气氛万分紧张。赤手空拳的学生到此的目的不过是要求许惠东出来讲几句话,并无越轨举动。

目睹这种情况,学生再次推代表质问守卫警官,军队如此不知意欲何为?现场指挥官白世维态度极为蛮横,尤其是见到专门镇压学生的二〇八师的到来,更加有恃无恐。他先是诬赖学生说:"你们抢去了张局员的手枪,赶快查明交出,否则不准你们离开!"接着又说:"一接到警备司令部陈司令命令,今晚7时起开始戒严。在戒严期间内再有请愿示威举动,将按戒严法处理,格杀勿论!"学生代表立即予以驳斥,指出张乃仁挨揍,是因为他先向学生挑衅,至于抢枪之说,纯属诬陷。

这时,中正大学与东北大学的地下党员进行紧急磋商。为了避免损失,建议代表谈判时,略有小胜,立即收兵,并争取有一名地下党员担任谈判代表,以便在谈判中实现"有理有利有节"的方针。正当白世维胡搅蛮缠时,一个传令兵送来一封信,白世维匆匆阅过,立即改变腔调说:"好吧!枪我也不搜了,你们提出的几点要求,我负责转呈上峰,明天上午9点你们几个代表听我的答复。"代表们向学生们传达了谈判结果,同时宣布立即整队撤离东交民巷。这时学生队伍已被军队分割成两部分，东边部分在东交民巷牌楼以外，西边部分在许宅大门以西，中间相距约百米左右，空当处即为二〇八师搜索营及装甲车布防地。

就在西边的学生向后转、尚未举步之时，突然一声枪响，由二〇八师防地发出，一场预谋的大屠杀开始了！接着装甲车上的机枪声大作，密集的子弹向学生们背后射来，许多学生立即倒在血泊之中。枪声刚止，卧倒的学生纷纷从地上爬起来，或抢救受伤同学，或四散逃奔。不料，刽子手们又进行了第二次扫射，目标集中向东侧学生，又一批学生倒在血泊之中。两次扫射中间间隔约五分钟，共射出子弹数百发。一时血肉横飞，死伤枕藉，呻吟声不断，惨象令人目不忍睹。扫射刚停，立即开来两辆卡车，把伤员和尸体抛上汽车。紧接着，士兵又弄来水龙，冲洗地上的血迹，以掩盖其罪行。部分伤员由学生们设法送回住地。出事地点的市民军队均对学生持同情态度。

当晚，北平市当局宣布全城戒严。第二天由警方交出尸体8具，在法院检验后，准许抬埋。据事后官方调查公布，这次惨案共死8人，重伤者38人，轻伤者100余人。经警察局送进医院者轻重伤19人，一人在医院死亡。法院验明，所有死者伤者，子弹均从背后射入，即使脚部受伤者也是射中脚后跟，充分说明，学生是在转身要走的时候，遭到蓄意屠杀的。来自背后的扫射使学生猝不及防，以致死伤惨重。很多站在牌楼东侧的学生亲眼看到二〇八师一个青年军官首先开枪。医生从伤者身上取出的子弹，竟是达姆弹（又称"开花弹"，杀伤力极强的一种枪弹）。反动派对手无寸铁的学生下此毒手，实在是灭绝人性。

这次惨案中牺牲的8名东北学生为：徐国昌、吴肇泰、卜鸿勋、李福维、孙德馨、韩德林、杨龙云、贺守志。除前两名分属中正大学及北镇中学外，其余6名均系长白师范学院学生。经辽宁旅平同乡会棺殓，死者埋葬于西郊东北义园。

声援与抗议

"七五"惨案震惊了全国，遭到舆论的强烈谴责，要求惩办凶手。东北旅平国大代表联谊会立即在奉天会馆组成"七五惨案后援会"，组织慰问团，携带现款、食品到医院慰问伤者，到各住所安慰惊慌悲愤的学生们，所到之处，一片哭声，惨不忍闻。东北籍国大代表马毅、尹冰彦、李华亭，立法委员刘博昆等还借辟才胡同师大女附中为开会地点，共同商讨善后办法。

马毅是惨案发生次日闻讯刚从天津赶回北平的。他立即到医院慰问受伤学生。当时市里医院根本未给予适当照顾，受伤学生挤在三等病房。时当盛夏，却不给使用消炎药品。当天因伤致死的就有两名（李福维、孙德馨）。为了使受伤学生得到较好治疗，马毅特意去找市长刘瑶章交涉，结果把伤员重新安排了病房，并注射了盘尼西林，以防伤口感染恶化。

马毅还携带慰问款，当面分交受伤学生。其中有一笔是《大公报》交来的10万元，指定委托马毅去发放。马毅约请《大公报》记者张高峰一同到医院，当面把钱款交给受伤学生。

7月9日上午9时，举行了华北13所院校、东北在北平各院校万人请愿示威大游行。10点，队伍到达北长街李宗仁公馆，向李宗仁提出严惩杀人凶手、撤销市参议院无理决议等十项要求。李宗仁担心事态扩大，不可收拾，不得已便答应了学生的要求，答复说："东北学生如无罪，即令释放；如有罪证，移送法院。电令二〇八师不要进城，附近装甲车立即撤退。"鉴于游行请愿已经取得初步成果，原定的部分目的已经达到，于是游行队伍分两路返回沙滩北大民主广场，成功地举行了抗议"七五"惨案、哀悼控诉大会。

但是，北平警备司令部始终咬住"学生放第一枪"的说法不放。7月6日在西城绒线胡同45号逮捕了住在这里的一名叫王大有的东北学生（17岁，沈阳人，长春青年训导班学生），送交法院，并于7月23日，由北平地方法院检察官杨惟晏提起正式起诉。起诉书中说"王大有捡拾并藏匿手枪一只；这支枪就是内七分局张乃仁局员的（编号为33624号），原有七粒子弹，现只有六粒；张局员的枪是在'七五'和学生打交手时被抢去的"云云。这显然是诬学生为"暴徒"，企图证明学生中有"奸匪"，第一枪是学生打的。

后援会得讯后立刻委托纪清漪为律师，为王大有同学出庭辩护，并派人去看守所慰问。纪清漪接案后，即着手调查案情，以下是当时纪清漪与王大有的谈话记录，因涉及到惨案的实况，摘录如下：

> 王大有，年17岁，沈阳人，长春青年训导班学生……6月20日，我与同学6人一起来平，即住绒线胡同45号……关于游行事件，4号晚间未听到任何消息。5号晨自治会召集同学集合，当时我因为到社会局换流通券，故未参

加。12时返回，闻同学大队均在李副总统门前请愿，遂赶往参加。到达后，正值李副总统回来，经过大队时，同学鼓掌，未几，有代表入内接洽，回队报告结果，同学均极满意。

当时我本以为立即回去，不知如何大队又向东交民巷走去，我亦未听见何人主张去，只跟了大队前进而已。沿途有贴标语之事，但我未看清，只记得有"我们不当兵"一项。到东交民巷时，许多大学生已先到，秩序并不甚好，但未喊口号。到后不久，墙里有枪声，前面同学喊："不要怕！不要紧！"我们小的，即靠墙根蹲下，枪越响越多，学生捡砖石往里打。我到达很久以后，见一穿黄衣服人脸上流着血，被一群人围着向北去。受伤的学生，我只见此一人，别人再没有看见。我同女同学及年纪小的，都到大砖门（马路上的）南边躲起来。忽然枪声又大响，秩序纷乱，只见一个大个的同学趴下，血从胸前流出，两手弯曲在胸前。我很害怕，赶快跑。脚下一绊，看见一支手枪，我拾起来。跑到东交民巷西口法国医院门前，坐上车把枪放在衣下，就去法源寺了。

拾枪时，我毫无意识，也没想怎样处置它……少顷又有同学归来，称街上业已戒严，我恐街上检查，即将枪放在砖堆里，然后徒步回绒线胡同……吃饭时，我同大家说捡枪事，同学都主张快拿回来交给自治会。六号……十二点多钟到法源寺将枪拿出，用衣服包好，坐车回绒线胡同。到门口时，即见有同学组织的纠察队在门口站着向我检查，我将枪交出……不一会纠察队带来两名便衣人员，将我逮捕……此即本人一切经过情形。

询问地点：北平地方法院看守所所长室

询问人：律师纪清漪

7月23日北平地方法院开庭，门口聚集了许多学生。原来法院不准备公开审判，但学生要求旁听。纪清漪直接找到院长纪元，坚持一定要公开审理，并直接向负责审理的法官吴玉衡说，希望他秉公审理此案，被告学生无罪一定要释放。

开庭前，陈继承对法院施加压力，他打电话给院长纪元，叫他把在法院门口为首"喧闹"的学生扣押起来。在后援会的支持下，纪清漪作为辩护律师坚持既定要求：公开审判，让学生们进内旁听。为此她和纪元拍桌子吵起来。院里学生越聚越多。纪元怕事情越闹越大，就把王大有提到他的办公室开始审理。检察官宣读了起诉书，纪清漪作了驳斥的辩护。最后，审判员说："证据不足，宣判王大有无罪，立即释放，由学校领回。"

现在看来，这是一出富有戏剧性的审判，但在当时，这场审判的结果却起着关键性作用。被关押了半个月的王大有当堂无罪释放，宣告了"学生放第一枪"的彻底破产，这等于打了北平警备司令部一记响亮的耳光。与反动当局的合法斗争取得了初步胜利。同时，纪清漪还以律师身份保释出杜爱等被押学生。

其实调查委员会的内部情况十分复杂。其中有人竟然主张把责任推到学生身上,遭到东北国大代表、立法委员的坚决反对。与马毅颇有私交的北平市教育局局长王季高曾半劝告半威胁地对马毅说:"老马,你别跟着胡扯了,你不知道,这都是共产党搞的!"言外之意是说马毅受了共产党的利用。马毅当时回答说:"我不知道别的,就知道被杀的学生无罪!"

调查委员会定稿那一天,反复激烈辩论到深夜两点钟(在中山公园)。李培基等主张"一定要写上学生放的第一枪",而刘博昆、尹冰彦、李仲华和马毅等坚持"必须说明学生并未放枪的真相"。双方僵持,无法进行下去,于是决定请法院勘查现场。24日法院派了法医、检察官以及书记等人和纪清漪一同到现场勘验。首先看到的是东交民巷东边的大门和墙上弹痕累累,都是从里向外打的。调查路边店员和警察一致说,装甲车排列在西边,晚上约五六点钟,有些学生向东退去,忽然枪声响起,我们都卧倒,学生向南北方向乱跑。枪声响了好几次。后来看见遍地都是血迹。弹痕和目击者所述情况说明,枪弹是从学生背后射入。这些情况都写进了法院的记录,为调查报告定稿提供了依据。

8月底,华北"剿总"总司令傅作义分别致电行政院和蒋介石,自请处分及引咎辞职,迫使蒋介石撤了陈继承的北平警备总司令的职务,命令青年军二〇八师调离北平,此次风波暂告平息。后来蒋介石曾公开说:"七五"事件是东北人阎宝航鼓动的,劝大家不要受阎宝航的利用。共产党员阎宝航是东北同胞抗日运动的领导者之一,是马毅和纪清漪多年的朋友,他们交情深厚,曾经共赴国难,以抗日为己任。

纪清漪后来回忆起"七五"惨案时动情地说:"'七五'事件发生后,我的家成了支援学生的集会场所,我和夫君马毅成了记者们打听消息的目标,为支援受迫害的学生,我确实尽了最大的努力。纪清漪坚定地认为谁镇压学生,绝不会有好下场。

北平"七五"惨案是中国国民党统治中国大陆史上发生的最后一次大规模学生运动,惨案发生后,一些当时尚对中华民国政府抱有幻想的知识分子和青年学生深感失望,政治态度转向中国共产党方面。

第四章 教育工作和社会活动

更可贵的是她能关心爱护学生,和学生打成一片,把学生当成自己的孩子,因此她虽然是一位新教师,初登讲台,就深受学生欢迎。她教过的学生中有后来成为著名文史学家的叶嘉莹。

纪清漪一生以律师工作为主,同时她还从事过教育工作和参与各种社会活动,并做出过重要贡献。

在北平俄文法政学校和北平市立第二女子中学

1931年,纪清漪在北京大学政治系毕业后,先到东北籍同乡王之相任校长的北平俄文法政学校工作,在教务处任文书课课长,主要负责处理书面记录后的事务性工作。一年多后,王之相调离,纪清漪也随之调离,转到北平市立第二女子中学教初中国文,在此工作了近两年。纪清漪虽不是学国文的,但国文根底深厚,而且很敬业热爱教师职业,初次上岗,就全力投入,熟悉教材,认真备课、批改作业,往往工作到深夜。更可贵的是她能关心爱护学生,和学生打成一片,把学生当成自己的孩子,因此她虽然是一位新教师,初登讲台,就深受学生欢迎。她教过的学生中有后来成为著名文史学家的叶嘉莹。

纪清漪不仅教给学生国文知识,提高读写能力,还十分关心学生的思想成长，经常在课堂上对学生进行爱国主义教育，特别是在"一二·九"学生运动中，她坚决支持学生的正义行动，给学生留下了深刻难忘的印象。纪清漪还和另一位教师李岫深带头揭发女二中校长阮淑贞腐败不端的行为。阮淑贞住在学校为教师提供的宿舍，她为了一己之利，竟然把自己家的电线明目张胆地让电工接在学校共用电线上。这样就可以占公家的便宜，每月自己不用拿电费；另外在添购学生课桌椅时，她同木器商串通一气，以劣充好，私吃回扣。对于这种损公肥私、中饱私囊的行径，纪清漪看在眼里，恨在心上。

她决心采取行动，绝不能让阮淑贞继续一手遮天、胡作非为下去。纪清漪与李岫深经过深入调查，取得确凿证据后，便联名向当时的北平市教育局写了检举信，信中除了一一列出阮淑贞的贪腐行为，还严正申明如果教育局不严肃处理，包庇阮淑贞，她俩将向法院投诉，通过法律解决。市教育局接到检举信，知道纪清漪同时还兼任律师，精通法律，真要让她告到法院，麻烦就大了。所以不敢怠慢，赶紧派人到女二中进行调查，结果查明纪清漪、李岫深所检举的问题均属实情，经研究决定把劣迹斑斑的校长阮淑贞撤了职，不再录用。

这件事不仅惩治了损公肥私的不称职校长，使全体师生终于吐了一口恶气，同时在女二中的校史上写下了极为光彩的一笔。纪清漪这种疾恶如仇、不怕打击报复、敢于揭发上级的大无畏行为，给同事和学生树立了一个光辉的榜样。1937年"七七事变"后，纪清漪因积极从事抗日活动受到通缉，她不得不仓促离开北平到天津去躲避。女二中学生失去了一位正直、负责、爱国、进步的好老师，学生们都很想念她。

创办新声女子职业学校

纪清漪在女二中任教时看到，不少小学毕业的女学生由于没考上初中，或是因家庭贫穷无力继续升学，便流落街头去拾煤核，从垃圾堆里拾荒，甚至沿街乞讨；更有甚者沦落到烟花巷成为雏妓。这种悲惨的社会现象强烈地刺激着纪清漪的心，她想一定要尽自己的最大努力，解决一部分还未成年的女童的失学问题。这样，她便萌生了创办一所女子职业学校的想法，让失学女童通过在职业学校的学习，掌握一定的技能，凭借一技之长，解决生存问题。纪清漪的性格是坚毅的，凡是她想到的于国于民于社会民生有益的事情，不管多难，她是千方百计、想方设法一定要办成。

要办女子职业学校，第一步是要取得当时教育主管部门的批准；第二步要设法筹集办学经费；第三步要租借校舍、延聘教师、招收学生。纪清漪在北大读书期间，为了补贴学习和生活费用，曾在课余时间到市教育局帮助缮写文件，干了一个学期，每月得到10元钱报酬。那时，她对这份工作十分认真，缮写文件时，抄写准确，字迹工整，很少有涂抹重写之处。因此很受教育局雷局长等官员的好评。这次为申办女子职业学校，他特意到教育局拜见雷局长。雷局长接见了她，纪清漪当面向雷局长谈了办学宗旨以及拟办的科目，雷局长听后连说很好，还说如果办成了，等于为女子职业教育开了先声。还建议这所学校取名叫新声女子职业学校，表明是发出了创新的声音。纪清漪认为这个名字还不错，便接受了。雷局长又补充说："办学的立项我可以批准，但办学的经费要靠你自己去筹款，我可没有钱给你。"纪清漪说："您放心，只要批准我们办学，经费当然由我们自己去筹措。"雷局长说："那就好，那就好。批准的事没问题，我这里预祝你开办成功。"纪清漪向雷局长表示感谢，随后领取了办学准许证。

第一件事较顺利地解决了。接着纪清漪便去找同乡王之相、刘国扬等人共同商议筹集办学经费的问题。最后商定连同纪清漪本人，每人出资50元大洋，共筹集到大洋300元。同时聘请到专职教师3人，兼职教师2人。初步决定设置缝纫、会计、编织三个科目。三位专职教师中由教师田季云教缝纫，一位姓吴的教师教会计和珠算，还有一位姓刘的教师教编织。两位兼职教师教文化课，一人教国文和政治常识，另一人教算术。几位教师都是女教师。纪清漪自任校长，负责学校的全面工作。那位田老师很能干，教学水平也较高，纪清漪便委任她做教务主任。

这些延聘来的教师大都是纪清漪的朋友，她们受纪清漪办学宗旨的感召，一律尽义务，不要一分钱报酬。他们先是在西城北新华街附近一条叫浸水河的小胡同租到10号一所小院，里面有北房三间，东、西房各三间，打通后可做教室，南房小一些，可做办公室。她们用筹集来的经费，购买了20台缝纫机，又买了布料、毛线和算盘等办学用品。经过一段时间的紧张筹备，一切都已初步就绪。随即张贴出了招生广告，学生一律不收学费，学制定为三年，均为走读，生活费自理。招生范围是小学毕业没考上初中的女生。

新声女子职业学校的招生广告张贴出去以后,在当时的北平城引起了一阵小小的轰动,人们交口称赞这一首创的善举,前来报名的学生络绎不绝,大多是由家长带领孩子前来咨询,纪清漪等几位教师耐心的一一予以回答。由于报名的人数太多,限于校舍的容量,由纪清漪亲自面试,一共招收了30名学生,分别编入会计、编织、缝纫三个班,每班10个人。学生所学技能达到一定水平后,可以调换再学另一门技能。

经过纪清漪等人的积极努力,北平这座古老的文化名城,第一所女子职业学校于1936年2月寒假后,正式挂出校牌开学了。为了节省经费,只举行了一个很简单的开学典礼,请到教育局雷局长以及王之相等社会知名人士莅临并讲话,纪清漪也在典礼上讲话,勉励学生一定要做到勤勉、敬业、乐群,珍惜这次难得的学习机会,争取在学校学习期间掌握一技之长,将来毕业后很好地为社会服务。

新声女子职业学校开办后,在校长纪清漪的用心指导和全力投入下,办得有声有色,各项工作有条不紊、井然有序。开学后,课时安排为:上午学习笔算、珠算和国文、政治常识;下午学习缝纫、毛织、刺绣、补花等类女红课程。第二年又加设了保姆培训班,学习育儿、医学常识,也很受欢迎。几位教师,不论专职和兼职,都很认真负责,显示出很高的工作热情;学生们也都很勤奋努力,刻苦学习,非常珍惜来之不易的学习机会。

经过一个学期的学习,编织班和缝纫班的学生已经能够生产出各种成品。1936年秋季，新声女子职业学校在中山公园举办了学生作品展卖会，事先在报纸上刊登了广告。由于学生生产出的毛衣和童装做工精巧，款式新颖，价格低廉，结果数百件展品一天就被参观者抢购一空。展出期间参观者始终络绎不绝，十分踊跃，最后只得把供展览用的几件展品也都一一售出。这次展卖会为新声女子职业学校赢得了很好的社会声誉，同时用卖掉展品所得的钱及时补充了办学经费，添置了布料、毛线等用品。办学的初步成就，使纪清漪等几位创办人大受鼓舞，她们一起商议，计划几年内把学校办成能出口刺绣、补花等产品，能够创汇并设有托儿所的工厂式学校。

正当新声女子职业学校办得很有起色的时候，1937年爆发了"七七"事变。在北平沦陷后不久的一天傍晚，伪派出所的一位留任警察，悄悄地来到纪清漪家，告诉她的名字在立即搜捕的黑名单上。这位警察说，他知道纪老师是位好人，尽做积德修好的善事，办学校为穷人的孩子谋出路，所以才不惜冒极大风险来报信，请纪老师赶紧躲一躲，等过了这阵风头再回来。警察走后，纪清漪简单地收拾了一下，拿了一个皮箱，装了几件随身换穿的衣服，立即带着孩子马纪龙，雇了一辆人力车到北新桥17号一位朋友张太太家暂时躲避起来。当打听到平津铁路通车后，纪清漪立即买了车票，带着儿子逃到天津。暂避一段时间后，又去重庆找夫君马毅，一家人才得以团聚。

由于情况紧急，行色匆匆，纪清漪离开北平时，顾不上对新声女子职业学校进行安排，此后也没再过问，虽然心里一直惦记着。直到抗战胜利后的1946年纪清漪重返北平后，才了解到新声女子职业学校在她离开北平后不久,由于没有了负责人,教师都不再来学校上课,学生也不再来上学,于是学校等于自行解散了。后来那位担任教学主任的田老师把缝纫机变卖后交了租用校舍的租金。这所北平市最早的女子职业学校便在日寇入侵的炮火声中夭折了。纪清漪事后回忆起来感到非常惋惜。她原有的宏图壮志,即开办保育员培训班,满足社会上对具有育儿知识和医学常识的保育员需求;开办设有托儿所、幼儿园的校办工厂,生产童装和加工毛线制品及刺绣、补花等可供出口的产品。让女子职业学校毕业的学生到校办工厂当工人,以解决她们的生计问题;托儿所、幼儿园既可对外招生,又可让校办工厂工人娶妻生子后,就近入托入园,解决她们的后顾之忧。可惜这些美好的设想在国难中全都化为泡影。如果没有国家的独立富强,社会的安定祥和,一些有益民生的私人教育事业难以为继。尽管这所女子职业学校仅仅存在了一年多时间,但它毕竟是私人办学上的一个创举,开启了女子职业教育,提高妇女地位的先河,在中国职业技术教育史上写下了值得纪念的一笔。

参加请愿团,营救七君子

纪清漪在北平女二中教书兼做律师期间,住在北平西城小沙果胡同2号,由于门前挂着律师事务所的牌子,要打官司或是进行法律咨询的各阶层人都可以随便进出其家,这样她的住宅就成为掩护中共地下党员较为理想的地方。纪清漪当时虽然还没有加入中国共产党，但她结交的友人中有好几位中共地下党员，其中受她掩护时间最长的一位地下党员就是同乡王梓木。"九一八"事变后至"七七"事变前这段时间，王梓木在中共北方局中央联络局工作，经常往来于北平、天津一带。他来北平时，经常住在纪清漪家里。

在王梓木写的《我的生活片断》一书中，曾回忆抗战爆发后，北方局派他去延安汇报工作，他正为没有路费而发愁时，纪清漪知道后慷慨解囊，送给他100元钱，解了他的燃眉之急。王梓木在新中国成立后，曾任辽宁省政府主席，"文革"中不幸被迫害致死。

通过王梓木的介绍，纪清漪还结识了当时中共北方局地下党负责人之一的杨秀峰。有一次，杨秀峰到纪清漪家来找王梓木，遇见纪清漪的夫君马毅。其时，马毅在中国大学教哲学，兼任图书馆主任。他与以中国大学教授身份为掩护的杨秀峰虽早就认识，但彼此不了解对方真正底细。现在马毅见杨秀峰来找王梓木，一下子就了解杨秀峰了，彼此心照不宣，显得格外亲切。王梓木同时也介绍纪清漪认识了杨秀峰。

在纪清漪的印象中，杨秀峰学识渊博，穿着简朴，待人和蔼可亲，遇事非常冷静沉着。他说起话来，总是轻声慢语，哲理性很强。由于他听力不好，常用右手捂着耳朵，聚精会神地倾听别人的讲话，似乎生怕从耳边溜走一样。纪清漪非常爱听杨秀峰讲话，因为从他的讲话中可以得到不少启发，特别是对政治形势的分析，经常是高屋建瓴、鞭辟入里，使听者受益匪浅。在杨秀峰和王梓木引导下，纪清漪先后参加了北平各界救国会、华北各界救国会、和平促进会、华北妇女救国会、人权保障同盟、东北救亡总会等抗日救亡团体，积极参与各种救亡活动。

"九一八"事变后，东北三省沦陷，山河破碎，每个有爱国心的中国人无不痛心疾首，希望国民党政府能立即与日本开战，收复失地，拯救国家。1935年5月，蒋介石屈服于日本帝国主义的淫威，只派何应钦与日本的梅津美治郎在塘沽签订了屈辱退让的《何梅协定》。在民族危机日益加深的形势下，1935年8月，中国共产党发表了著名的《八一宣言》，即《为抗日救国告全体同胞书》，号召全国人民团结一致，共同抗日，纪清漪表示坚决拥护。同年12月9日，北平一万多学生举行抗日救亡示威游行，高呼"停止内战，一致对外！""团结起来，抗日救亡！""打倒日本帝国主义！"等口号，在举世闻名的"一二·九"爱国学生运动中，纪清漪坚决站在学生一边，反对政府对学生的逮捕与镇压。

当时，在天津河北法商学院、北平师范大学和中国大学任教的杨秀峰同志，是平津爱国学生运动的领导者之一，他根据《八一宣言》，积极宣传党的抗日救国方针，呼吁一致对外，团结抗日，并以大无畏的革命精神，站在爱国学生游行示威队伍的最前列。此后，杨秀峰按照地下党的指示，参加领导平津一带的群众性的救亡活动。在他参加、领导、主持下，先后成立了"北平各界救国会""华北各界救国会"。"九一八"事变后成立的"东北救亡总会"也扩大了规模。"北平妇女救国会""华北妇女救国会""和平促进会"等群众性的抗日救亡组织纷纷成立。

此时，抗日救国的潮流已经从过去分散的、不公开的状况，变成了声势浩大、堂堂正正的群众性的合法斗争。在杨秀峰的引导下，纪清漪积极参加上述各群众性抗日团体，并担任组织座谈会，印发传单等抗日宣传工作。在群众救亡运动空前高涨的形势面前，国民党政府竟提出了"攘外必先安内"的口号。

1936年11月22日深夜，全国救国会的爱国领袖沈钧儒、章乃器、邹韬奋、李公朴、沙千里、史良、王造时等七人被国民党政府非法逮捕入狱，造成了震惊中外的"七君子狱事件"。这一事件激起了全国人民的公愤和抗议。上海著名律师、法学家张志让、江一平、张耀曾、李文杰等二十多人挺身而出，表示愿意为七君子担任辩护律师，维护人权，伸张正义。当时北平成千上万的爱国学生涌向火车站，要求到南京请愿。有些学生还采取卧轨行动，以示抗议决心。有些学生则硬是无票挤上火车，南下进行示威。

在北平，七君子被捕事件发生后，由杨秀峰主持，华北各界救国会在慈慧寺胡同地下党员张晓梅家里，召开了商讨营救七君子的紧急会议。参加会议的人有：张友渔、邢西萍（徐冰）、邢赞亭、张申府、刘清扬、张晓梅、孙文淑、孟宪章、马毅和纪清漪等数十人。

会上，杨秀峰严正指出：日本帝国主义的侵略，是要把中国变成它的殖民地。日本侵略者的步步进逼已严重威胁着我们民族的生存，七君子被非法逮捕的事件，说明国民党政府不想抗日，是继《何梅协定》之后进一步的卖国投降行为。如此下去，我们将会亡国，将会做亡国奴！只有停止内战，一致对外，共同抗敌,才是救亡图存的正确道路。

杨秀峰还说:"全国人民必须动员起来,组织起来,结成广泛的抗日民族统一战线,才能扭转局势,取得胜利!不抵抗主义把东三省三千万同胞置于日寇的铁蹄之下,使他们妻离子散,家破人亡,过着非人的悲惨生活,我们绝对不能坐视不救。七君子的后果关系到整个民族、整个国家的前途,关系到我们四万万同胞的命运,我们必须全力营救他们!"

杨秀峰本是一位文质彬彬的学者,但此时情绪激昂,讲话声音变得十分高亢有力。他对形势分析透彻,给大家深刻的启发,牵动着每一个与会同志的神经,会场立即群情激愤,简直要沸腾起来。特别是东北同胞,坐在纪清漪旁边的东北救亡总会负责人阎宝航,情不自禁地涌出热泪,站起来高呼抗日救国的口号。

杨秀峰在会上建议由纪清漪起草营救七君子的通电稿,他对纪清漪说:"你是律师,这个任务交给你最合适。"你考虑还能发动哪些团体参加通电营救七君子的工作。同时,你还要做些发动群众的宣传讲演工作。"纪清漪建议用"新东北学会"和"北平律师公会"名义各发一个通电。杨秀峰表示同意,并说:"这样配合一下,效果会更好。"

纪清漪按照杨秀峰的指示,很快拟好了两份通电稿,经杨秀峰审阅,表示同意发出。在以"新东北学会"名义发出的通电稿上签名的有:王之相、杜春晏、于毅夫、李天根、杜超杰、马毅和纪清漪,通电内容以"九一八"事变以来实行不抵抗主义的惨痛教训为中心论点,要求立即释放七君子,团结抗日,一致对外。

在以"北平律师公会"名义发出的通电稿上签名的有：刘煌、蒯晋德、金炼、谢道仁、董玉珏、王善昌等部分律师公会理事，还有北大教授和兼职律师何基鸿、黄觉非等。通电中以国民党政府的法律条文中并无"爱国有罪"的规定为辩护理由，义正词严地为七君子伸张正义，并表示愿意为七君子担任义务辩护律师。参加人一一签名后，纪清漪立即将两份通电稿发出，直接寄上海江一平律师一份，以便和他取得联系，商议平沪律师界如何密切合作，共同营救七君子。

按照杨秀峰的安排，纪清漪还去北平一些大学进行爱国救亡的讲演活动。一次，她到二龙坑（现名二龙路）中国大学去讲演。听讲的学生和群众把整个操场挤得满满的。纪清漪站在讲台上慷慨激昂地发表演说，揭露日本帝国主义的侵华罪行，以及国民党政府的不抵抗主义，台下听众受到纪清漪演讲的感染，群情激越，不时发出"停止内战，一致对外""立即释放七君子""枪口对外，打倒日本帝国主义"等爱国抗日口号。

当纪清漪快要讲完的时候，台下有人递上一个纸条，让她马上结束讲演。纪清漪立即领会可能有什么变故，随即草草结束讲演。接着几位学生跑过来紧紧拉住纪清漪，迅速挤出人群，把她推上一辆人力车后，几个学生便匆匆离开。原来是警察闻讯前来抓人，听讲的学生为了掩护纪清漪而采取了紧急措施。纪清漪坐着人力车在一个小胡同里停下，原来人力车夫也是事先安排好的，到了一家门口，车夫敲门，里面出来一位姓李的学生，他打发车夫走后，把纪清漪让进里面，自报家门说自己是受杨秀峰老师安排，特来掩护纪清漪脱险的。他说这户人家是可靠的，可以在这里暂时躲避一下，于是休息并用了晚饭，一直等到深夜，纪清漪才由这位姓李的学生护送回家。回到家里，纪清漪想：好险啊，今天如果不是秀峰老师充分估计，采取措施，预先进行了周密安排，怎能化险为夷。否则自己一定会被军警逮去。想到这里，一股暖流顿时涌上心头，一种对杨秀峰老师的敬佩和崇慕之情油然而生。

过了不久，在杨秀峰主持的一次会上，决定让纪清漪去参加赴南京的和平请愿团活动。领队的是一位名叫杨集贤的山西人，请愿团一共六个人。临离开北平的时候，杨秀峰交给请愿团印好的名片和请愿书。请愿书的署名是：华北各界救国会、华北妇女救国会、人权保障同盟、东北救亡总会。杨秀峰还一再叮嘱请愿团到达南京后，要分开住宿，目标不要太大。由杨集贤负责分配请愿团成员到哪几个机关去找哪几个人。

纪清漪和杨集贤分在一组，到了南京，找了下关一家小旅馆住下。此后，他们先后找了孙科和白崇禧。在接见时，孙科只是打了一套官腔，便以公务繁忙为由，端茶送客；白崇禧更是十分油滑，随便敷衍了几句，便转身进去了。其他要员都没见到，只是由秘书、随从一类人员出来，说要见的官员不在，一定将请愿书代为转达。有的机关，则由传达室人员出来挡驾，说什么"来请愿的学生、团体太多了，意思都一样，长官见不见都一样，我负责把你们的材料送进去。在来访登记簿上登记，这样上面知道你们来过了就行了"。

杨集贤和纪清漪还到国民政府最高法院求见石志泉大法官，

石志泉以外出为由，让一位书记官出来代为接见，代表石志泉大法官说明现在正在等江苏省高等法院有关案卷，最高法院会依法办理的。这位书记官还假惺惺地说："我劝你们还是赶快回北平吧，在南京请愿是不会有什么结果的。你们应当相信政府，一定会妥善处理此案的。"纪清漪等人还见了国民党中央党部的王星舟，他推得一干二净："释放沈钧儒这些人，是司法部门的权限，党部怎能过问呢！"

第二天一早，杨集贤就出去了，纪清漪一个人留在旅馆。过了一会儿，杨集贤匆匆赶回，叫纪清漪马上过江到浦口车站买火车票返回北平。杨集贤知道纪清漪还没吃早饭，便到外面买了一碗阳春面，让纪清漪吃完后赶快走。纪清漪意识到类似在中国大学操场上讲演时发生的事情又要发生了。事后，纪清漪才知道，这也是杨秀峰事先所做的安排，让他们去了几个该去的机关后，不要停留，赶紧返回。于是，请愿团的几个人很快分散安全回到了北平。

回到北平后，请愿团在向杨秀峰汇报时，大家对国民党当局的行径都很气愤，感到南京之行收效甚微。然而，杨秀峰却认为应当看到这次去南京请愿还是有意义的，他笑着说："很好嘛！你们经受了一次锻炼。我们当然不能幻想蒋介石能接受我们的请愿，会轻易地采纳我们的意见。如果这样想，那就太天真了！我们现在要冷静地分析一下形势；分析他们的谈话和态度，分析他们的一言一行，他们的推诿和应付，正是他们心虚理亏的表现。"

杨秀峰又说："逮捕七君子这件事，激怒了群众，群众对他们的压力太大了。迫于目前的形势，南京当局已经到了不能不考虑释放七君子的问题了。""多少团体，多少学生，多少群众到南京去请愿啊！我们是代表华北、东北几千万的同胞说话，我们是全国四万万同胞中一部分很不小的力量！同时还要看到，即使七君子被释放了，争取团结一致，共同抗日的斗争还要继续下去。任重道远啊！还要记住，要打败日本侵略者，必须广泛发动群众，必须团结起来，组成广泛的抗日民族统一战线，要有必胜的信心，也要有长期的艰苦斗争的准备。"听了杨秀峰的一席话，大家如醍醐灌顶，思想上顿时敞亮多了。

后来事态的发展，果然不出杨秀峰所料，1937年6月在全国人民的一片抗议声中，七君子终于被释放了。同年7月7日，日本帝国主义悍然发动了卢沟桥事变，对中国进行全面进攻。在中国共产党的努力下，全中国开始实行全面抗战。七七事变后，杨秀峰转移到河北西部山区，一些平津流亡学生和东北溃退部队很快团结在他的周围，在他的直接领导下，进行长期的艰苦卓绝的敌后抗日游击战争。

纪清漪跟随杨秀峰工作的时间并不太长，但杨秀峰的言行风范却深深铭刻在纪清漪的记忆之中。"文革"后，在召开纪清漪夫君马毅同志追悼会时，杨秀峰不顾年高路远，赶到八宝山革命公墓，紧紧握住纪清漪的手说："千万保重身体健康，还有许多工作要你去做啊！"这简短而又亲切的话语，蕴含着革命战友之间的深厚情谊，既是安慰又是鼓励。

1981年，在中国法学会筹备小组召开的座谈台湾回归祖国问题时，纪清漪又一次见到杨秀峰，杨秀峰高兴地握住纪清漪的手,第一句话便是:"我们是在营救七君子时一起工作的呢!"当时杨秀峰已年逾八旬,仍清楚地记忆起五十年前的往事,说明那段不平凡的岁月和斗争对于杨秀峰和纪清漪两位老人来说都是难以忘怀的。

1983年杨秀峰逝世,纪清漪表示沉重悼念,还写了纪念文章《忆杨秀峰同志营救"爱国七君子"的二三事》(1985年第6期《法学杂志》),文中重现了五十年前抗日救亡运动中的波澜壮阔的历史画卷,深切缅怀了杨秀峰同志的光辉业绩,表示一定要继承革命先辈的斗争精神,为四化伟业而努力奋斗!

掩护进步青年去延安

"七七"事变后,纪清漪的夫君马毅先期去了重庆。临分手时,马毅和纪清漪约定好,一旦北平形势吃紧,让纪清漪带孩子先到天津,找一位担任东洋毛线公司经理的朋友,然后再设法去重庆相聚。马毅走后不久,纪清漪果然受到通缉,幸好有一位同情她的伪警察事先通知了她,她先到一位朋友家躲了几天,当平津铁路恢复通车后,她立即带着年仅4岁的长子马纪龙逃到天津,找到那位东洋毛线公司的经理。这位经理很热情,马上给纪清漪在天津法租界59号租到一间住房,这是一所法国人建造的小洋楼,住在这里比较安全。初步安顿下来后,纪清漪又设法和一位姓李的地下党员联系,通过他,纪清漪拜访了天津师范大学教授,即中共地下党员的著名学者吴承仕。吴承仕很关心纪清漪的处境,让她仍以私人开业律师的身份暂住,一方面可以解决生活来源,另一方面又不至于引起敌特的注意。

纪清漪在天津中共地下党组织的帮助与掩护下,又租了一套房子,开了一家私人律师事务所,还请了一位保姆照看马纪龙,这样暂时在天津住了下来。后来,吴承仕托老李转告纪清漪,有两名女青年打算去延安参加革命,暂时没有适当的人护送,想先在纪清漪家住几天,纪清漪满口答应下来。这两个女青年都是天津师大的学生,年龄都在20岁上下,她俩分别以纪清漪的侄女和外甥女的名义报了临时户口,随即在纪清漪家住了三四天。两人和纪清漪相处得十分融洽,每天帮着收拾屋子,买菜做饭,还帮着照看马纪龙,真如同一家人一样。在纪清漪的掩护下,这两位进步女青年平安地度过了等候的时日,很快就由天津地下党组织派人护送她们离开了天津。后来他们还托老李转告纪清漪,说她俩已平安顺利地到达延安,并向纪清漪转达了深深的谢意。

纪清漪在天津住了将近两年时间,马毅自重庆来信,让纪清漪母子到重庆去。纪清漪停止了律师事务所的业务,退了住房,还是托那位经理朋友帮忙,买到了去香港的船票。纪清漪母子乘客轮先到香港,然后转道越南,由越南再乘运货卡车,历尽千辛万苦才辗转到达重庆,这样一家人在重庆终于重逢相聚。纪清漪到重庆后,仍以律师为业,同时积极投入抗日救亡的洪流之中,因工作成效突出,她曾被国共双方推荐为国民党军事委员会政治部设计委员,大力支持政治部下属第三厅(厅长为郭沫若)的抗日文化宣传活动,并与邓颖超、张晓梅、刘清扬等妇女运动领袖保持密切联系,成为至交好友。

抗日战争胜利后,纪清漪一家回到北平。1946年她代表北平律师公会出席全国律师大会。同年,她作为妇女界和法学界知名人士被推选为第一届国民代表大会代表,出席南京国民大会制宪会议,还是在这一年,纪清漪由马占山推荐,作为黑龙江省代表当选国民党立法委员。一次,她去参加立法委员会议,只见会场门口军警林立,盘查代表证件甚严,不许一般人随便进入。原来这次会议是为了通过所谓的五五宪法的文本。纪清漪根本不同意这一部欺世盗名的伪宪法,于是她借口上厕所,中途溜走,以避开参加投票表决,显示出她不与反动政府同流合污的坚定立场。

后来,她回到北平,一次应朝阳大学之邀去做时事形势演讲。在演讲时,纪清漪慷慨激昂的情绪不减当年,她尖锐而形象地揭露国民党政府强行通过的五五宪法是罩在腐朽肮脏桌子上的一块漂亮的桌布,表面上许诺要给人民一些民主自由的权利,实际上专制独裁的本质丝毫未变,希望大家一定要擦亮眼睛,不要被所谓还政于民的花言巧语所蒙蔽,真正的民主自由不能靠别人恩赐,而要靠长期斗争去争取。她的这次讲演博得了听讲的大学生们的多次热烈掌声。讲演结束后,也是由几位学生主动护送(要了几辆人力车)纪清漪回家。学生们认为,纪清漪的这次讲演对揭露国民党的制宪骗局起了很大作用。

第五章 解放岁月

她认为新中国的司法建设刚刚开始，在制定新社会法律的时候，既要吸取社会主义国家特别是当时苏联的司法理念和经验，也要借鉴旧中国法律的合理因素。而且一定要把刑法和民法分开，在刑法中对死刑的判决一定要慎之又慎，因为人的生命是不能再生的，一旦错判或误判，就会造成无法挽回的损失，所谓人命关天就是这个意思。

欢欣鼓舞迎接新中国成立

当解放大军兵临北平城下时,纪清漪在共产党员叶剑英、冯基平、苏开元等的领导下,积极参加了北平和平解放运动。她利用进步律师的身份,发表谈话,表示为了保护北平的历史文物和人民群众的生命、财产安全,尽量避免以战争方式解放北平。为了采取和平方式,她希望傅作义等国民党守军识时务者为俊杰,立即放下武器,这样既可保证北平人民免受战争涂炭,又可保证国民党党政人员的生命、财产安全。她不惧风险,以实际行动开展工作,促进北平的和平解放。她联络师大女附中校长石砳磊等组织了北平职业妇女联谊会,呼吁和平,并派西直门小学校长冯莲溪为代表同北平市参议会代表一起出城,与解放军代表会见、谈判,表达北平民众热切欢迎解放军的诚意。她对和平解放北平做出了贡献。当1949年1月,世界驰名的文化古都北平真的和平解放了。纪清漪欢欣鼓舞,迎接人民解放军入城并接管各机关、学校。

1949年10月1日下午3点整,在天安门城楼上,由林伯渠宣布开国大典开始。在五十四门礼炮的齐声轰鸣中,第一面五星红旗在广场上空冉冉升起。毛泽东向全世界庄严宣布:"中华人民共和国中央人民政府今天成立了!"纪清漪清醒地意识到一百多年来备受苦难和屈辱的中国人,经过长时期的不屈不挠的斗争,终于挺身站立起来。帝国主义列强和中国封建势力勾结起来、恣意宰割中国的历史从此一去不复返了。多少年来国家四分五裂这种令人痛心的局面不再存在。一向遭受着压迫奴役的劳苦大众和普通人,翻身做了国家的主人。人们对祖国的未来充满希望。中华民族的历史翻开了全新的一页。中华人民共和国的成立,标志着中国已从半殖民地半封建社会进入了新民主主义社会,开始了向社会主义过渡的伟大时期。纪清漪愿意投身新中国的建设事业,豪情满怀地跨进了新时代。

解放后的工作

参加新法学研究院学习

新中国成立后,纪清漪积极参加社会主义革命和社会主义建设事业,并在周恩来、董必武等老一辈革命家的关怀下参加工作。先是被分配到政务院政法委员会宣传组工作。1950年1月纪清漪由徐冰、张晓梅夫妇介绍参加新法学研究院学习,参加学习的人员大多是国民党时期法律界的留用人员,包括法官和律师,也有一些大学教授。主要是了解马克思主义法学的阶级性,苏联的法学实践和法律文件,借以和旧法学划清界限,树立法律为人民服务的新观念，为新中国法学建设和法学研究输送干部和人才。纪清漪在新法学研究院将近一年的学习，收获还是很大的，最主要的是提高了服务新社会的信心，自己虽然学的是旧法律，但对法律理论基础知识是熟悉的，又有多年的法律实践经验，现在通过学习，明确了马克思主义法学的基本理论和观点，即认识到法律的阶级性和法律是专政的工具与武器，她个人感觉用法律为新社会服务是不成问题的。

参加土地改革

纪清漪在结束新法学研究院的学习后，1951年1月政务院政法委员会宣传组又指定让她参加土地改革，地点是湖北纸坊县，土改工作组组长是黑伯理同志。黑伯理，回族，是冀鲁豫老八路。他是山东临清人，1936年在聊城省立第三师范毕业后曾任清平县农业学校校长。1937年加入中国共产党，任清（平）博（平）高（唐）支部委员。他是一位老革命，抗日战争和解放战争期间出生入死，对革命事业做出过很大贡献。1948年，他出任华北人民政府人事处处长。1949年南京解放后，他随董必武同志在南京参加接收国民政府并训练国民党各级职员的工作。1951年1月带领土改工作组到湖北进行土改。纪清漪参加的这个组一共十个人，除组长黑伯理外，其余都是各单位抽调来的干部和知识分子。黑伯理为人平易近人，从不摆老资格，没有老革命的架子。他政策水平很高，很关心组员的思想和生活，大家在一起相处得很融洽。纪清漪很庆幸遇上了一位好领导，决心一定要把土改工作做好。他们先到武汉集中学习中央有关土改的一系列文件，掌握土改政策。

早在1950年3月，毛泽东同志亲自起草电文，代表中共中央就土地改革法修订中的几个问题征询各地意见。1950年6月14日至23日，中国人民政治协商会议第一届全国委员会第二次会议上，中共中央提出了《中华人民共和国土地改革法草案》，刘少奇同志代表中共中央作了《关于土地改革问题的报告》，说明了土地改革的理由和基本目的，提出了土地改革的路线、方针、政策。明确定下了土地改革的总路线和总政策——依靠贫农、雇农，团结中农，中立富农，有步骤有分别地消灭封建剥削制度，发展农业生产。报告中还特别提到土改中一定要防止乱打乱杀，不能容许混乱现象的发生，没收地主的土地及其他生产资料，对地主应给出路也分一份土地。对于曾经拥护民主革命，当时又赞助土地改革的个别开明绅士，在他们交出土地及其他应交出的财产后，也吸收他们参加土改或其他工作。

1950年6月28日中央人民政府委员会第八次会议通过《中华人民共和国土地改革法》，同年6月30日中央人民政府主席毛泽东发布命令公布实行。土改工作组的同志通过学习吃透中央文件的精神，统一思想认识，认识到旧中国的封建土地制度极不合理，占农村人口不到10%的地主富农，约占有70%到80%的土地，占农村人口90%的贫农、雇农、中农及其他劳动人民只占有20%到30%的土地，他们终年劳动，却不得温饱。因此必须进行土地改革，废除封建土地所有制，实行耕者有其田的农民土地所有制。

集中学习结束后，纪清漪一行人在黑伯理的带领下，来到土改地点纸坊县。纸坊县距离武汉不远,是一个人口不到30万的小县城。他们先到县农会了解了一下该县的土地分配情况,然后深入到一个比较大的村子,分开住到贫雇农的家里。这里没有恶霸地主,最大的地主只有不到一百亩地。这里也没有像周立波在小说《暴风骤雨》中写到的赵光腚那样的贫雇农积极分子。通过发动群众,开展了诉苦活动,召开了斗争地主大会。由于政策掌握得好,土改工作进行得很顺利,在开展斗争的过程中,农民并没有什么过火的行为,地主也都乖乖地拿出地契、房契,有的还交出一些浮财,由农会接收。根据土地改革法的精神,在给农民分配了土地的同时,也给地主分了一份土地,让他们今后成为自食其力的劳动者。纪清漪亲眼看到农民烧旧契、发新证,终于有了自己土地的喜悦,也认识到土地改革法的重大作用,它是农民翻身得解放的根本保证。用了不到一年的时间,土改工作组较完满地完成了任务,纪清漪返回了北京。

参加北京市法院清理积案工作组

1952年1月至6月,纪清漪受董必武的指示,协助北京市法院清理积案工作,清理积案工作组负责人是王斐然和贺占军。这是一项极为细致复杂的工作,积案的范围包括从国民党法院接收过来的所有案件,有涉及前清王朝的、北洋军阀时期的、抗战时期的、国民党统治时期的,各个时期,应有尽有,由于时间跨度大,形形色色的各类案件又多,清理起来费了一些力气。清理人员既要懂得法律,具备相关的法律知识,又要有不怕苦累、认真负责的工作态度。纪清漪以极大的热情投入这项工作，她和其他几位清理人员一道夜以继日、加班加点对积案进行了清理。他们分门别类先把刑事案件和民事案件分开，再把已经结案的和还没有结案的分开，还要把重大案件和一般案件分开。最后有的存档，有的挑出来给法院同志处理。经过他们将近一个月的努力，终于胜利完成了任务，受到了董老和市法院同志的好评。

筹办天津市法院镇压反革命案件展览

刚刚完成清理积案工作，1952年7月纪清漪又接到新任务去天津市法院协助筹办镇压反革命案件展览会。在进行抗美援朝、土地改革运动的同时，在全国范围内开展了大规模镇压反革命运动。1951年2月，中央人民政府颁布了《中华人民共和国惩治反革命条例》，使镇压反革命斗争有了法律的武器和量刑的标准。1951年5月，公安部召开了第三次全国公安会议，会议总结了镇反经验，确定了今后的斗争任务。为了更好地开展镇反运动，向广大人民群众宣传开展镇反运动的伟大意义，天津市法院决定举办"镇反"展览。他们向政务院政法委员会请示，希望中央派人去协助筹办此次展览。

政法委员会主任董必武同志指定纪清漪前去完成这项工作。纪清漪不辱使命，立即赶赴天津市法院，协助他们筹办展览。天津是个临海城市，海上交通频繁，反革命分子水上犯罪活动一度猖狂，因此打击水上犯罪活动成为重点。另外天津的反动道会门活动以及像三不管一带的地痞流氓、恶霸势力为非作歹，危害极大，也必须全力打击。纪清漪协助天津市法院确定了展览应突出的重点，选择出典型案例。同时体现出宽严结合的政策以及镇反工作中应注意的事项，即注重调查研究，重证据而不轻信口供，反对草率从事，反对逼供。打击的重点是那些罪大恶极、民愤极大的反革命分子，对罪行较轻、愿意悔改的反革命分子采取宽大的政策。展览中展出的大量图片和表格十分醒目，纪清漪还根据惩治条例撰写图片说明，不厌其烦，反复修改，力求做到图文一致，文字简明扼要，令参观者一目了然，获得深刻印象。经过一个多月的筹备，展览布置完毕，经有关领导审查通过后，纪清漪返回北京。

参加北京红十字会"三反""五反"运动工作组

纪清漪回到北京后，又接受了新的任务，董老指示让她参加武新宇同志领导的北京红十字会"三反""五反"运动工作组。武新宇（1906—1989），山西高阳人。1923年考入北京师范大学，在读书期间接受了马列主义，1925年初在北京加入中国共产主义青年团，不久加入中国共产党。曾留学日本，1934年回国后在北平民国大学教书，任中共北平市教联书记、文总党团成员，并参加北平文化界救国会，积极投身于抗日救亡活动。那时他就认识纪清漪，他们都是文化界救国会的成员，是当时抗日救亡活动的积极分子。他们是老相识，这次能在一起工作都很高兴。武新宇于1949年9月参加全国政协第一届会议，新中国成立后历任内务部副部长、党组副书记，中国法学会第一任会长。他是一位无产阶级革命家、法学家，我国政法战线卓越的领导人之一。纪清漪在武新宇领导下工作感到很荣幸。

新中国成立时，中国大地上疮痍满目、百废待兴。发展生产，恢复国民经济成为当务之急。新中国成立后不久，又进行了抗美援朝战争，更加重了财政支出。如何解决财政困难，既不能依靠外援，也不能加重人民负担，只能依靠增产节约。1951年10月，毛泽东主席在中国人民政治协商会议全国委员会第三次会议上，号召全国人民增加生产，厉行节约。

随着增产节约运动在全国范围内展开，各地在深入检查中揭露了大量令人震惊的贪污、浪费和官僚主义现象。11月下旬，中共河北省委召开党代表大会，揭发出时任中共石家庄市委副书记刘青山、中共天津地委书记张子善的巨大贪污案。刘、张两人随即被捕法办，判处死刑。这件事在全国引起极大震动。1952年1月起，一场声势浩大的反对贪污、浪费、官僚主义的运动（简称"三反"运动）在全国范围内迅猛展开。

"三反"运动是在国家工作人员中进行的，随着运动的发展，很快暴露出国家工作人员中的贪污分子几乎都同社会上的不法资本家有勾结，不少人员是在他们的拉拢和收买下落水的；也暴露出不法资本家中相当普遍地存在着行贿、偷税漏税、盗骗国家财产、偷工减料、盗窃国家经济情报的违法行为（当时简称五毒行为）。上海不法资本家王康年竟灭绝良心使用废旧霉烂棉花制造急救包运到抗美援朝前线，致使不少志愿军伤员伤口感染死亡。这件事激起人们的极大愤慨。2月上旬，反对不法资本家中的五毒行为的五反运动，首先在各大城市开始，并且很快形成高潮。

位于北京市北新桥3条8号的中国红十字会，是中华人民共和国统一的红十字组织,是从事人道主义工作的社会救助团体。其前身可追溯到1904年3月10日在上海成立的万国红十字会。1907年更名为"大清帝国红十字会",1911年改名为"中国红十字会"。

新中国成立后,中国红十字会于1950年进行了协商改组,周恩来总理亲自主持并修改了《中国红十字会章程》,1952年,中国红十字会恢复了在国际红十字运动中的合法席位。它在募集善款,救助难民和赈济灾民活动中发挥了很大的作用。

"三反""五反"期间为什么要派工作组进驻中国红十字会?一是因为它是一个有国际影响的社会团体,尤其是新中国成立不久,它就是新中国的一张名片,它可以折射出中国的形象。再就是它确实存在贪污腐败的问题,它的经费来源既有国家的拨款,又有向社会募集的善款,这些募集来的善款来自何方,用于何处,必须公开透明。如果在中间环节动了手脚,必须追究问责。红十字会动用的款项往往数额巨大,倘若监管缺失,很容易被经手人吞没。另外红十字会还是不法奸商瞩目的地方,因为红十字会的救助除了现款,大部分是救济物品。不法商人和红十字会的工作人员互相勾结,用伪劣残次物品冒充合格正品,其中的差价便被中饱私囊。受损失的是国家,受害的是救济对象。

纪清漪参加的工作组在武新宇带领下进驻红十字会后,对里面的工作人员进行了初步排查,发现蛛丝马迹,便通过谈话、外调,确定问题性质,不断扩大战果。再就是清查账目,要一笔笔、一本本仔细认真地查,决不放过任何一个疑点。发现问题就要深挖下去，通过内查外调，把贪污分子和不法商人挖出来。有时还要采取攻心战术，对嫌疑人讲明利害关系，促使他们主动坦白，交代问题。

武新宇对纪清漪等组员要求很严格，工作期间一律住在红十字会，不准请假外出及与外界联系，必须严格遵守工作纪律，不吃请，不受礼，不单独与嫌疑人联系，发现问题要立即向领导汇报，不允许擅做主张。在对嫌疑人隔离审查期间，要给与人道待遇，决不搞逼供信。经过紧张而有序的昼夜奋战，取得了很大成果。查出了大小数名贪污分子，根据他们贪污数额多少，坦白认罪态度好坏，分别给与行政处分或移交司法部门。同时还查出与贪污分子相勾结的不法商人，对他们的处理则按照1952年3月5日中共中央对违法资本主义工商户处理的基本原则：过去从宽，今后从严；多数从宽，少数从严；坦白从宽，抗拒从严；工业从宽，商业从严；普通商业从宽，投机商业从严。对不法商人逐一审查，并做出了处理意见。为了对被处理者负责，武新宇和工作组成员一起根据党的政策和犯罪事实反复研究讨论，最后才确定结论，同时还允许被处理人提出申诉，进行复议，力求做到能经受住历史的检验，成为铁案。1952年10月，"三反""五反"运动结束，这场大规模群众性政治运动打退了资产阶级的猖狂进攻，清理了干部队伍，整肃了纪律，为实现对资本主义工商业的社会主义改造打下了坚实的基础。

"三反""五反"运动结束后，工作组解散，工作组成员各自返回原单位。纪清漪仍回政法委员会宣传组。1954年政务院改为国务院。董必武同志指示政法委员会宣传组改组，成立法律出版社，纪清漪任刑法组组长。

随同马锡五视察华北、华东司法工作

1956年下半年纪清漪接受一项新任务，随同最高人民法院副院长马锡五同志视察华北、华东地区的司法工作，探讨刑、民事诉讼法。马锡五（1899—1962）陕西保安人。长期从事人民司法工作，在兼任陕甘宁边区高等法院陇东分庭庭长时，经常携案卷下乡，深入群众，调查研究，巡回审理，就地办案。抗日战争时期创造马锡五审判方式，这种审判方式是在当时的司法理念、制度和经验的基础上，总结、提炼和发展出来的较系统的民事诉讼，是新民主主义革命时期我们党在司法领域贯彻群众路线的具体体现。在新中国成立后，仍有着可借鉴的现实意义。

纪清漪跟随马锡五同志视察华北、华东地区的司法工作，既体现了司法界领导同志对她的信任，同时也是给了她一次很好的学习机会。她与马锡五同志一边视察，一边探讨刑法和民事诉讼法。通过一段时间的接触，纪清漪感到马锡五同志平易近人、谦虚好学，没有一点老革命和领导的架子。他对纪清漪非常尊重，他知道纪清漪长期从事司法工作，在旧中国是一位著名的律师，有着丰富的司法实践经验，特别是当时纪清漪是法律出版社刑法组组长，所以很想听听他对刑事诉讼法的意见。纪清漪也毫无保留地谈出了自己的看法，她认为新中国的司法建设刚刚开始，在制定新社会法律的时候，既要吸取社会主义国家特别是当时苏联的司法理念和经验，也要借鉴旧中国法律的合理因素。而且一定要把刑法和民法分开，在刑法中对死刑的判决一定要慎之又慎，因为人的生命是不能再生的，一旦错判或误判，就会造成无法挽回的损失，所谓人命关天就是这个意思。马锡五认为纪清漪的意见很中肯，有指导意义，无论刑法或民法都要体现公平和正义，都要对人民高度负责，让每个案件都能经受住时间的考验。

纪清漪充分肯定马锡五审判方式是司法审判实践中的一种创举，不仅在抗战时期有很大价值，就是在解放后也有很大的现实意义。中国是一个农业国，农民占全国人口的绝大多数，在农村法庭设施极少，交通又不方便，特别是遇到当事人是年老体衰、行动不便的老年人，如果把法庭设在农村，甚至设在当事人的家里，这样就极大地方便了农民打官司。巡回审理，就地办案完全适合中国的国情。两人越说越投机，越说越有共同的语言，越说越有共同的认识。经过这次视察，两人成为了好朋友。

在反右斗争中

1956年在中国现代历史上是一个重大的转折点。这一年，全国绝大部分地区基本上完成了对生产资料私有制的社会主义改造，资本主义工商业改造也已基本完成。纪清漪高兴地看到社会主义制度初步建成，以极大的工作热情，意气风发地投入社会主义建设事业，准备为党、为祖国继续建功立业。然而形势的发展使她既感到兴奋，又感到困惑。一方面她看到1956年

5月毛泽东同志在中央政治局扩大会议上作了《论十大关系》的讲话。报告的中心内容，是要以苏联为鉴戒，总结自己的经验，探索一条适合中国情况的社会主义建设道路。在这前后，党中央还提出了许多重要的方针，如在科学文化工作中的"百花齐放、百家争鸣"的方针；共产党和其他民主党派"长期共存、互相监督"的方针等，使她受到极大鼓舞。

特别是1956年9月，中国共产党第八次全国代表大会在北京召开，纪清漪认真地学习了大会决议，决议中写道："我国的无产阶级同资产阶级之间的矛盾已经基本上解决，几千年来的阶级剥削制度的历史已经基本上结束，社会主义的社会制度在我国已经基本上建立起来了。"

"国内的主要矛盾，已经是人民对于建立先进的工业国的要求同落后的农业国的现实之间的矛盾，已经是人民对于经济文化迅速发展的需要同当前经济文化不能满足人民需要的状况之间的矛盾。"

但另一方面国际上发生的一些大事，也使纪清漪产生极大的困惑。

1957年2月，毛泽东同志在最高国务会议上作了《关于正确处理人民内部矛盾问题》的讲话。指出：社会主义开会存在着敌我矛盾和人民内部矛盾两类性质根本不同的矛盾。前者需要用强制的专政的方法去解决，后者只能用民主的说唱教育的"团结——批评——团结"的方法去解决。4月27日中共中央发出《关于整风运动的指示》。

在反右期间，因有人反映纪清漪立场不够坚定，斗争右派时有温情表现，最终给她下了反右期间有右倾思想的结论。纪清漪没有被划成右派，殊不知档案里一条反右期间有右倾思想的结论给她带来无穷后患。

被迫退休

1961年法律出版社合并到中国社会科学院法律研究所，纪清漪随之到法律研究所工作。纪清漪到了法律研究所后，只想静静地做些法律学科的研究，她每天按时上下班（研究人员本可以不坐班的），定选题，查资料，做卡片，写提纲，兢兢业业、夜以继日地勤奋工作。只要能发挥自己的专业特长，她干起来就特别带劲。她遵照研究所的指示，与原法律出版社编辑李世凯合作编写了《列宁论法律摘编》，个人独立完成《帝国主义在中国的罪行》（稿存国务院图书室）；还写了学术论文《中国古代大赦法研究》（稿存法律出版社）、《中国古代赎刑研究》（稿存法律出版社），同时还应邀为人民出版社专审法律方面的书稿。

尽管她很努力勤奋工作，但并没有得到领导上的重视和支持，她的这些著述可以说白费劲，全都没能出版问世，不仅如此，就因为在她的档案中记有反右期间有右倾思想一条结论，她还没到退休年龄（按规定研究人员男女都可以工作到60岁退休，纪清漪当时58岁），出版社领导命令她提前退休。尽管纪清漪心里很不情愿，但也只得服从。纪清漪在解放初到政务院政法委员会工作时，工资定为750斤小米。后来政务院政法委员会与其他4个委员会5机关合署办公,工资改为行政16级。1955年政法委员会宣传组改为法律出版社,折合编辑7级工资,每月125.50元,一直到她退休,编辑7级工资,退休后的工资只能拿到原工资的60%,每月领取75.30元的退休金。按照纪清漪的资历显然是偏低的,但那时没有申辩的可能。而且,事后纪清漪得知给她定这么低的退休金,和法律出版社在她的档案里填有"反右期间有右倾倾向"不无关系。纪清漪被迫退休后,感到很失落,真有一种有心报国,却无门可入的感觉。她本想利用自己的专业知识为新中国的法律建设做一些贡献,而现在却被剥夺了工作的权利,只好极不情愿地回到家中,过起清闲的退休生活。

第六章 晚年生活

纪清漪希望叶嘉莹等始终保持青春的活力,尽最大可能多做一些有益社会和人民的事;希望叶嘉莹能经常回国看看,多多关心祖国的『四化』大业,为祖国的文化教育事业和海峡两岸的和平统一做出更多贡献。

山雨欲来风满楼

1966年，正当我国国民经济调整任务基本完成，开始实行第三个五年计划的时候，"文化大革命"的风暴以遮天蔽日之势席卷了中国大地。从1966年5月开始，长达十年，给中华民族带来巨大灾难的"文化大革命"是新中国成立后发展进程中经历的一次巨大曲折，从而更加拉大了中国在经济文化方面同发达国家之间的距离。这是我们永远不能忘记的极为沉痛的教训。

遭遇不幸

5月对北京来说，本是风和日丽，百花争艳，生机勃勃的时光，但1966年5月，以《五一六通知》为标志，史无前例的政治运动，突然拔地掀天而起，把一个好端端的首都，搞得"黑云压城城欲摧"，霎时间，百花凋零，一片肃杀景象。……这突如其来的一切，使纪清漪深深感到迷惘、困惑和不解。

8月25日河北高中及社会路中学的红卫兵和8月31日28中红卫兵连续两次抄家，纪清漪全家遭到毒打，家中的贵重物品，以及生活用品，全都被抄走了。1971年，纪清漪的夫君马毅被定为敌我矛盾，水电部的专案组，又第三次来抄家，把家中的藏书全部抄走了。抄家，不仅把她和马毅的东西抄走，而且把她的儿子和长媳的东西，也都抄走了。一时间，她感到非常无助，眼下何处去申诉？简直就是度日如年，苦挣苦熬，不知什么时候是个头？

获得平反，恢复法学界地位

粉碎"四人帮"后，由《光明日报》特约评论员文章《实践是检验真理的唯一标准》引起的关于真理标准的大讨论，使长期禁锢人们思想的僵化状态被冲破。1978年12月18日至22日召开中国共产党十一届三中全会，是建国以来具有深远意义的历史转折。全会果断地停止使用"以阶级斗争为纲"的口号，做出把工作重点转移到社会主义现代化建设上来的战略决策。1977年底，胡耀邦任中共中央组织部部长，遵循实事求是、有错必纠的原则，大刀阔斧地平反"文化大革命"中和以往的冤假错案。纪清漪和马毅的冤案也得到平反。马毅同志在1976年去世，1979年得到彻底平反，水电部为他开了隆重的追悼会，被抄书籍也予以发还。

纪清漪的档案里有"反右期间有右倾思想"的结论，这一

纪清漪获得荣誉证书(1987年6月)

结论影响到后来被迫提前退休，并且只拿原工资的60%退休金。当时只承认她从1950年至1961年的十一年工龄。实际上纪清漪从1934年接受共产党员王梓木领导参加革命活动就应该认为参加了革命工作。从她的经历上看，完全符合离休的条件。1984年经纪清漪本人申请，中国社会科学院法学研究所按照国家政策，于1984年8月批准了她为离休干部。1984年10月22日法学所人事处为她办好了离休手续。她的档案中"反右期间有右倾思想"的错误结论也予以撤销。从此她享受到了应该享受的离休待遇。

纪清漪于1978年经陈久敬、张廉云介绍加入中国国民党革命委员会；1981至1983年经民革北京市委推荐任北京市西城区第五、六届政协委员；1982年经时任中共北京市委书记、北京市委政法委书记冯基平介绍参加中国法学会并当选为第一届理事会理事，恢复了她法学界元老地位；1982年被北京市妇联评为北京市"五好"积极分子；1985年6月被聘为北京市文史研究馆特约馆员。1989年作为党派交叉，她又加入了九三学社。1992年当选为中国国民党革命委员会第八届中央妇女工作委员会委员，主任是何鲁丽。

纪清漪还应邀参加了《法学词典》的编审工作，为大百科全书法学卷写"洗冤集录"词条，该卷责任编辑来信说："词条写的难得的好，不要说法学卷，就是全书，这样高的学术水平也是难得的。"她还写了法学方面的学术论文《中国古代法医学初探》，刊登于《法学研究》1981年第6期。回忆文章《忆杨秀峰同志营救"爱国七君子"的二三事》，刊载于《法学杂志》

晚年纪清漪在家中写作

1985年第6期。1991年在《文史资料选编》（第41辑）上发表《纪晓岚故居遗址》。1993年为湖南长沙岳麓书社出版的《阅微草堂笔记》撰写前言。1994年在《北京文史资料》（第49辑）上发表《1948年北平"七五"血案的前前后后》（诸天寅整理）。她还为《四库全书存目丛书》的编纂工作提供帮助。

此外，她还接受媒体采访，在报纸上刊登出有关她的报道。如：《北京第一名女律师纪清漪》，崔普权/文，1994年9月25日《工人日报》；《京城女史纪清漪》，崔普权/文，1995年6月18日《北京法制报》；《北大的一次抗日演讲比赛》，诸天寅/文，1995年8月21日《北京晚报》；《纪清漪向社会披露〈田中奏折〉》。

另外，在抗日战争胜利60周年的时候，中国人民抗日战争纪念馆也对纪清漪做了专题介绍。通过媒体的介绍，有更多的人知道了纪清漪和她的事迹，她是一位中华爱国女杰，她是纪氏家族的光荣，是北大的光荣，也是现代中国妇女的光荣。

与弟弟纪清寅取得联系

纪清漪的弟弟纪清寅1910年生，比纪清漪小六岁。小时候因为家庭困难，他只上到小学三年级，父亲就让他辍学考入齐齐哈尔电报局任打电员。当时是有线电报，用人工打电码，然后由受电局翻译发出。后来他认识了一个开饭馆的苏联人，跟这个苏联人学俄文，他刻苦学习，进步很快。"九一八"事变后，日本人接管了齐齐哈尔电报局。他借送祖父灵柩回老家河北献县的机会离开东北，以后没有再回去。他到北京住在姐姐纪清漪的家里，没有工作。"七七"事变后，姐夫马毅去了南京，他随姐姐纪清漪到天津，继续学俄文。1938年，他到南京去找姐夫马毅。他到南京后，正遇上军队登报招考会俄文的人。他报名通过考试被录取。跟随原国民党军事委员会办公厅顾问事务处中将处长张冲任俄文翻译。当时国民党军队中聘请有苏联专家，纪清寅便在军队中任专家译员。

1940年，纪清漪在重庆时，纪清寅从湖南到重庆来看望姐姐，待了几日就回去了。后来张冲患伤寒病去世，纪清寅接替了张冲的职务，随某军去了恩施。在恩施，他在陈诚的部队中工作，升为少将军衔。日本投降后，纪清寅于1946年春回北京一趟，说不久要回南京。他告诉姐姐纪清漪说，他正在同国民政府武汉警备总司令郭忏谈退役的事。他返回南京后去了台湾，此后与姐姐纪清漪就一直没有任何消息。1984年3月纪清漪接到一封寄自美国的来信，寄信人是田雨时（后改名愚士），他曾任国民党财政部次长，是马毅、纪清漪的朋友。国民党撤退到台湾后，田雨时去了美国，之后很长时间，彼此没有音信。直到尼克松访华后，中美关系有了松动，纪清漪和田雨时才又恢复了联系。纪清漪通过书信往来，曾托田雨时打听一下她弟弟纪清寅在台湾的情况。后田雨时来信告诉纪清漪打听到了，纪清寅和夫人鄂兰珍都在台湾教书，一切均好。纪清漪收到这封信高兴极了，立即给弟弟和弟妹写了一封信。全信如下：

  寅弟、兰珍：忽然收到田雨时一信，得知你俩都在教书，身体很好，高兴至极。分别三十六载，生死两茫茫，突然有了消息,这种心情,两地相同。父母亲是1950年从苏州胡同搬来和我同住的,我仍住原处。母亲于1959年7月1日去世,父亲是1962年10月21日去世,他俩合葬在八宝山。先是母亲去世时,我在墓旁预买了一个空穴,父亲去世后,打开隔砖,放入父亲的骨灰盒,又重新用砖和洋灰砌好合葬的,现在墓和墓碑都完好。八宝山在北京和西山之间。

我的身体非常好,近几年来在研究《唐律》和《洗冤录》。如果身体不出大毛病,这两本书都可能在两三年内出版。

非常希望知道你们的更多的情况,有孩子了吗?祝你们一切都好!姐清漪于北京。

1984年4月

这封信寄给田时雨,感谢他告知纪清寅的消息,并托他把信转交纪清寅。等了三个月还没有回音,纪清漪于7月12日又给田时雨写了一封信,信中说,三月间王福时同志送来您给我的信,并告知舍弟消息,万分感激与高兴。四月间曾寄去一信并附有请转寅弟信一件,但迄今未接来信,不知何故?是遗失了,还是没有的寅弟复信?十分念念!

1984年7月18日,纪清漪在给民革北京市委主委张廉云的信中说:昨天张思浚同志告诉我,我弟弟到台湾后先在国防部任职,后调外交部,曾被派去越南三年。现在他任国际关系研究所研究员,专门研究苏联问题,去年还出过一本著作。他没有孩子,王世杰儿子王德芳的二女儿给了他做养女,养女现在美国，获得两个博士学位。他现在的业余爱好是下象棋。张思浚同志在台时，和他是好朋友经常和他一起下象棋。

纪清漪怀着急切的心情，等待着弟弟的复信，然而一个月一个月过去，毫无音信。直到11月8日接到一封顾博瀛从美国寄来的信，顾博瀛原是纪清漪家一位保姆的儿子，纪清漪培养他上中学和大学，后来他认纪清漪做干妈，成为亲戚。大陆解放后，顾到美国发展，与纪清寅一直有联系。顾博瀛在信中报告了一个噩耗，说纪清寅已于一个月前在台溘逝。纪清漪闻知，悲痛万分，真没想到方通一信，便告永别！好在寅弟无疾而终，离去之前得悉全家一切情况，知道姐姐纪清漪和四妹健在人间，生活平安舒适，外甥晚辈均学业有成、成家立业，他也就放心，当能瞑目于九泉之下。

纪清漪最放心不下的是弟媳鄂兰珍。兰珍身体也不好，突然失去相濡以沫的爱人，精神上是否能承受住这样巨大的打击。而且清寅去世后，只剩下兰珍一个人，如何处置她的孤寂问题，不知有无人陪伴，养女能否照拂她，这些问题都使纪清漪非常惦记。1985年1月9日，纪清漪给兰珍写了一封信，信中说接博瀛11月8日信，知寅弟离我们去了，惊愕之下，悲痛无已！寅弟走前两个月，得知家里一切情况，走时能够安心。他无疾而终，不但他自己未受任何病魔缠身之苦，也未给家人带来服侍病人之累。仔细想想，这实在是天赐之福。一定要节哀顺变，照顾好自己，多加保重。有什么需要我们帮助的事情，尽管提出来，我们一定会尽力做到的。皇天不佑纪家，原本以为我们很快就能见面的，想不到与清弟从此幽冥两隔，永无相见之期，这种失去亲人的巨大悲痛，是外人难以想象的。

兰珍后来一人在台，因健康原因，没有回大陆。这种失去亲人的悲痛是短期难以消除的。正像陶渊明《挽歌行》所言："亲戚或余悲，他人亦已歌，死去何所道，托体同山阿。"纪清漪的心里一直想念着亲爱的寅弟。

纪清漪通过海外友人告知她寅弟的消息，认识到联系海外友人的重要性，她于1984年12月14日给民革祖国统一工作委员会送去五份对外贺年卡，请他们代发给五位海外友人，这五位海外友人是：

王德芳，曾任国民党外交部部长王世杰的儿子。纪清漪在北大读书时，王世杰是讲宪法的老师；王德芳和纪清漪是同班同学。

田雨时（后改名愚士），曾任国民党财政部次长，大陆解放后赴美经商。

顾博瀛，原是纪清漪家保姆的儿子，后来纪清漪培养他上大学。解放后到美国经商。

马琰，是原北京大学中文系主任马裕藻的女儿，蔡元培的外甥媳妇。

杜致礼，杜聿明、曹秀清的女儿，杨振宁的夫人。纪清漪在贺年卡上写道："振宁先生、致礼侄女：今夏致礼返美，因不知何期，未能送行，甚歉！八月初孙同志转来你们送我的花布衣料一块，颜色、花样都适合我穿，深深感谢！谨祝新年多福，全家愉快！"同时纪清漪一直保存着曹秀清送给她的从美国带回来的放大镜和慢炖锅等礼品，从中可以看出纪清漪和杜致礼的关系还是很密切的。

纪清漪想通过与海外友人的关系，对祖国统一大业做出贡献。

六十年后师生情
——叶嘉莹探望纪清漪老师

纪清漪于1935年初至1937年"七七"事变前一直在北平女二中担任初中国文教师。她学识渊博，备课认真，讲课生动活泼，不仅关心学生的学业，而且关心学生的思想成长，经常在课堂上对学生进行爱国主义教育，从而赢得学生们的尊敬与爱戴。特别是在"一二·九"爱国学生运动中，她坚决支持学生的正义行动，给学生留下深刻难忘的印象。"七七"事变后，纪清漪因受到日军通缉，仓促出走外地，使学生失去了一位正直、负责的好老师，学生们都很怀念她。

时光荏苒，转眼间六十年过去了。纪清漪在女二中教过的一个叫王贞元的女生，"七七"事变后，受纪清漪影响，投身革命，参加了八路军，后来随着刘邓大军，转战大别山区，在部队担任通讯联络工作。新中国成立后，曾任武汉人民广播电台台长。60年代中期，王贞元随爱人调到北京，在对外经济贸易部工作直到离休。自到北京后，王贞元便多方打听她所敬爱的纪老师，可是一直没有打听出纪老师的下落。直到1995年举国上下纪念抗日战争胜利五十周年时，在8月21日的《北京晚报》文艺副刊上，她看到一篇题为《北大的一次抗日演讲比赛》的文章，文中记叙的正是她殷切思念的纪清漪老师。当她知道纪老师还健在的时候，喜出望外，激动不已。她立即与报社联系，辗转获悉纪清漪老师的住址和联系方式，便迫不及待地给纪老师打电话。电话倒是通了，不巧的是纪老师那时正因病住在安贞医院。

8月25日，王贞元由老伴陪同来到医院，在一间内科病房里终于见到了敬爱的纪老师。当年逾九十和年过古稀的两位老人的手紧紧握在一起的时候，这对六十年前的师生彼此都激动得热泪盈眶，哽咽得久久说不出话来。待两人的心情稍稍平静一点后，才打开记忆的闸门，往事化作滔滔不绝的亲切话语汩汩流出。医护人员和纪老的亲属一再提醒病人不宜过多说话，王贞元便自己多说，请纪老师静听。

王贞元说，至今仍清晰记得，1936年9月25日，伟大的文学家鲁迅逝世后，纪清漪老师让学生每人写一篇悼念鲁迅的作文。王贞元的那篇被纪老师选中，当作范文在班上朗读。同学们听了都很受感动。有人怀疑这篇文章不是王贞元自己写的，所以课下纪老师单独找来王贞元，悄悄问她，这篇文章是你自己写的吗？写得太好了。王贞元说是自己用了一个晚上的时间经过周密构思，列出提纲，然后奋笔疾书，一气呵成写出来的。绝没有参考或抄袭别人的文章。纪老师考虑到王贞元平时作文就很好，便打消了疑虑，鼓励她继续努力。王贞元得到纪老师的肯定，受到很大鼓舞，这件事一直铭记在她的心中。纪老躺在病床上，思绪像是飞回了六十年前的女二中的课堂，那一个个天真可爱的面容又浮现在她的脑海，她记起了王贞元说的一件件往事，脸上浮现出会心的微笑。

纪清漪病愈出院后，王贞元又接连数次到纪老师家中探望，师生二人还合了影。每隔一段时间，王贞元就打电话问候纪老师。1996年11月14日，王贞元打电话给纪老师，说是原来女二中的同学，现在已成为著名古典文学研究专家的加拿大籍华人学者叶嘉莹也一直惦记着纪老师，她打算下午到纪老师家拜谒。纪老师听了很兴奋，连午觉也没睡，一直静等叶嘉莹等的到来。从下午一直等到傍晚，还不见人来。纪老师有些着急，就让长子马纪龙夫妇到外面去迎接。原来，由于路不熟，叶嘉莹和另外三名原女二中学生乘出租汽车在纪老师所住楼区转了近两小时，幸亏纪龙夫妇到外面去迎，才把叶嘉莹等四人接到家中。六十年的岁月沧桑，是彼此容颜改变了不少，今又重逢，恍如梦中。随着一声"纪老师，您还好吗？"的问候，纪老师激动得竟无语凝噎，刹那间老泪纵横。

叶嘉莹向老师汇报了自己的经历，她从女二中毕业后，1941年考上辅仁大学，1945年毕业，先后在当时的北平佑贞女中、志成女中、华光女中任教。1948年，她南下到南京结婚，不久随丈夫迁居台湾，在台湾生活了十八年。先后在台湾大学、台湾辅仁大学、台湾淡江大学任教授，后又到美国哈佛大学、密歇根州立大学任客座教授。1969年担任加拿大不列颠哥伦比亚大学终身教授。1986年被中华诗词学会聘为顾问。此后经常回国到各地大学讲学。这次是应天津南开大学之邀讲授比较文学，在北京短暂的逗留期间，意外地从王贞元同学那里打听到她最尊敬的纪清漪老师，说什么也要到老师府上看望，明天早晨她就

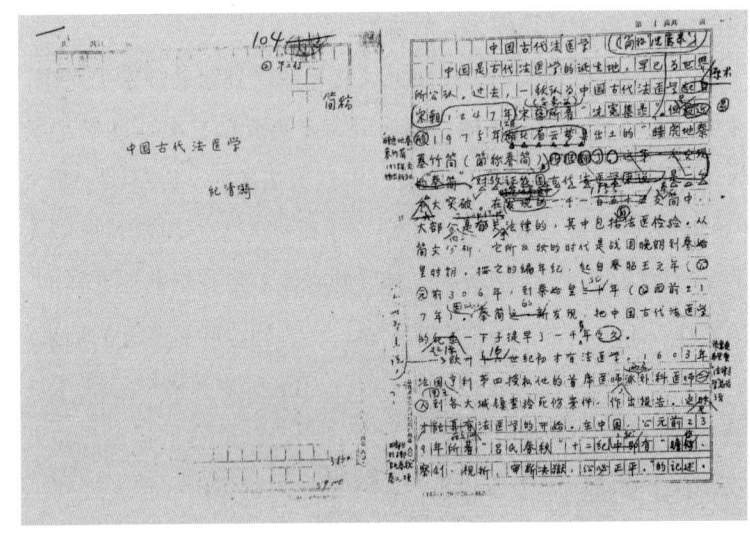

纪清漪为大百科全书撰写条目手稿

要离京赴津去讲学。

多年未见的师生之间像是有谈不完的话语,一件件往事从记忆深处重新闪现。在女二中念初中时,叶嘉莹就特别喜欢文学,在纪老师的指点下,她的国文成绩总是全班第一。她感激纪老师的培育之恩,说自己今天能在古典文学研究领域取得一些成就,这里面就有纪老师的功劳,师恩重如山,师恩不可忘,纪老师永远是自己的楷模,激励自己不断向学术更高峰攀登。

师生们谈话间,还忆起当年的一些往事,大家还记得纪老师和另外一位教师李岫深带头揭发女二中校长阮淑贞行为不端的往事。阮淑贞把自己家的电线私接在学校共用电线上,这样就可以不出电费;另外在添购学生课桌椅时,同木器商串通,以劣充好,私吃回扣。纪老师和李岫深老师查明情况,向教育局写了检举信,教育局派人来调查认为情况属实,最后这个劣迹斑斑的校长受到撤职处分,后来由李岫深接任校长。纪清漪老师不怕权贵,疾恶如仇的义举受到师生们的一致赞扬,使她在女二中具有极高的威望。事隔六十年后,回忆起来仍大快人心。

纪清漪希望叶嘉莹等始终保持青春的活力,尽最大可能多做一些有益社会和人民的事;希望叶嘉莹能经常回国看看,多多关心祖国的"四化"大业,为祖国的文化教育事业和海峡两岸的和平统一做出更多贡献。叶嘉莹等表示一定牢记纪老师的叮嘱,像当年在女二中上学时一样,把老师的教诲记在心头,为祖国的现代化事业,为国家的和平统一竭尽绵薄之力。

叶嘉莹等告别时,已是华灯初上,一片辉煌的夜晚。怀着依依不舍的心情，叶嘉莹等人辞别了纪老师。纪清漪被她的学生们的深情所激动，久久不能平静，她从自己的亲身经历中，深深体会到做教师的幸福，教师的确是最受人尊敬、令人羡慕的职业。

结束语

纪清漪的一生是光辉的一生，但也是坎坷多难的一生，她从青年时代起，就接受了进步思想，追求真理，主张正义，抗日救国，积极投身解救民族危亡和争取人民解放的事业，特别是在揭露日本帝国主义侵华阴谋上，做出了巨大贡献。新中国成立后，她满腔热情地参加社会主义事业，为祖国的繁荣富强付出了毕生精力。她的一生是一首献身民族解放事业壮丽的爱国诗篇，她的人生轨迹，演绎着一部简编的中国现代史，她称得上是一位巾帼英雄，她的炽热爱国情怀，铸就了她坚韧不拔、百折不挠的宝贵性格，她的无私忘我、自强不息精神正是中华民族传统美德的生动体现。她用自己的良心、能力、作为、品德，赢得了社会的尊重。她的名字和事迹必将和所有现代伟大女性一起，载入史册。

应该说她拥有一个幸福的晚年，十一届三中全会之后，她虽已年过古稀，但仍以高度的热情，意气风发地投身法制建设工作。由于健康原因，到了耄耋之年，她很少外出参加各种社会活动，订阅了十几种报纸杂志，每天坚持读书看报，关心国内外大事。作为一位老法律工作者,她特别关心社会主义民主与法制建设,她认为应该大力宣传宪法,因为宪法是一个国家的根本大法,是人民民主权利的根本保障。为此,她还专门撰写过有关宪法的文章。她还特别关心对青少年的道德品质教育,认为青少年是祖国的未来,少年强则国强,希望每个青少年都有良好的道德修养,健康茁壮地成长。她始终关心妇女儿童合法权益的维护与保障。她认为妇女儿童是弱势群体,侵犯妇女儿童的事例时有发生,必须在全社会逐渐形成尊重妇女、爱护儿童的良好风气。当然她最关心的还是香港回归和海峡两岸的统一大业,她希望在有生之年能看到香港回归和祖国统一。

生活中纪清漪是一位非常和善慈祥的老人,她热爱生活,有着多方面的兴趣爱好。她酷爱读书,每天手不释卷,尤其喜爱读法学和古典文学方面的书。晚年不止一次阅读《阅微草堂笔记》。她有一个好习惯,读书时一般都能做到边读边做摘记。她搜集了许多有关先祖纪昀和阅微草堂的书籍和资料,原打算写一部介绍纪晓岚的书。她的记忆力惊人,许多往事的时间、地点、有关人名,以及一些细节都记得清清楚楚。所以写起回忆文章时能够得心应手,一气呵成。一次,她去参观沙滩北大红楼时,还清晰地指出自己当学生时的休息室。她还喜欢听昆曲,买来不少昆曲的盒带,时不时欣赏一两段。有时还哼上几句。她喜欢欣赏古代字画,在书法艺术上,她最推崇晋代书圣王羲之的《兰亭序》,因为她的夫君马毅还参加过20世纪60年代关于现存《兰亭序》真伪问题的讨论。纪清漪还喜欢养花,种植果树,在西城区甘石桥石板房二条七号居住时,有一个大院子，种植着牡丹、芍药和一些草花；有梨、杏、桃、柿各种果树，还有一个大葡萄架。每当秋季收获的季节，可谓硕果累累，花木飘香。所收获的各种鲜果大部分都先送给邻居和亲友品尝。

纪清漪在饮食上极为普通，都是家常饭菜。由于长期生活在北方，比较喜欢吃面食。有人问她的长寿之道，她说："我没有刻意去追求长寿，只是严以律己，宽以待人，顺其自然罢了。"纪清漪晚年心脏不太好，曾犯过心梗，由于子女孝顺，治疗及时，前后十三次急送医院抢救，数次医院报危，但都住一段时间医院就好了。到了1998年1月初，她又犯病了，儿子赶紧把她送到安贞医院，终因年老体衰，抢救无效，于11日4时50分，这一颗自强不息的赤子之心停止了跳动，享年94岁。1月15日在八宝山殡仪馆举行了隆重的纪清漪同志遗体告别仪式，出席告别仪式的有中国社科院和法学所的领导同志、法学界的专家学者以及亲友等一百余人。纪清漪的遗体安卧在鲜花翠柏之中，显得非常慈祥安然。送别的人身佩白花，排着队按顺序默默地走进灵堂，向这位世纪老人行三鞠躬礼。她的骨灰与夫君马毅的骨灰合葬在八宝山革命公墓。

附录 田中密折

欲征服支那，必先征服满蒙；欲征服世界，必先征服支那。倘支那完全被我国征服，其他如中亚细亚、小亚细亚、印度及南洋等异服之民族，必畏我、敬我而降服于我，使世界知东亚细亚为我国之东亚，永不敢向我侵犯。

原序一

这本书的材料本是极秘密的，我们从朋友处间接得来，先是m君得自日本，节译出来，自己把他印成一种本子，送给他的几个至好的朋友，皮上写着："极秘，因或种关系，不必公开发表。"后来经过几度转折，到了我的手里，于是我和那位借给我这本书的朋友计划了把他重印出几千份，分赠国人。

在m君的原序里说："本报告本不论何人皆不能抄录持出，因交情关系，帮特许之，请阅者切勿以此报告由何方面抄出，而公表于世界，以免害及涉有嫌疑之人。"

田中义一在组阁的两年中——从一九二七上台至一九二九下台——唯一的大政方针，也就是他最费心血的政策，便是希望完成满蒙积极政策。这是无疑间供认的事实。但是我们要更深一步的［地］认识，满蒙积极政策是否是田中义一个人的主张？是否是田中义一个人的积极？假定有人以为日本的对满蒙政策会因内阁变更而变更，那可是大大的错误！你看："按明治大帝之遗策，第一期征服台湾；第二期征服朝鲜等既皆已实现。唯第三期灭亡满蒙以作征服支那全土，则异服之南洋及亚细亚全体，无不畏我服我而仰我鼻息云云之大业。尚未能实现，此皆臣等之罪也。"

从他这所谓"明治大帝之遗策"，我们知道日本的满蒙积极政策，并非起自田中义一，这已是明治大帝以来，六十二年一贯的政策了。日本希望灭亡满蒙。不过是"支那全土"的一个初步哩!

所以我们读这本"田中内阁对满蒙积极政策奏章"千万不要以为这回中义一的主张。日本对满蒙政策始终是一贯的,除非更加积极,更加毒辣,决不会因内阁变更而变更丝毫。

日本侵略满蒙政策之乖巧,计划之周密,用心之毒辣,我们确是不能轻视。他要防御赤俄来和他争满蒙的利益,他说:"我对赤俄之南下非尽力防避不可。必须借奉天政府为楔子而阻其势力南下……南可制支那势力之北上,北可制赤俄势力之南下。如欲与赤俄之政治或经济角逐者,必须驱支那前驱,我只可督支那于背后,以防赤俄势力之申张。而我方另以秘密方法与赤俄提携,而制支那势力之增长,而免害我满蒙之既得权。加藤内阁时,我后藤新平唱日俄外交恢复,迎请越飞俄使大国之目的者,大半因欲利用俄以制支那之目的也。"

因为日本有心利用我以制俄,又利用俄以制我,所以时时都在挑拨中俄关系,这是很显而易见的事实。日本电通等社的电稿,不是挑拨内乱,便是离间中俄,所可恨的,中国人始终不觉悟,偏偏要破坏约会,大家终不能一致合作。在中国要人发生龃龉的时候,日本人因计划成功而喜在旁边抿着嘴笑了!

我们既已明白日本在中俄间的诡计,这次中俄事件竟弄到如此地步,日本未必可以避去挑拨的嫌疑。一方面在俄国宣传中国怎样攻俄，怎样虐待俄侨，使俄人愤恨而攻我；另一方面在中国宣传俄国如何无诚意，如何虐待华侨，而自己呢，偷偷摸摸地赶向南满运兵。以借中俄战起时乘机侵略满蒙。于是要求在潘阳城外做大包围演习，长春街上便实弹荷枪，做大射击之习。一方向东北当局提出催开吉会路问题会议。事情还没怎样，倒把他们忙得个不亦乐乎！较之中俄当局还要忙上十倍，急上二十倍！究其实，苏俄也没有宣战的力量，中国也没有开战的准备，让他在中间这样一闹，便把事情越弄越僵，可怜的俄国当局民众，一再受日本利用而不觉悟，愕然至再至三向我国边境投弹放炮，大肆挑战。所不可解者，不过仅仅一个局长问题，而苏俄当局竟被日人蒙迷的［得］一窍不通，把中东路事弄到如此地步，可怜亦可恨！日本除了离间中俄，以备他独霸东北外，他还利用朝鲜人来速亡我东北。

"且可借朝鲜民阶段，而可与支那民连络一气。一面利用有归化支那国籍之鲜民，盛为收买满蒙水田地，而另由各地之信用合作，或银行，或东拓会社，或满铁公司，通融彼等有支那籍之朝鲜民以资金而作我经济侵略之司令塔……按在满蒙之朝鲜人如扩张至二百五十万人以上者，待有事之秋，则以朝鲜民为原子而作军事活动，更借取缔为名而援助其行动。加之，鲜民中之在满蒙，有归化为支那民，亦有未归化者，是时事到之日，是支那籍之朝鲜民作乱，抑或日本籍之朝鲜民作乱，可以挂羊头卖狗肉之方策对付之。"

他这个挂羊头卖狗肉的方策，确是非常毒辣。我们若不急为防备，怕计划的一天，很快的［地］就会来了。现在住东省的鲜民，已达百二十万左右，在南满一带种植水田的人几乎全是鲜民，而且，他们对中国人观念大部分是坏的。去冬有一位朋友到朝鲜，去同朝鲜的居民谈话，他们对中国人的坏观念差不多个个相同。如他们说："中国人脏，中国人生活无次序，中国人不肯向上等等。回来的时候，他在南满线沿途有些耽搁，而遇到的鲜民对中国人的观念，也和在不曾移住中国的人一样。则可见日本对鲜民是以怎样的中国民不好的印象灌输在他们脑里。加之，中国对于移来居住的鲜民，向来没有一种严格的规定，关于移入既不限制，而入籍更不曾有严厉规定，于是他们便面对中国而心向日本的［地］大买田地。住在中国的鲜民，不能不说是一种大危险物！政府方面对此，不知已否将施防备？

而更可恨的，中国人竟有许多无心肝的人，贪图一点小小的便宜愿意把土地卖给朝鲜人，而间接卖给日本人。这还不算，更有人简直不顾一切，除了得利以外，公然会偷偷直接卖电给朝鲜人而间接卖给日人，如李品仙卖了十间房左右隙地便是一例。——见十八年七月十六日《华北日报》——这不仅是因为惹起诉讼让当局知道了，才公开起来，悄悄地出卖，当局不会知道的，还多得很哩！他们也无从知道呀！

这样事项——盗卖国土的发生，东省当局固要负相当责任，但亦不能不归咎于东省教育进步太缓。换句话说，东省教育当局者也要负一部责任。老实不客气说，现在东省教育当局为教育而教育的人才确是太少了！大部分人以校长为地盘，以教员为饭碗，于是攻击，暗计随在可以看得出。所以除了寥寥的城市里的几个学校而外，平民教育，乡村教育简直还没人注意到。弄得一般民众的脑根只有惟利是图。假定现在东省教育当局还不醒觉，仍以自己的利害为利害，等到将来东省教育权操诸日人手里，东省青年全变作日本奴的时候，这些教育家们不知能不能急得流汗？

现在日人侵略我们所注意到的还不过是东北三省，其实日人侵略的外蒙古的毒策，更非吾人所能想料呢？

"满蒙既为旧王公所有，我国将来之进出，必须以旧王公为对手……现在图什业王府内之我国退伍军人共有十九人在矣，而向王府收买土地及羊毛特买权，或矿权，均被我先取定其特权矣。此后接派多数退伍军人密入其地，命其常服支那衣服以避免奉天政府嫌疑，散在该王府管内，实行垦植〔殖〕畜牧羊毛买收等权。……到处安置我退伍军人，以避操纵旧王府。……其土地所有权先用十把一束之贱卖而买定之……乘其领土权未明了之时，且支那政府及赤俄尚未注意及此之时，我国预先密扶势力于其地。……按本年起由陆军秘密费项下，抽出一百万元以内，急派官佐四百名，化装为教师或支那人潜入内外蒙古，与各旧王公实行握手。"

这个侵略蒙古的计策，要比离间中俄以夷制夷，利用鲜民，挂羊头卖狗肉的计划，还要毒很几倍！无论如何，中央方面对于边省的疏忽，是无可掩饰的。中央方面于内外蒙一直就不会想到一个处置的方法，于是使那些旧有王公依然作威作福，操持一切。这些旧王公本来就没受过相当教育，头脑是昏到极点，只要有人以好颜对他，便什么全忘了。加之，中国政府置之不理，便愈使他们以好感倾向日本。现在图什业王府里已有十九位日人在那里操持一切了，抽出一百万元以内，急派官佐四百名，化装为教师或支那人潜入内外蒙古，与旧王公实行握手了。而且这已是两年前的事情，到现在无论如何想总会有点相当的成绩，政府方面若不马上废止王公旧制，设法处置内外蒙古，这两年大块土轻轻地落在日人手里，怕是意料中事。我们愈不理，日人进行的便愈快，等到我们想理的时候，那也迟了！

以上所检出的几段，不过是全书中的荦荦大者，其余那些魑魅伎俩，多非吾人所逆料！

总之，日人的侵略满蒙，政策之乖巧，计划之周密，用心之毒辣，我们总不该忽视，他们的移民是有步骤，利用韩人是有方法的。防御赤俄是有手段的，甚至蒙蔽世人的耳目也早有精密的计划。试想，以这种有步骤，有方法，有手段，有计划的侵略，来对付这一盘散沙的中国人，其成败当如何？

而且，现在的东北问题，已不是中国问题或是日本的问题了。现在的东北问题已竟是世界问题中之一个，日本的政策计划虽是如此乖巧，然而若把东北完全囊有的时候，中间还是要经过许多困难。但是，这许多困难不是中国给他的而

，利益是例強和日本所有，損失是中國自己所有，到頭來中國的一切無所有，等如讓日本自己拿起來。

中國人作事自來是得過且過的。但是，關於國內的一切別的事情都可以等待，都可以遲延而對，於東北政策的確定，似乎是到不容緩。我們要等待，要遲延，而日本人移不是中國人，日本政府移不是中國政府，他們是毫不客氣的不肯放鬆分毫向前追來。

國越遲緩，越等待，日本人還越萬利哩。

現在中國的事情，無論如何緊急，總是不能依賴政府的，這話當不挍錯誤混？所以，東北政策的確定，完全依賴政府，那就是……（缺於原東北大氣喂了，此刻免政東北的方法便是要用自我們民眾。

日本？怎樣自己來開發東北？討論後碟定一種政策，再緊促了政府去作，政府此刻只屠於輔佐的地位而已。這樣，我們的東北魔樣不致丟失。

我們讀完資本書，應該知道日本的侵畧東北，是無時無剖不在進行，千萬萬苦也要遭到的，中國當局，民眾總該醒悟了，利引當頭，還在陬睡嗎？

紀清漪序於北平

《田中密折》紀清漪《序》书影

是列强给他的，万一不幸，日本不能囊括无余，那么，东省便要变成一个列强角逐的场所，若是中国当局民众一直都不醒觉，还如现在一样的一盘散沙，到那时，利益是列强和日本所有，损失是中国自己所有，到头来中国的一无所有，等如让日本自己拿起来。

中国人做事自来是得过且过的。但是，关于国内的一切别的事情都可以等待，都可以迟延，而日本人终不是中国人，日本政府终不是中国政府，他们是毫不客气地、不肯放松分毫向前追来。而且中国越迟缓，越等待，日本人还越高兴哩！

现在中国的事情，无论如何紧急，总是不能依赖政府的，这话当不致错误罢？所以，东北政策的确定，完全依赖政府，那就是等于拿东北去送礼了！此刻挽救东北的方法便是要出自我们民众。民众方面，应该赶快团结起来，做一种精密的讨论，讨论怎样对付日本？怎样自己来开发东北？讨论后确定一种政策，再督促了政府去做，政府此刻只居于辅佐的地位而已。这样，我们的东北庶几不致丢失。

我们读完这本书，应该知道日本的侵略东北，是无时无刻不在进行，千辛万苦也要达到的，中国当局，民众总该醒觉了，利刃当头，还在瞌睡吗？

纪清漪序于北平

原序二

日本之谋灭我国，以达其所谓"大陆政策"之目的，非一朝一夕于兹矣。爱国之士，大声疾呼，亦已舌弊唇焦矣。然一般民众，缺乏知识，不加深信，甚且误以为故甚其词。于是沉沉大梦，终无醒觉，日惟私人权利之争。而亡国之祸，已迫近睫，曾无丝毫恐惧之心。呜呼，麻木不仁，一至于此，将亦何以立国于大地乎哉！然而，我国民众，岂真不识亡国之惨状为何如者？近鉴于台湾高丽，可以知其概矣。既知之而一若熟视者何也？则因向未得有日人谋灭我国之证据，以示我国民众，故民众遂淡然忘之，似无事焉耳。今观于田中内阁奏请施行明治大帝所留遗之一"满蒙积极政策"，其中阴谋诡计，彰彰在人耳目，吾知我国人睹此，苟非丧心病狂，或甘为奴隶之徒，当未有不瞿然而惊，奋然而起，求所以应付日人之暗算而救我国家者，则我国或终免为日本所亡也。是田中内阁之奏折，其有裨于吾国为奚如哉？仆老矣，海外归来，愧无补于国家。但爱国心长，与日俱进。用敢不揣绵薄，量力斥资，将此密折，付诸铅椠，公布于世，俾咸知日本谋灭中国之毒计有如是者。抑又希望中华爱国之士，晓然于国家之危险有如是者，群起而拯救之。庶乎吾辈之子若孙，不致沦为亡国之奴，吾亦何敢吝此区区之印刷费哉？是为序。

岑日初谨序（中华民国十九年）

原序三

执途人而语诸曰：子将为亡国之人矣，其人未有不勃然而怒者何也？盖国者人所赖以生存于天地间者也。亡国之祸，最为惨痛！亡国之事，最为可耻！故无论谁何，皆不甘为亡国之人耳。然人皆不甘为亡国之人，而世界上乃终不免有亡国之事，如波兰安南者又何也？则以人徒知亡国之祸为最惨痛，亡国之事为最可耻，而于人之如何能亡其国，则概未之察也。夫古今中外，亡国之道，虽不一端。而一言以蔽之，非亡于内政之不修，则亡于外患之日深耳。中国之外患，莫甚于日本。盖日本自明治大帝决定"满蒙积极政策"而后，朝野人士，无论何时，靡不以实现明治大帝之遗策为目标，不过所施之手段，有刚柔之别耳。夫所谓"满蒙积极政策"，换词言之，盖即日本亡我中国之计划也。田中义一，以武人组织内阁，亡我中国之心愈急，遂密奏日本当今皇帝，请实施明治遗策，是中国外患，深莫深于此日矣。虽田中今不在职，然继田中之志，欲实行明治大帝之遗策者，尚大有人在，则我中国人仍不能高枕而卧也。诚以国亡为最惨痛，最为可耻，凡有血气之伦，所不能忍受者也。而谓轩辕之华胄，忍坐视亡国之祸，及身而亲见之乎？吾敢信其必不然也。日本如何谋灭我国。若不探讨其详细计划，以昭示我国民众，则我国民众将亦无以资对付也。今何幸田中之密折，竟为我国人所探得。同时复有热心爱国之士，出力以翻译之，捐资以印刷之，分赠国人，俾咸知日本亡我中国，设计至毒，若不急起以防御之，将终不免为高丽台湾之续也。岂不哀哉！则是书之刊行，谓关于中国之存亡至巨，亦无不可，幸我四万同胞其注意及之。

中华民国十九年
马醿馨序于穗垣旅次

原序四

岑君日初，字福元，余挚友也，热心爱国，故对于社会公益事，靡不慷慨捐轮，助成美举，而报效于党国者尤巨。迩来因日人谋我，得寸入尺，愈益凶狠，乃奋然而兴。语于余曰：日人之举动，无非秉承明治皇帝所遗之"满蒙积极政策"以进行。倘吾国民众不急起而谋所以应付之，则吾国必终为日本所亡，吾之子孙，必沦为日人之奴隶，吾从有财产，将亦有何颜面以享受之乎？但所谓"满蒙积极政策"，吾国四万万之同胞，有仅知其名目者而已，有并其名目而亦懵然者，当不乏其人也。若其内容之如何毒辣？进行之步骤如何？则皆语焉不详，知识阶级，犹或莫其一二，遑论于一般平民哉？抑又闻之，昔普法战争，法败于普，普人凯旋而回，首相卑士麦乃归其功于小学生。夫亦以小学生深知国耻，人人能发奋有为，所以终胜敌人耳。今中国所希望以强国者亦在乎小学生。然"满蒙积极政策"，苟无人印行以分赠于各学校，则各小学生又安知国仇之所在哉？终亦无以起其自强雪耻之心也，抑亦背古人明耻教战之旨矣。语已，余甚题其说，并与君而实行之，余敬岑君之能自爱其国，而有慨乎近代富人，不独不爱国，甚或利所私而害及其国，亦不之恤，故乐为述其颠末。以视岑君，当亦有愧色矣。

中华民国十九年十月
余耀华序于广州绰庐

田中密折

田中首相致宫内大臣一木喜德(郎)请代奏明积极政策函

>昭和二年七月二十五日
>
>内阁总理大臣　　田中义一署名
>
>外务大臣　　　　田中义一副名
>
>铁道大臣　　　　大藏大臣副名
>
>宫内大臣一木喜德(郎)

对满蒙积极政策执奏之件

　　欧战而后，我大日本帝国之政治及经济，皆受莫大不安，揆其原因，无不因我对满蒙之特权，及确得之实利不能挥发所致。因此颇烦陛下圣虑，罪大莫逃。然臣拜受大命之时，特赐对支那及满蒙之行动须坚保我国权利，以谋进展之机会云云。圣旨所在，臣等不胜感泣之至。然臣自在野时主张对满蒙积极政策，极力欲使其实现。故为东方拓开新局面，造就我国新大陆，而期颁布昭和新政。计自六月二十七日至七月七日共十一日间，招集满蒙关系之文武百官开东方会议，对于满蒙积极政策之议定如左，烦祈执奏，谨此依赖：(以下略)

御奏章

内阁总理大臣田中义一引率众臣诚惶诚恐,谨而伏奏我帝国对满蒙之积极根本政策之件。

对满蒙之积极政策

所谓满蒙者,乃奉天、吉林、黑龙江及内外蒙古是也。广袤七万四千方里,人口二千八百万人,较我国日本帝国国土(朝鲜及台湾除外)大逾三倍。其人口只有我国三分之一。不惟地广人稀,令人羡慕,农矿森林等物之丰富,世亦无其匹敌。我国因欲开拓其富源,以培养帝国恒久之荣华。特设南满洲铁道会社,借日支共存共荣之美名,而投资于其他之铁道、海运、矿山、森林、钢铁、农业、畜产等业,达四亿四千余万元,此诚我国企业中最雄大之组织也。且名虽为半官半民,其实权无不操诸政府。若夫付满铁公司以外交、警察及一般之政权,使其发挥帝国主义,形成特殊社会,无异朝鲜统监之第二。即了知我对蒙满之权利及特益巨且大矣。故历代内阁之施政于满蒙者,无不依明治大帝之遗训,扩展其规模,完成新大陆政策,以保皇祚无穷,国家昌盛。无如欧战以后外交内治多有变化,东三省当局亦日就觉醒,起而步我后尘,得寸进尺之势,而谋建设其产业之隆盛,进行之迅速,实令人惊异,因而我国势之侵入,遽受莫大影响,惹出数多不利,以致历代内阁对满蒙之交涉,皆不能成功,益

田中密折

且名雖爲半官半民，其實權無不機諸政府。若夫付滿鐵公司以外，一般之政權，使其發揮帝國主義，形成特殊社會，無論朝鮮統監之第二，即了知我對滿之權利及特徵且巨大矣。故歷代內閣之施政於滿蒙者，無不依明治大帝之遺訓，擴展其規模，完成新大陸政策，以保皇祚無窮，國家昌盛。無如歐戰以後外交內治多有變化，東三省當局赤日就恐懼，超然非我後塵，得寸進尺之勢頓謀建設其產業之隆盛，

千餘萬元，此誠我國企業中最雄大之組織也

觀此發展規模之大，九國條約雖許多不利，以致歷代內閣對滿蒙之交涉，皆不能成功，益以舉盛頓會議成立九國條約，我滿蒙特權及利益，既被制限不能自由行動，我國之存立既不能堅固，國力自無發展矣。對滿蒙之利源悉集於北滿地方，立既不能堅固，國力自無發展矣。此種難關如非極力打開，則我國之存立既不能堅固，國力自無發展矣。對滿蒙之利源悉集於北滿地方，則滿蒙富源，無由取歸我有。自無待論。我國如無自山進出機會，則滿蒙富源，無由取歸我有。自無待論。創日俄戰爭所得之南滿利源亦因九國條約而大受限制，因而我國不能不移住所者，勢如萬馬奔騰，數約百萬左右，至此威迫我滿蒙之既得權。支那人民反如洪水流入，每年移住東三省者，勢如萬馬奔騰，數約百萬左右，至此威迫我滿蒙之既得權。此爲我人口及食料之調節政策，針誠不勝憤慨者也。若再任支那人民流入滿蒙，不急設法以制之，近五年後支

《田中密折》書影內容

以华盛顿会议成立《九国条约》，我之满蒙特权及利益，概被制限不能自由行动，我国之存立，随亦感受动摇。此种难关如非极力打开，则我国之存立既不能坚固，国力自无发展矣。矧满蒙之利源悉集于北满地方，我国如无自由进出机会，则满蒙富源，无由取为我有。自无待论。即日俄战争所得之南满利源亦因《九国条约》而大受限制，因而我国不能源源而进。支那人民反如洪水流入，每年移往东三省者，势如万马奔腾，数约百万人左右，甚至威迫我满蒙之既得权，使我国每年剩余之八十万民无处安身。此为我人口及食料之调节政策计，诚不胜遗憾者也。若再任支那人民流入满蒙，不急设法以制之，迄五年后支那人民必然加增六百万人以上，斯时也，我对满蒙又增许多困难矣。回忆华盛顿会议《九国条约》成立以后，我对满蒙之进出悉被限制。我国上下舆论哗然。大正先帝陛下密召山县友朋及其他重要陆海军等，妥议对于《九国条约》之打开策。当时命臣前往欧美密探欧美重要政治家之意见，佥谓成立《九国条约》，原系美国主动，其附和各国之内意则多赞成我国之势力增大于满蒙，以便保护国际之贸易及投资之利益。此乃臣义一亲自与英、佛、伊等国首领面商，颇可信彼等对我之诚意也。独惜我国乘彼等各国之内诺，正欲发展其计划而欲破除华盛顿《九国条约》之时，政友会内阁突然倒坏，致有心无力，不克实现我国之计划。言念及此，颇为痛叹，至臣义一向欧美各国密商发展满蒙之事，归经上海，在上海船埠，被支那人用炸弹暗杀未遂，误伤美国妇人。此乃我皇祖皇宗之神佑，方克义一身不受伤，不啻上天示意于义一，必须捧身皇国为极东而开新局面，以新兴皇国而造新大陆。且东三省为东亚政治不完全之地，我日人为欲自保而保他人，必欲以铁与血方能拔除东亚之难局，然欲实行以铁与血主义而保东三省，则第三国之阿美利加必受支那以夷之煽动起而制我，斯时也，我之对美角逐，势不容辞。更进而言之，以臣义一在上海船埠受支那人爆炸之时，转伤美人性命，而支那便安然无事，则东亚之将来如非以如此作去，我国运心无发展之希望。向之日俄战争，实际即日支之战，将来欲制支那，必以打倒美国势力为先决问题。与日俄战争之意，大同小异。惟欲征服支那，必先征服满蒙，如欲征服世界，必先征服支那。倘支那完全可被我国征服，其他如小中亚细亚及印度南洋等，异服这民族，必畏我敬我而降于我，使世界知东亚为我国之东亚，永不敢向我侵犯。此乃明治大帝之遗策，是亦我日本帝国之存立上必要之事也。若夫华盛顿《九国条约》，纯为贸易商战之精神。乃英美富国欲以其富力，征服我日本在支之势力。即军备缩少（案亦不外英美等国）欲限制我国军力之盛大，使无征服广大支那领土之军备能力，而置支那富源于英美富力吸收之下，无一非英美打倒我日本之策略也。顾以民政党等，徒以华盛顿《九国条约》为前提，盛唱对支贸易主义，而排斥对支权利主义，皆属矫角杀牛之陋策，是亦我日本自杀之政策。盖以贸易主义者，如英国，因有强大之印度及澳洲为之供给食物及原料。

亚美利加者，因有南美加那大等可为伊供给食料及原料之便，则其余存之力可一意扩张对支那贸易，以增其国富。无如我国之人口日增，从而食料及原料日减，如徒望贸易之发达，终必被雄大资力之英美所打倒，我必终无所得。最可恐怕者如支那民日就醒觉，虽内乱正大这时，其支那民尚能劳劳竞争模仿日货以自代。因此，颇阻我国贸易之进展。加之，我国商品专望支那人为顾客，将来支那统一。工业必随之而发达。欧美商品必然竞卖于支那市场。于是我国对支贸易必大受打击。民政当所主张之顺应《九国条约》，以贸易主义向满蒙直进云云者，不啻自杀政策也。考我国之现势及将来，如欲造成昭和新政，必须以积极的对满蒙强取权利为主义。以权利而培养贸易，此不但可制支那工业之发达，亦可避欧势东渐，策之忧，计之善，莫过于此。我对满蒙之权利如可其真实的到我手，则以满蒙为根据。以贸易之假面具而风靡支那四百余洲［州］，再则满蒙之权利为司令塔。而攫取全支那之利源。以支那之富源而作征服印度及南洋各岛以及中小亚细亚及欧罗巴之用。我大和民族之欲步武于亚细亚大陆者，握执满蒙利权，乃其第一大关键也。况最后之胜利者赖食粮、工业之隆盛者赖原料也。国力之充实者，赖广大之国土也。我对满蒙之利权，如以积极政策而扩张之，可以解决种种大国之要素者，则勿论矣。而我年年余剩之七十万人口，亦可以同时解决矣。欲具昭和新政，欲致我帝国永久之隆盛者。惟有积极的对满蒙权利主义之一点而已耳。

（一）满蒙非支那领土

兹所谓满蒙者，依历史非支那之领土，亦非支那特殊区域。我矢野博士尽力研究支那历史，无不以满蒙非支那之领土，此事既由帝国大学发表于世界矣。因我矢野博士之研究发表正当，故支那学者无反对我有帝国大学之立说也。最不幸者，日俄战争之时，我国宣战布告明认满蒙为支那领土，又华盛顿会议时，《九国条约》亦认满蒙为支那领土，因之外交上不得不认支那为主权国。因此二种之失算。致祸我帝国对满蒙之权益。如以支那之过去而论，民国成立虽倡五族共和，对于西藏、新疆、蒙古、满洲等，无不为特殊区域，又特准王公旧制存在。则其满蒙领土权，确在王公之手；我国此后如有机会时，必须阐明其满蒙领土权之真相于世界知道；待有机会时。以得寸进尺方法而进入内外蒙以新其大陆。且内外蒙既王公旧制，其主权明明在王公手中，我如欲进出内外蒙，可以与蒙古王公为对手，而缔结利权，便可绰绰有余裕的机会以增我国力于内外蒙古也。至对于南北满权利，则以《二十一条约》为基础，勇往前进，另添如左之附带利权，以便保护我既得而又永久的利益：

一、三十年商租权期限满了后，更可自由更新其期限，并确认商工农等业之土地商租权。

二、日本欲入东部内外蒙古居住，往来及各种商工业等，皆可自由行动及出入南北满时，支那法律须许其自由，不能施行不法的科税或检查。

三、在奉天、吉林等十九个场所之铁及石炭矿权，以及森林采取权获得之件。

四、南满及东部蒙古之铁道布设并铁道疑优先权。

五、政治、财政、军事顾问及教官佣聘等增聘以及聘佣优先权。

六、朝鲜民取缔我警察驻在权。

七、吉长铁道之管理经营九十九年延长。

八、特产物专卖权及输送欧美贸易之优先权。

九、黑龙江矿产全权。

十、吉会长大铁路敷设权。

十一、东清铁路欲向俄国收回时之借款提供特权。

十二、安东营口之港权及运输联络权。

十三、东三省中央银行设立合办权。

十四、畜牧权。

对内外蒙古之积极政策

满蒙既为旧王公所有，我国将来之进出，必须以旧王公为对手，方可以扶持其势力。依故福岛关东长官之长女，因献身于皇国起见，以金枝玉叶之质而为未开化民族之图什业图王府之顾问。加之图什业图王之妃乃肃亲王之侄女，因此关系，图什业图王府与我国颇为接近。我特以意外之利益及保护而笼络之。在内外蒙古各王府等，无不以诚意对我敬我，现在图什业图王府内之我国退伍军人，共有十九人在矣。而向王府收买土地及羊毛特卖权，或矿权，均被我先取定其特权矣。此外继续分派多数退伍军人密入其地，命其常服支那衣服以避奉天政府嫌疑。散在该王府管内。实行垦殖畜羊毛买收等权。按其他各王府，仍依对图什业图王府方法而进入。安置我国退伍军人，以便操纵其旧王公。待我国民移住多数于内外蒙古之时，其土地所有权先用十把一束之贱价而买定之，然后将其可垦为水田者种植食米，以供我食料不足之用。不能垦为水田者则盛设牧场，养殖军马及牛畜，以充我军用及食用余剩之额，制造罐头运贩欧美，其皮毛亦可供我不足之用。待时期一到，则内外蒙古均为我有。因乘其领土权未甚明了之时，且支那政府及赤俄尚未注意及此之时，我国预先密植势力于其地，如其内外蒙古之土地多数被我买存之时，斯时也，是蒙古人之蒙古欤，抑或日本人之蒙古欤，使世人无可辩白，我则借国力以扶持我国主权而实行我积极政策也。我国对于蒙古之施为，因欲实行如上之政策，按本年起由陆军秘密费项下，抽出一百万元以内，急派官佐四百名，化装为教师或支那人潜入内外蒙古，与各旧王公实行握手，收束其地之牧畜矿山等权，为国家而造成百年大计！

朝鲜移民奖励及保护政策

朝鲜自与我合并以来，虽可一时小康，无如欧战后，美大总统提出民族自决，如无束之启示以动弱小民族，而朝鲜人心亦为所煽。其不稳空气，充满吉林八道。乘满洲警察之不完全，彼等不逞鲜民，遂以满洲为策源地。不幸满蒙皆有丰富利源，以安置朝鲜移民，因之日移日众，至今日在东三省之朝鲜民几至百万有奇。如此之现象，为帝国对满蒙之利权，不求而可自得，真可为国家造成莫大幸福。而帝国对满蒙之国防上经济上，添加无数势力，为鲜民统治上显出莫大曙光。

然朝鲜民移住东三省之众，可为母国民而开拓满蒙处女地，以便母国民进取。且亦可借朝鲜民为阶段，而可与支那民联络一切。一面利用有归化支那国籍之鲜民，盛为收买满蒙水田地，而另由各地信用合作或银行，或东拓会社，或满铁公司，通融彼等有支那籍之朝鲜民以资金，而作为经济侵入之司令塔也。亦可作我食料之增产以救国危，是亦新殖民地开拓之一机会，彼归化之朝鲜人民虽为支那之归化民。不久仍然归服为我国民，与南美加洲之归化日本人，悉异其旨也。不过只因一时之便宜而归化为支那民耳。按在满蒙之朝鲜人如扩张至二百五十万人以上者，待有事之秋，则以朝鲜民为原子而作军事活动，更借取缔为名而援助其行动，加之鲜民中之在满蒙有归化为支那民而亦未有归化者，斯时事到之日，是支那籍之朝鲜民作乱，抑或日本籍之朝鲜民作乱，可以悬羊头卖狗肉之方策而应付之。然我国虽可利用朝鲜人如此之行动，亦不可不备支那政府之利用朝鲜人制我也。如论满蒙系支那之政治区域，是亦我国之政治区域，彼东三省政府如敢利用以朝鲜人而制我，我则用兵之机会可以急速矣。

最可恐惧者，惟赤俄耳，惟恐支那方面利用赤俄魔手煽动朝鲜民之时，则我国之思想一变，国难立至。故现内阁对此无以充分警戒以防其未然。加之我国如欲开拓新大陆，对朝鲜民之保护及取缔，更需严重一层，故依三矢之条约，许我遍设警察署于北满各地者。尤为扩张。充备警察力，以便怀柔朝鲜民及援助鲜民及援助鲜民之急进，另以东拓及满铁附随其后，助鲜之经济及金融。他如进入内外蒙之鲜民，其金融可由东拓特别通融，以便借朝鲜民之力。而开拓内外蒙古及把握其商权也。按朝鲜民之侵入满蒙，为帝国之国防上、经济上最有密且关系明矣。此后必须由政府极力助其完成。以期为帝国造成新机会。殊如我石井蓝辛之协定，我帝国在满蒙之特殊地位。既于华盛顿会议时放弃，幸得鲜民移住日。现在及百万余人，且放资日大，因此我虽放弃石井蓝辛协定之特权，亦可借朝鲜民移住之新问题，而恢复其特权于满蒙。如有如此之实情，我再恢复其特权，依法理上在国际必无人敢反对我国之行动也。

新大陆开拓满蒙铁道

交通者乃国防之母，是战胜之保险公司，亦是经济之堡垒也。按支那全国铁道仅七千二三百里，在满蒙既有三千里矣，居其全数之四成。按满蒙土地之广，产物之巨，虽有铁道五六千里亦不足敷用，加之我国所扶殖［植］之铁道，多在南满，而为富源之北满，尚未能及，殊为遗憾：加之南满各地，支那民族颇多，其国防上经济上颇不利于我，然我国如欲开拓其富源及坚固其国防者，必须极力建筑北满铁道，依其铁道之开通，可移多数国民于北满，以便掣肘南满之政治及经济，而可强固我国国防，以奠定东亚大局。加之南满铁路既成之路线，多以经济为目的，致缺循环路线，颇不利于战时之动员及军需之搬运，此后必须以军事为目的建设满蒙大循环线，而可包围蒙中心地以制支那之军事政治经济等发达，亦可防杜俄势之侵入，此乃我国之新大陆造成上最大必要之关键也，如以现在满蒙的铁路有二大中心点：一曰东清铁道，二曰南满铁道，其支那之自设铁道，依吉林省政府之余裕，不久必现成一大势力之铁道，且合之奉天及黑龙江之财力而论，其支那铁道之势力，不久必驾我南满铁道之上，当能现出激烈之竞争。幸其奉天之经济紊乱，我如不供其救济，彼确无力可恢复，我则利用此时勇往迈进，达我铁道目的而后止。且我如用力煽动之，其奉票降买不知其止，奉天政府必成赤俄财政之第二，确可拭目以待！由此彼必无力可开拓满蒙也。惟有东清之势力，颇难打倒，不幸其所成之路线与我南满之路线，同为丁字形，如以丁字形而论，虽为便利，惟军事上之进行，颇为不便，倘支那新设之铁道，如欲培养于东清路北，必须与之平行为妙，则用起西而向东。以我南满铁道之中心而论，其新设之支那铁道，必须使其由北而向南，如以支那之自身利益而论，亦以由北而向南，确有多大便利，因此与我无甚抵触。幸赤俄势力日衰，既无力可进出满蒙，此后支那之铁道建筑，必然须听从在日本之指挥而无疑。岂料奉天政府，迩来首以军事的见地而开通打通路及吉海路。然在支那政府虽不晓经济的，而专以军事的建筑打虎山至通辽及吉海路者。在我国则因此二路之完成，其对满蒙之国防及经济，颇受多大之打击，而南满铁道之利益，亦颇受损失。是故向支那提出强硬之反对也。然此二路之被支那所完成者，初因出先官宪及满铁当局等，误算奉天政府乏力可及此，故事前未甚注意，及后欲强阻之，而其路线已成矣。加之又有美国人利用英国资本家，欲投资开筑葫芦岛港，因此第恐支那政府受迫，将打通吉海二线，牵入英国资金，反增长我在满蒙之劲敌，故付之似有似无，惟待有机会时，而再向支那政府解决打通吉海二路问题也。

据闻奉天政府之计划，欲由打虎山起至通辽更至扶余而至哈尔滨为终点，使在北京出发不由南满意及东清二路，由自己之路线而可达北满之哈尔滨，更为最恐人之计划者，由奉天起点经海龙，由海龙而至吉林经五常而至哈尔滨。依如上之计划，用左右二线包围我南满铁道，而我南满铁道受支那此二线之包围，几成为小区域。因之我对满蒙支那政治经济之发展，悉被制限及缩少［小］。与华盛顿《九国条约》实行制我伸张国威于满蒙，按此二路线完成，我南满铁道，几成为无用长物。其南满铁路公司必然多大恐慌，检讨支那今日之财政，如无外债之借入，必然无力可及此。如果自有财政可及此而成此二大铁道者，如吉林经奉天，或扶余开通经通辽而至连山，其运费必比利用南满铁道更贵。如以此点而论，我国虽可安心，万一将来此二大铁道告成，支那政府特以经济为主眼，一如东清路特别减其运费以与我南满路对抗之时，不惟我国必受莫大之损失，而对东清路，亦一不可忽视之大事也！日俄二国，断不作视支那铁道之跋扈，殊如东南铁道之于今日，以齐齐哈尔及哈尔滨为收入之大宗，如支那此二大铁道完成，或大赉与安达之路完成，此我南满铁道更受其惨，其东清之苦痛，必然巨大而无疑！

更将蒙满铁道竟设之概略而言，支那则欲设索伦至洮南铁道，吉林至哈尔滨铁道，赤俄所欲建设者，安达至伯都纳铁道，吉林至海林铁道，兴凯湖之密山至穆陵铁道。

以上之计划，无不欲培养东清铁道，而发挥其帝国主义，其新设之方向多以西东故也。盖赤俄虽衰弱，其对蒙满进出，仍然不怠，其一举一动，无不阻我进出而祸南满铁道，我对赤俄之进出，非尽力防避不可，必须借奉天政府为楔子，而阻其势力南下。我第一着手，借防赤俄南下为题，以得寸进尺方法而强进北满地盘，以便攫取其富源。南可制支那势力之北上，北可制赤俄势力之南下。如欲与赤俄之政治或经济之角逐者，必须骗支那为前驱。我只可督支那于背后，以防避赤俄势力之伸张；而我方另以秘密方法与赤俄提携，以制支那势力之增长，而免妨害我满蒙之既得权。加藤内阁时，我后藤新平，唱日俄外交恢复，迎请越飞俄使入国之目的者，大半因欲利用俄以制支那之目的也，然东清铁路与我南满铁道，虽有约束，按满蒙之出产物运送，以五十五分归南，以四十五分归东。然满铁及南满二路，虽有如此之契约，而各用公然秘密方法而特减其运费，因此我南铁颇受莫大危险及损失！

更考察赤俄向我秘密宣言：谓俄罗斯与支那国境，不幸生成弓形，虽不欲侵人之国土，但因弓形以北，地寒物稀，确无敷路之价值，不得不把守东清分些利益，故东清路断不能放弃。加之俄国在太平洋惟一之港如海参崴者，因有东清路而得存，如东清路放弃，与俄国放弃太平洋同也。赤俄主义如此，益使我国之不安。而我国之于满蒙，如徒赖南满铁路，必不能满足。依我进出之将来及现状计，南北满铁路非全收归我手不可！殊如大富源之北满及东蒙古方面，可为我发展之余地颇多且颇有利，而南满之将来支那汉民族之日增，其政治及经济颇有不利于我，故不得不急进北满地盘，以计国家百年之隆盛。如赤俄之东清路横于北满地，对我之欲造成新大陆颇有所阻害。我国之最近将来在北满地方，必须与赤俄冲突。斯时也，我仍以日俄战争依样葫芦攫取东清铁路，以代南满铁路，攫取吉林以代大运。因北满之富源，我国再与赤俄角逐于南满旷野者，实为国运之发展上势力所难免。盖此难关如不打破，我对满蒙之暗礁，必定难除，在现下之状势力向支那要求，各军事重要之铁路，待铁路完成之时，北满可能及之地，我则倾力以进，赤俄必然前来干涉及破坏。斯时也，即我与赤俄冲突之秋而无疑。

我对满蒙铁道急要实现完成者如左：

通辽热河间铁路

本线延长四百四十七里，约需建设费五千万元。此铁道如完成，我欲开发内蒙古，可与一大贡献。在满蒙铁道中以此线最有军事及经济之价值。如以内蒙古全体而论，依我陆军省满铁会社等，派人详细调查，其数既及十回矣。在内蒙古之地内颇多可耕水田之地。如加以人工的施设，将来至少亦可容我国民二千万之额。而其内蒙古所产之牛有二百万头，我国将来借此铁路之便，可以取之为食料及加工输出欧美。他如羊毛者为蒙古之特产品，我国之羊每年每头只可收二斤之毛；如蒙古羊之产毛，每年每头可产六斤之额，我南满铁道公司，试验至再，无不尽然。而其毛质比之澳洲羊种之毛，更优良数倍，其价格之贱，生产之多，品质之优良等，可为在世界上暗室中之一大富源。我如能执掌其铁道。极力以扩张之，至少比之今日，可增加十倍之产额。盖如此之富源尚未敢被世界知道，以防欠毛国之英美与我竞争，故我必先掌其交通权，然后极力扩张蒙古羊毛，使他国知之而无如我何！按通辽至热河之路，如归我手，我国之羊毛，可以谓之足用，又可加式毛制品输贩于欧美。且如欲完全与内外蒙古王公之握手，非赖此铁路不可；如以我日本之手腕欲开拓蒙古，非赖此铁道不可。盖我帝国主义对内外蒙古之浮沉，尽在此路线已耳！

洮南至索伦铁路

此铁道延长至百三十六里，建设费需一千万元，按我国之将来，必须再与赤俄角逐于北满平野。此路如成，我南满之军兵，可由此路线而迫赤俄阵后，亦可阻止赤俄增军于北满之用。即以经济而论，此铁道可压取洮儿河流域之富源，用以培养南满铁路。他如既与我接近之扎萨克图王府及图什业图王府等，亦可利用此路以保殖我国势力，以便开拓其土地。按我国之欲与内外蒙古王公握手，收买其土地矿山畜牧商业等，以备将来有用之机会，专赖此铁路而侵入内外蒙古，利用通辽热河线，而侵入南蒙古，以便南北相呼应。待其产物发展之时，则我依此二线而远入外蒙，以发展我国运于无穷！然洮索线完成，最有利害者，第恐引诱支那移民多数侵入蒙古，因之必破坏我对蒙古之积极政策，岂不第二之南满铁路，徒为支那人造福乎？幸其沿线之矿山及土地，皆为蒙古王公所有，我如预先买收其所有权，则欲排斥支那人民之侵入，何患无法乎？他如蒙古王公者，我可以强制力令其发布预防支那人民侵入之法律，使支那人侵入蒙古时不能安全生业，必然自动远去。尚有其他方法颇多，我如极力防之，则支那人之迹，不能印于蒙古地方矣。

长洮铁路　二部铁道

此由长春至扶余大赉，则长春至洮南间长百三十一里，建设费约千一百万元。此铁道之计划,为经济上最有大利益之铁道。盖满蒙之富源悉集北满,此铁道如成,我对北满之进出颇为便利;且可打倒东清铁路,而培养南满铁道利益。又有松花江上流,其农产物颇多,可耕地颇巨。而大赉附近有月亮泡可兴水电,按将来此长洮路之一部分,必然成为工业农产发展之大区域。待此路线成后,则由大赉而至洮南,由大赉而至安达,由大赉而至齐齐哈尔,分展三叉线路,以攻西比利亚路线,定可攫取北满之富源,亦可作黑龙江进出之第一步。加之长春至洮南,长春经扶余大赉至洮南,共成为小循环线,为军事上最要之交通。我如欲进出蒙古,则此小循环之铁道不可不速成。而此长洮线沿路地广人稀,其土地之沃肥,虽五十年间不下肥料,亦不患无所收成。此铁路如能执在我手,则北满及蒙古之富源尽为我有矣。其沿线地之可容我国移民者,至少亦可居二三千万民之多。至将来吉林之敦化与我朝鲜会宁路连[联]络开通之时,其蒙古及北满之富源,我可一直而至东京及大阪,待有事之秋,我由东京方面出师,经日本海一路直至北满及蒙古,其支那之陆军,必无力可突破北满地方。在日本海之交通,赤俄之潜水艇,必无力可以入我朝鲜海峡。盖我日本惟望吉会长大二路速成,则食料及原料便可自给自足,不论与谁战,皆可自由自在。斯时也,我之对满蒙交涉,不论何事,支那政府,惧我设备之周至,必然畏我而从我。如欲完成明治大帝第三期灭亡满蒙之计划者,惟此吉会长大二路线之成功而已耳。然长大铁路如成，不惟可以培养南满路日致富足，即长大路本身亦有致富之望。此长大路为满蒙经济发展上最大必要之积极政策也。

吉会铁路

吉林至敦化之间铁路之建设现既成功，敦化至会宁间之铁路尚未实现。虽会宁至老头沟有二尺六寸之狭轨路线。实不足新大陆及经济发展之用。此改筑费需八百万元，而敦化至老头沟之建筑费需一千万元。二者共需二千万元巨款。按此铁路如成，就是我新大陆之成。从前欲往欧洲之人，须经大连或浦盐二港，今则由清津港经会宁而入西伯利亚铁路，可赴欧洲，不啻东洋之交通大动脉。将来不论人与货，皆须经由我地。斯时也，我把此交通大动脉之权，可以无客气略侵满蒙，实行明治大帝第三期灭亡满蒙之计划也，亦即大和民族征服世界之时矣。按明治大帝之遗策：第一期征服台湾，第二期征服朝鲜等，皆既实现，惟第三期之灭亡满蒙以作征服支那全土，则异服之南洋及亚细亚洲全带，无不畏我服我而仰我鼻息云云之大业，尚未能实现，此皆臣等之罪也。按吉林省合奉天及黑龙江一部分，我古历史为"肃慎"民族，即今繁殖于沿海洲，黑龙江畔图们江流域等者是也。其民族之沿革古来称为肃慎、秽狢、把娄、沃沮、扶余、契丹、勃海、女真等其兴废多种多样，良莠不齐，我国清正公进击会宁及间岛，其爱新觉罗亦起于宁安附近，先平定敦化间岛珲春地方为起源，遂定大清天下三百年之基础。吉林历史如此，按欲造成我新大陆以开极东之新面目者，我如不先造势力于吉林地方，必不能征服满蒙，从而不能征服世界。故以吉会路之完成即我昭和新政之成，新大陆之成即征服亚细亚全洲之成功。不啻为吾国策上最重大之路线，是亦国益产生之重要路线也。

以吉会线及日本海为中心之国策

吉会路之终点，为清津乎？罗津乎？雄基乎？均可由我自由自在，依时制宜而常其变换。以现势之国防而论，以罗津惟一无二之良港为终点，终可为世界贸易良港，以免可粉碎赤俄之浦盐港，一面可集北铁之丰富物产，以挽满蒙之繁荣于我国地域。且大连港非我领土，如满蒙尚未为我新大陆之时，其经营上施设上颇多费手。万一最近时期中实现战争之时，我日本需求满蒙之富源当由大连为出口。如敌舰由对马及千岛两海峡封锁之时，我则不能摄取满蒙之富源，终必为战败国。殊如欧战后之美国，与英国暗合，每一举一动而欲牵制我国对支之施为。然我国为独立计，不得不与美一战以警示支那及世界。且美有吕宋舰队，与我对马千岛乃一苇水之遥，朝发夕至，如以潜水舰而游弋于我对马及千岛之间则满蒙之食料及原料必不能供我益我。如吉会路可成，在南满北满与朝鲜成为大循环线路，其长春至洮南，长春到大赉至洮南，成为小循环线路，可以四通八达，利我军旅及食料运输之便，是北满富源之征服亦可确定矣。且其北满之富源，经吉会路越海而运至我敦贺、新潟等港者，敌潜水艇必无有力能侵入我朝鲜及日本海峡，从而战时之交通经济等皆可自由及独立，所论日本海为中心之国策者此也。夫如是，战时之食料及原料可足，则美国虽有雄大之海军，支那虽有众多陆军，赤俄虽有众多之军兵，终必无如我何，亦可制朝鲜民在战时抗我制我。且我固然必须实行新大陆政策，故非急成吉会路不为功。盖满蒙为极东政治未完成之区域。

我国终须再与赤俄角逐于北满平野者，就以吉林为中心也。到时欲实行明治大帝第三期遗策之时，则以福岗、广岛二地，国军由朝鲜而入南满，以制支那军之北上。由名古屋关西地方之国军，取敦贺海道而进清津，经吉会路而入北满；另以关东地方之国军由新潟出港直至清津或罗津，仍依吉会路，而猛进北满地方；另以北满道仙台各地之国军，由清森及函馆二港为出口，而急进浦盐占领西伯利亚铁路，以直至北满哈尔滨而南下，直迫奉天及占领蒙古等地，亦可阻俄军之南下，终于关西军，福冈及广岛三面会合，分派为两大军，南则把守山海关以防支那军北上，北则把守齐齐哈尔以阻俄军南下，则满蒙之食料及原料等，皆可听我自由取用可依吉会路而运内地。夫如是虽战十年我亦不恐食料及原料之不足之忧也。更将其吉会路完成，与我内地之距离如左：

由清津起点至浦盐一百三十里，至敦贺四百七十五里，至门司五百里，至长崎六百五十里，至釜山五百里。

如以北满之富源运至我大阪工业地而论，以敦贺为到着

港,与大连比较,所差时间如左:

长春至罗浦再至大阪陆路四百六里,海上四百七十五里,共费时间五十一小时。(大连长春间)

长春经大连至神户入大阪者,陆路五百三十五里,海路八百七十里,共费九十二小时。扣时以外长春经大连由神户至大阪,比之由吉会路经敦贺至大阪,加有四十一小时之多,于此足见吉会路在军事上,经济上之大有价值矣。

依以上计算法,铁道每时间三十里,海上一时间十二里计算,如用快走船及快车者可折其半也。

夫满蒙者为极东之比利时,欧洲大战德国蹂躏比利时以成功,将来之日俄日美战争,我国非蹂躏满蒙必不为功。且我国欲实行新大陆计,不得不破坏满洲之中立地为战场。是故不得不整备吉会长大二路,以作武装的之充实,增强大之国防势力,进而可以依吉会路交通之便,可以最短时间,移民千万于彼地,以开拓其水田,而充我人口及食粮问题之用,亦可防避支那移民之侵入。夫吉会路者,真可为日本致富之路线,是以日本武装之路线也。

吉会路工事之天然及其附带利权

欲完成吉会之工事者,必须乘其减水期一气而成方可。且因欲节约其工事费,其山皆为花岗石,必须用新式之凿岩机以求速成之,其四十分之一均配隧道。至建设上应用之木材,在该沿路皆有。其他如沙利石等沿路皆有产生,而蛟河附近产石炭，且有砖块原料土，可在附近自制砖块，以供建设之用。然欲完成吉会路者，我只运往洋灰及铁轨车头客货车而外，皆可在地取用，真可为天然之铁道工事也。依四围之状势皆可依预算额七折，便可完成吉会路全段。而工事期日亦可依预算日六折之期间，便可以完全成功。更将其沿线之利权而言，乃吉会路如成，皆可自然附随为我国之权益者，如吉林至会宁间在敦化方面之木材产额，依我参谋部与南满铁路之调查，确有二亿万吨之巨，每年采伐百万吨由吉会路输入我国，则二百年之间，继续伐之，亦不患其尽，此伟大之森林，足令我日本二百年间不受木荒之危，即亦可驱逐美国之松材输入我国。查我国现时每年消用美国木材，约需八千万元至亿二千万元，在该吉林有如此之森林，我国虽详细调查至再，皆不敢公表世界，因恐美国每年供我如此多额之木材，如被赤俄获或支那知我利用吉会路线欲开伐吉林间岛间之大材库之时，必然煽动美国，出而干涉我吉会路之成。亦恐美国材木家必能以重金买奉天政府，先买定其吉林森林权，以保其美国材木对我输出之保护策，亦可制东亚木材之权能，不啻制我制纸界之死命。故我国虽既得其调查之真相，不敢出表于世界矣。按吉林之森林，前清乾隆全盛时代，即号为树海，然至今日数百年来未入斧伐，足见其森林之巨大也。按以现时如经由长春大连至大阪之森林木材，共远有一千三百八十五里之遥，每一立方尺，自吉林至大阪需费运价三角四分，因运费之巨且产额不能多，故不能与美国木材竞争。如吉会路完成，则吉林木材至大阪只七百余里，每一立方木材只需运费一角三分而已。如此之便宜，必可打倒美国木材而无疑。且吉林之森林如以最少为二亿万吨而计算，每吨得利益五元而论，则吉会路之成立，我国可不劳而得十亿万元之森林利权，且可防美国木材入国。而我国民得此贱价之吉林良木材，则加工为器具及艺术工业品或化学制纸之用者，至少每年亦可增长国际利益而千万元之多也。另有新邱大炭矿，其埋藏量有十四亿吨之多，其质驾抚顺炭之上，而土层多为硬石质所成，颇便于开采，且颇合骸炭抽取之用，我可取之为抽取煤油、农肥、化学各用药以供我用，且可扩贩于支那全国。是吉会路之成，则此新邱大炭矿，我不劳而可得之利权至多，足与抚顺炭矿相呼应。且借此大炭矿之势力，而征服全支那之工业决非难事。单以新邱大炭矿而论，如以吉会路取其良煤碳与日本者，每吨至少亦有五元之利益。如用以化学工业；抽取其副产者，每吨至少亦有十六元之利益。盖新邱炭质，颇合骸炭抽副产之用，按每吨平均如以十五元为利益计，共可得二百亿万元之利权。此皆因吉会路而附带之利权也。其他如牡丹江流域之大金矿以及其附近之森林，亦可依吉会路之交通而开拓之也。

他如敦化地方之工业，如大小麦、粟、高粱等物每年可产二百余万斤，酒酿场大小共有二十余处，皆须仰我鼻息。而我商品之进出北海，亦可依吉会线之完成而可急速突进也。其敦化地方制油业有三十余所，每年产油九十万斤，豆饼可产出六十万枚，单以此数种之生物运费之收入，便可以偿吉会路之经费而外，每年尚有二十余万元纯利。如合之木材新邱煤炭及副产物等而论，如吉会路之收入每年至少当在八百万元以上。尚有无形之大利益者，则培养南满铁道，取得森林矿产、商业等权，又可大宗移民于北满等是也。且可缩近我日本与北满大富源之距离，按清津至会峰只三时间，会宁至上三峰只三时间，豆满江岸至龙井村只三时间，即晨发日本岸，夕可至间岛中心地点，所谓六十余时间，可能将北满富源突破者，则吉会路之权能也。

珲春至海林铁道

长百七十三里，建设费二千四百万元。此铁道沿线，左右皆是密林，为欲培养吉会路势力，及开采北满之树海及农矿计，此线路亦必要之一也。且欲挽浦盐斯德港之繁华而就我朝鲜之会宁者，亦不得不急建此路线以抗之。最可卜将来之利害者，则海林以南，敦化以北所在之镜泊湖，待吉会及珲海二路成后，则利用其湖水为水电之发生以便控制满蒙全土之农工动力，使支那之活动竟不得如我电气化之工业何。依南满铁道之调查该镜泊湖水之差落,至少亦可发生水电八十万马力，以此强大之电力与征服满铁之工业,可绰绰有余裕。料其发电所之附近，终必大发展。我国因欲开拓北满之大富源，必欲极力以进，如非修筑珲春海林铁道为吉会路培养，终必不足其富源运输之用也。尚有支俄共领之兴凯湖，亦可发生巨大电力。第恐支俄二国合办以制我，我必须于本年国际工业电气大会于东京之时，乘支俄不觉之间，提出发电所，同一供电区域不能设立二个为题，以求国际承诺以期制止支俄合办兴凯湖之电力以制我也，尚有五子制纸公司，在宁古塔及海林驿附近，既得有木材之伐采权，是亦需镜泊湖水电之连成及珲海路之急成，方可保其制纸之大成功，以供我国内之制纸原料，亦可以制纸征服支那全国也，且奉天政府所计划之吉林五常间铁道，吉林奉天间铁道，无不欲挽北满富源，经葫芦岛或天津为出港者，我则以珲海路培养吉会路之便而可打倒支那之计划，挽其北满富源于我朝鲜之清津港。我依珲海及吉会路而运搬北满产物者，其运费比之支那线可减轻三分之二，比之西伯利亚线可减轻三分之一。按此路如成，支那及赤俄之铁道，皆不能与竞争，其战胜之荣冠属我，皆可拭目以待。

对满蒙贸易主义

满蒙之贸易额，每年可有七八亿万元之多，均归我国之执掌。而我取其富源如羊毛、棉花、豆饼、铁等物之金额，居世界贸易之第二十位，此等富源此后必日进而无疑。然我对满蒙贸易之盛况如此，为何大连浪速町之家屋，暂归支那人之所有乎？且为满洲工业之基本者，如制油业营口三十八轩间，而我国人尚无一轩，安东二十轩之制油业，我国人只一轩，大连八十二三轩之间，我国人只七轩，以全数而比例之，我只占〇点六。大多数皆执在支那人之手，是我之于满蒙进出上颇为可悲也。今欲挽回其利权，必须利用交通势力为堡垒，然后以成品贩卖之贸易权，原料买入之采买权等以干涉之，方可收其大权于我手。另用金融机关以助我国民之油业者，以期打倒支那工业油之退缩。至贸易之关系如支那人多数在我大阪川口町，收买大阪制品而扩卖于满蒙，与我在满蒙之商人大开商战，乃我国人因生活费之高，往往非厚利不能营生，从而贩卖竟大败于支那商人之手。按奉天方面之支那商人，多在大阪收买高假劣货，且输送上又无贤能人物，为之集货成数，向我国于所采之价至少需加一成。而东三省人所付我国船运及铁路费，比之我国人每吨需加费二元七角，盖采入如此之贵，尚可在满蒙以贱价而打倒我商人，于此足证我国商人之无能为也。尚有支那政府对于贸易商，皆不知保护，反之我政府对在满蒙之商人则极力保护，而以低利长期资金借与我国商人，乃我商尚七颠八倒，此亦满蒙贸易上最可慨叹之事。今后拟尽力扩张"共同合作关系"，由各汽船公司及南满洲公司，付与特别廉价之运费，再由关东厅及满铁，通融其低利资金，以期战胜支那商人，而可恢复我贸易权，进而可使满蒙特产品以扩世界也。

盖执管满蒙特产品之贩卖权，即监理满蒙财政及贸易之第一步。然如欲名实相符者，我必须先取其满蒙特产品之专卖权，以便培养我新大陆完成之政策，且亦可防避金洋国之亚美利加资本侵入满蒙之机会。而支那商人之活动，亦可利用特产品专卖之势力以阻之也。

以大连为中心建设大船会社，以执东亚海运交通水陆相应称霸于太平洋

满蒙特产物之吞吐港虽有大连、安东、营口，而其中心点无不居在大连。其每年出入之船只有七千二百只，其吨数有一千百十六万五千吨，占满蒙贸易有七成之多。其定期线有十五航路，多为近海。按满蒙海陆之交通无不掌执在我手，而其特产品之专卖权终未必可归我掌执，斯时也，我则以海陆交通之便又加特产品采入及贩卖之盛，我且更尽力于海运事业之发达，以谋打倒安东及营口二港之势力。至中南支那各地应消费之豆数巨多，皆可由我国一手而供彼。按支那民为世界油食国民，尚有事之秋，我如禁止豆油及豆类不供给于中南支那，支那全国民之生活必受威迫。殊知豆饼一物为产米之农肥，日支两国之食料耕作上，最重要之产物，其豆饼之采卖权及运输权如可掌执于我手，我则可以贱价之豆饼，以救我国内产米之用，更可把此附随抚顺及新邱之煤炭抽收之农肥，以征服支那全国之农业。倘如有事之秋，我则禁输豆饼及煤炭抽取之农肥与支那，其支那之食料及原料必定恐慌而动摇，此为新大陆之建造上不可缺欠之手段也。他如欧美所消之大豆饼亦多，我有专卖权及海陆之运输以扩之，其世界各国如欲利用满蒙之特产，无不须养［仰］我鼻息。此为欲统一满蒙贸易计，不得不如此之施为。盖欲掌管满蒙之

贸易，必须有海陆整然之交通，方可以制支那商人，殊知支那人悉暂步我后而与我竞争，而支那人所兴之帆船贸易及油房等之事业，我国人则无力可打倒之，颇以为憾。此后如我水陆交通之整备，则以大资本打倒支那帆船贸易，一面奖励我国人仍步支那人之后，设立帆船贸易及油房，以补我不足。加之我国对满蒙之开拓，自古以来悉在满蒙设立工厂利用满蒙原料而加工，因此支那民悉窥采我国工厂内容及学我新式之加工法，终而独立仍如我设立工厂与我竞争者到处皆是，此乃我在满蒙企工业家，欠失秘密及预防之罪。故按此后如欲利用满蒙之原料而欲加工制品者，悉宜直接运回本国精制，然后方可分输于支那及各国。一可救我国内之失业者，二可杜绝支那民不能如洪水流入满蒙地带，三可使支那民不能学我新式工术。而如本溪及鞍山之铁及抚顺炭等亦宜运回本国加工。夫如是则海运之扩张，益显其大必要，故拟扩张大连船公司，由政府通令南满铁助其低利资金，按明年中先完成五万吨之造船，以充远洋航路，而可执东亚交通大动脉。况陆路之有南满铁公司，又有我政治范围之满蒙巨大特产物可运搬，依经济上之原则，堪信大连之海运扩张必可期其大成功也。

金本位实行

满蒙虽为我国之范围，其货币皆以银为本位，与我国之金本位往往抵触其利害。我国民之于满蒙不能极度发达者，皆被银本位所累也。然支那政府坚执圆银为本位，而我金本位受害如左，是故不能确立我殖民地经济之基础，不能期待新大陆之完成。

一、我在满蒙民所投下之资金，皆由本国之金本位金票带去。至满蒙欲投下之时，不论生活用或工场建筑材料之买入或给发工金等，皆须换支那大洋票以用之。如银高时带往投资，而银价下落之时，则所投下之资本金必因银价下落而损失，常有十元金票元本不出五日而损失至八元之额，不营为投机的事业，不然即赌博的生利机关。加之初带十万元金票在满蒙投资之人，因事业扩张之关系更向银行借款十万元，共二十万元金票元本投下满蒙，不幸事业基础将成之时，忽然银价下落，二十万元金票之资金忽变为十五六万元实额。因此放资之银行恐惧而催讨，以致事业半途因银行而失败者到处皆是。

二、支那商人以银本位为商卖之计算，不论银价如何起落，彼皆不受影响是故其帆船之贸易颇为发展然。支那人之金价与银价之料算，虽非专门智识，战无不胜利，此乃支那人独特之天才。我国民益受银本位之苦，虽有水陆交通执掌之权如我国，及有金融业者之后援如我国商人者，无不为银本位之机关所累。故中南支那所消用之豆及豆饼等，皆为支那帆船贸易所操纵，不许我国人步入其范围之内，从而不能征服支那全国。

三、如以银大洋为本位者，支那政府可以扩发纸币，而反阻我国金票之进展。而我在满蒙之银行不能为国家助成其使命。

四、满蒙如可完成施行金本位者，我国金票可以自由扩张，借我金票之信用，而广采各地特产，使支那银票不能高广信用，自然无力可与我经济竞争，则全满蒙金融自不求而落我国之手。

五、东三省官银号、交通银行、殖边银行、广信公司等发行之银本位纸币共有三千八百万元之多，其准备金皆以家屋或什器等估价为百三十五万元，以作三千八百余万元之纸币发行准备金，足见支那纸币皆不能信用，因其奉天政府极力强制维持金融市面，故得通用至今日。盖支那银行之纸币信用如不打倒，则我国金票之于满蒙永无发展之日，我欲垄断满蒙金融更为辽远。而东三省政府则借其政治势力，益之增发无价值之不换纸币，在满蒙各地买占满蒙特产，为大豆、豆饼、小麦粟等，无不被东三省政府买占而威胁我国既得利益。而被东三省所用不换纸币，买占特产品，卖时皆换我国之金本位票以秘行，而欲搅乱我在满蒙之金融，甚至于欲破坏我在满蒙特产之取引权。因此我国之金票益无发展之日，满蒙金本位之实行以不能期待。

依以上种种之关系，必须打倒其不换银票之假面具，使其政府无有实力可买占满蒙特产之时，其实权当然属我。我则借此以扩张金票为本位，以期垄断满蒙经济及财政，进而迫东三省当局聘请我国人为财政顾问，以便操纵其金融及财政，打灭彼奉票不确实之力而用我金票为本位以代之。

第三国投资于满蒙之欢迎

我满蒙之地盘不许第三国之投资者，此乃累代内阁之政策。无如华盛顿之《九国条约》系机会均等主义，故昔日国际财团成立之时，许我满蒙除外，然似乎与《九国条约》有些抵触，从之国际间益为张目疑我，使我每欲勇进于满蒙而受世界之疑视。不如借机会均等问题，将需大资本方可施为之民生事业，如水电动力，或曹达工业等欢迎外国投资，以期借欧美雄大之资本而为我满蒙发展之培养。一面可借此而拔除国际之疑视，我方可以无远虑向新大陆造成一路直进，亦可以此诱引国际承认满蒙为我特权地之事实。凡此后不论何国如欲投资满蒙者，我必须进而欢迎，切不可徒任支那政府与债权国自由行动。因欲使国际共认满蒙地带之政治及经济之实力皆在我手，故我国不得不干涉而自请分负起责也。此为外交惯例之造成，颇为重要之政策。

南满铁道公司必要变更其经营

满蒙铁道公司者，乃如系朝鲜统监之代用物。我国之欲新大陆造成，对南满洲铁道经营必须变更，以便突破今日之难局。盖南满铁道公司之使命多且大，故历代内阁无不与政治变迁而同其进退。因此内阁之变迁往往祸及满蒙，且南满铁道之一举一动往往而累及内阁，皆因南满铁道之组织虽为半官半民，其实权皆操诸内阁之手。是故每欲发展于满蒙之时，国际间每不以南满铁道公司为一经济公司，而竟看作政治的纯然机关。故以华盛顿《九国条约》之利权而欲制我南满铁道公司之进行，因此颇损帝国前进之利益。更就自国之内性而论，我南满铁道之事业进行在满蒙有关东司令官，大连长官，总领事，盖为四头政治。必须在大连先互相交换其意见，往往事竟不能机密而被东三省为政者所知，从而极力防避我南满铁道公司之进行。至于问题欲于东京最终解决之时，往往因外交、铁道、大藏、陆军等大臣致意见差违，致阻其计划进行。故现内阁首班兼摄外务大臣之重责者，虽不能胜任，因欲进出满蒙计不得不兼外务大臣，以保其政策之秘密及圆滑而期对满蒙政策之速成。积此种种之不便，故拟将南满铁道公司根本变更，将其南满铁道公司之附带事业中，则其力多益大事业悉数提出为独立公司，暗附南满铁道公司之势力而急进满蒙。一面将南满铁道全部另招支那人及欧美人投资，完全行使铁道事，而资本额我国可执掌一半以上，以便措执其实权为帝国使命而猛进。总而言之，借国际资本家之投资于南满铁道公司，以期混瞒世界之耳目，而我乃可任意猛进满蒙，以防九国之条约制我，亦可利用外资以便培养我国进出满蒙也。至于满蒙公司所执重要之附带事业如左：

钢铁问题

制钢事业之盛衰关系国家之强弱颇大，现各国对此莫不为重要问题。我国对钢铁问题尚未能解决者，因乏有原矿所致。从来我国由扬子江流域及南洋马来半岛输入，以给自国之用。岂料满铁地方散在之铁矿，依参谋部之实地密查，知有非常巨额之铁在焉，其总推定量至少亦有十二亿万吨。而南满铁道所经营之鞍山制铁所，初因技术未甚熟练，故每年损失均及三百万元左右，后乃佣聘德国技师而研究之，得发见新技术及制钢经费节约方法，故于昭和元年度只损失十五万元；至昭和二年至少亦可得利八十万元之谱。如改良其新式之制钢炉，每年至少亦有四百万元左右之利益。如本溪湖铁矿，其成分颇佳，按终来如得其机会，乃欲使之与满铁之鞍山合并，以救我国钢铁自给自足之幸。

按满蒙之铁有十二亿万吨，幸煤炭亦有二十五亿万吨（此则抚顺、本溪、新邱等大煤矿及我势力范围内之煤矿统计额），此二十五亿万吨之煤足可精炼十二亿万吨之钢铁之用。夫如是我日本得有如此大量之铁与煤，则我国七十年间之钢铁可以自给自足而免仰鼻息于他国，更将利权而计算之，按采钢一吨数至少亦可得利益百元，此三亿五千万吨之钢铁产生，我国可得利益金三百五十亿万元，为国家经济上而论，其可谓不大乎？且可防遏他国输入我国之钢铁每年一亿二千万元之多，即产业立国之第一步。且我国之势力范围地内如可产钢铁以自给自足者，因我日本欲为世界第一国之要素成矣，终便能统一满蒙产铁而避支那阻害我国钢铁之自给自足也。

煤油问题

煤油一物亦我国最欠缺之要品,是亦立国上最重要之要素。幸我所有抚顺炭矿之层岩含有油岩之量共有五十二亿吨,此油层岩每百斤可抽取煤油六斤,如再加用美国之精制机以制之,每百斤可得九斤之精油以供自动车及舰船燃料之用。现时我日本每年由外国输入之矿油约七十万吨,估价六千万元,尚且年年增加。按抚顺油层岩五十亿万吨之额,如以零点五最少而论,亦可得煤油二亿五千万吨,如以零点九得油而论,可得四亿五千万吨,按平均以三万五千万吨得油,每吨利益十五元而论,此抚顺之油层岩可得五十二亿五千万元之利源,真可谓我工业界之大革命,而有益我国之国防上,产业上极为重大。按满蒙之铁及煤油既可为我所有,则我国之海军陆军等,一进而为金城铁壁。夫满蒙者乃我日本之心脏云云,诚不虚言也。为皇基绵绵计,真可庆贺之至。

硫安农肥其他问题

农肥者国家食料政策上,最重要大问题。如化学农肥者皆以煤炭所抽取之硫安为原料,而抚顺煤炭最合硫安抽取。如我国每年应消之硫安五十万吨之中,由我国内设立工厂,取开滦或抚顺煤炭为原料而自制者只有二十五万吨之产出,余不足二十五万吨之硫安皆由外国输入,每年流出国币额及三千五百万余元。按我国农产日盛一日,又有满蒙之新大陆耕地，尚待我国人之资力及手腕以发展。卜此十年内我国应消之硫安至少亦需一百万吨以上，况满蒙之铁我欲取之而炼钢，又需以抚顺煤炭为燃料，此可于应弃之烟收起而抽收硫安，不营一举数得之事业。按每年如产硫安三十万吨，我则可得利益四千余万元；如以五十年平均而计，此项利权可值二十亿万元之巨。又可为我国农业发达之助，且如有余利者亦可随带豆饼而征服全支那及南洋各地之农业，故此项事业必须独立经营，与南满铁路完全分离，以便操纵东亚农肥也。

曹达与曹达灰之事业

我国每年输入曹达灰之数量既达十万吨，其价格亦有千万元以上。盖曹达及曹达灰，乃军用上工业化学上之重宝，其曹达之原料，皆食盐及煤炭而已。至盐与煤二物，为满蒙至多且贱价之产物，我如设厂自制，不但可防遏外货之侵入，又有余裕可以扩卖支那，以期垄断其工业之要品。此项事业如每年按最少以一千五百万元生利，以五十年而计算之，可得之利权有七亿五千万元之多，又可使我军用化学工厂原料自给自足，此项事业亦必须独立，与南满铁道分离。

镁及铝事业

此镁及铝事业，依南满铁道及东北大学本多博士之调查，而发现非常有望之事业。镁者出于大石桥附近，铝者出于烟台附近，现查其埋藏量为世界有数之矿。按镁一吨价值二千余元，铝每吨价值一千八百余元，其满蒙所埋藏之额，概算有七亿五千万元之价值。此镁及铝，为飞行机、军用饭盒、医疗器及其他工业上最重要之原料，世界惟美国产有少许。我国每年只可产区区一吨余而已。现世界中对此铝类之消用日多一日，故每有不足之感，其卖价日高一日，似乎不知其底止。我满蒙地内产此有数矿物，不啻上天欲惠我日本之幸福。按此珍贵之产物，为国防上工业上不可缺乏之原料。故欲分离满洲铁道，而为独立事业。其制造工程，在欲运回原料矿，至我内地精造，以避奉天政府注目。亦可暗藏其高贵品，而免招摇英美资本家之虎视眈眈。待我与东三省政府交涉有确实之实权后，即在鸭绿江流域，设立水电事业，以充精炼此等铝矿之用。且卜将来飞行机之发达，世界应用之飞机材料，必须养我鼻息而无疑。

依以上之事业如使之独立，则可以勇往直进，而我可获得之利益概算有六百亿万元之多。按南满之产业可助我国防及经济者实多且巨也。南满产业可为我国贡献如此，我国亦即可因之而达产业立国之根本矣。除此以上事业而外如文化设施等之事业，如病院学校或慈善团等之事业，此乃我国满蒙进出之司令塔，是亦我国威显扬之机关。更进而言之，则利权取得之饵，故亦须与南满铁道分离独立，以便重整而勇进北满地方，以便谋取北满之大富源。

依以上重要之有形事业抽出独立，以便单独行动，而不受关系各监督官厅之干涉，终必合流为帝国利益之一路。且可借经济会社以突进，而免受国际外交之疑视，亦可缓和东三省人民之排日，如用公然秘密方法造成新大陆者，颇觉身轻而又得充分之活动。

至南满铁道公司之欲招募外国资本者，只限现成之铁道而已耳。他如变态经营之路线，如借款与支那所成之铁道者，或合并现在我既设线，或另抽出独立，均无不可，到时再查投资国之希望而定之。我则借此南满铁道公司为国际利益均沾为题，而欢迎他国投资者不啻外债借人之变态行动，且欲防避国际之疑我急进北满也。且终局如欲招募外资，以助我新大陆造成者，因南满铁道既开放为国际利益，其欧美资本家必然喜而接我，而支那政府亦必无力可向国际破坏我国外债借入机会。按南满铁道变更其组织，欢迎国际投资者，为我国之满蒙进出最好办法，故不得不急速施行。至于满蒙之富源，皆集在北满及蒙古，而我新得之吉会长大二路权及吉林之森林矿山等权必须另定机关活动，盖北满之进出颇可培养南满铁道之利益。倘南满铁道公司如开放欢迎国际投资者，我国如进出北满，因南满铁道受多大之利益，即国际受利益是亦世界受利益，从而国际之间，必然不欲干涉我国向北满蒙古突进。盖南满之支那移民日多，其支那之财政及国防因之日固，且商租权尚未确实，使我国移民无有插足之地。果有外交为之后援，则使我移民有插足之地。因我国民之生活程度过高，不能与山东移民敌对。故此后之南满进出，皆需以资本主义为前锋，方可压倒支那。因此益须利用外国资本，方能为我新大陆之发展。殊知北满地方为满蒙富源之宝库，且为支那移民亦不能及之地带。故我国必须乘此时机而突进，盛为奖励移民及急取其利权，以便制支那移民之先机。按我满蒙新大陆此欲造成，必须奖强大之移民于彼地，且有敏捷之交通以附之，方可拓取其富源，亦可为我移民之后援。殊如赤俄与支那之军备日进一日，且地理上之关系，与我利害悉皆抵触。我如欲实行摄取北满之大富源，培养我国繁盛,进而造成新大陆以完明治大帝之遗策者,必须先以移民于北满,以便锁塞俄支之亲密连[联]络，而取其富源；亦可制赤俄之虎视而厌支那之制我也。如一旦有事之秋，我北满移民一进而可迫南满，与南满之军兵移民互相呼应而定满蒙大业。万一如须坚守满蒙之时，我则以我北满之移民而取北满之富源，以供我满蒙军及内地食料之原料之用也。盖北满地方与我利害关系如此，我此后之对满蒙，惟向北满一路直进，而努力我既定之积极政策而后已。且南满地方须用资本主义，则借外资以助我之进行，亦可以缓和各国对我北满猛进之疑视。法之妙策之优者，莫如南满铁路之组织变更，欢迎外国资金之投下也。

拓殖省设立之必要

我对南满之经营，多样多歧，往往主管官厅意见不能一致。从之异论百出，虽为国家有益有利之事，亦不能捷速以进，从之而破我对满蒙秘密，进而被奉天政府拾之为宣传材料于国际，以为中伤我国之用，颇为帝国之大不利益。凡在满蒙欲进行一事，必须于大连经过数十次之调查及会议，在满蒙四头政治之同意，方得见诸实行，且须得内阁之议决方可生其效力。因有如此种种之难关，往往欲施一事须经年累月方可得其面目。而在施设欲定之期间中，因奉天政府在大连方面收买我国浪人颇多，专以盗探我国对满蒙施政为目的。故往往事尚未实行之前，已被支那所知，随入世界之耳，忽以各国之舆论制我。我国对满蒙之施政上受如此之苦者，一而再再而三矣。又加反对党每在满蒙方面所查知之事，往往提出中央，而做反对材料，如此之行动为我国外交上最不利益之现象，殊如我之对满蒙，此后必须变更其主义，以期勇往迈进，是故其施为之中心点，必须集中于东京，第一可以保守其秘密，第二可杜绝支那政府采探我国之进行，第三可避事前被各国疑视，第四可以收束满蒙四头政治为统一，第五可保内阁与满蒙关系官厅之接近及可溶冶为一炉，以便全力对待支那。因有此种种之利害起见，仍依伊藤及桂太郎合并朝鲜之主旨，设立拓殖省以专管满蒙进取之事务。特以台湾及朝鲜、桦太等殖民地，付之管掌为题，其实务仍以满蒙进出为目的，以期淆混世界聪明，亦可防遏国内不统一之暴露。细思朝鲜合并之时，而不能实行于伊藤统监时代者，因乏有统一的专管官厅，故凡事无不意见分歧，从而不能秘密，随惹出国内之不统一。而被国际及朝鲜国等，干我阻我，后乃由我伊藤及桂太郎等派出多数宣传员于欧美及朝鲜，宣明我国对朝鲜确保其独立，虽寸土亦无野心，于是国际之疑问方释。及后乃特设拓殖省以掌管台湾为题，密攫其机会，方有一气而成之幸。故殖民及移民之经营，依今日之现状，非设省专管不可，且满蒙新大陆之造成，为日本立国上至重且大之问题。故必须设立拓殖省以专管其事，使其满蒙政治中心点而集于东京，其在满蒙驻扎之官宪，只命其依命活动，使伊等不能在满蒙随地而干涉施政之计划，自然可以保守其秘密，对手国亦无能力可在我东京探知我拓殖之内容秘密也。夫如是，我对满蒙之一举一动，其国际之舆论必无有材料可先制我先机矣。

至于南满铁道公司所分离独立之各事业公司、劝业公司、土地公司、信托公司等之经济会社，其监督及施设权仍执于拓殖省，以便合流统一，助帝国满蒙进出之根本政策，以期达到新大陆之完成。

京奉线沿岸之大凌河流域

此大凌河流域浮地颇广，是亦马贼之渊薮。我朝鲜民投资于此颇多，而开垦为水田者亦巨。按此地之广大，料将来必定繁荣。且我国如欲进入热河地方，以次大凌河流域为立脚地颇为便利。将来此地方之朝鲜人移住，我国必须竭力以保护之。容有机会之日，可向支那政府交涉其开拓权，以期容我移民于彼地，而做热河及蒙古进入之媒介。万一有事之秋，我在大凌河地盘，可仍驻屯大军，以杜支那军之北上。

不啻为南满之锁钥，是亦一大利源地带。至朝鲜民，欲进出大凌河流域之时，我则利用信托公司或金融组合之机关，以尽量通融其资金。其实质之土地所有权仍置于信托公司或金融组合之手，而满洲住在之朝鲜人只担任其耕作之权而已。如论其表面上，仍以朝鲜人为土地所有权者，因对支那政府利权取得之便利计也。此后我国移民或朝鲜人等如于满蒙欲获取土地之时，皆以信托公司或金融组合或银行等为彼等之后援，如向支那人购耕土地权时，应需之资金，亦可由此等之金融机关，为之后援通融，待不知不觉之间，我则择其善良之水田，用经济的取之以与我国之内地移民，更驱使朝鲜民再开拓生地原野，以备我国民移住之便利。此乃水田及豆类之开拓积极政策，而对于牧畜政策，则另以劝业公司为专门牧畜机关，以便得寸进尺，收集其畜产而供我国之自给自足。他如军马之放牧及播殖，则仍以劝业公司，抑或另设别动队，进入内外蒙古，大为播殖，以充我国防用马之完备。

对支那移民侵入之防御

近来因支那内乱，支那民为万马奔腾之势流入满蒙，从而危害我移民之进展。为我满蒙之进出计，不可不防避之也。加之支那政府对此移民之流入，似乎大为欢迎，故不得不设法防避，因此益使我国对满蒙政策受其威迫。且有美国有名之支那学者莱因士加布氏曰以奉天政府为仁德布政，以故四海负其子而从之，并指孟子之移民政策为王发政施仁，天下无不欲耕王之土，无不欲商王之市，无不欲仕王之官云云。是以国际依照支那移民历史，颇以移民多数流入奉天，为奉天政府仁德表现之证据。最有利害之我国，如不设法以驱除之，不出十年后我在满蒙移民政策，反被支那拓之为驱我上策，故定于可到范围内，利用我警察力以挟制之，而资本家一方面，则利用工价降下以驱之。一面则扩张电动力及水电力，以代劳力之用，不但可避支那民之侵入，并可持原动力之势，而可潦倒满蒙之工业界也。

病院及学校之独立经营，对满蒙文化之充备

此项问题必须绝对独立，切不可与南满连［联］络。盖因东三省民每以为帝国主义之机关，从而不欲就我范围，故须独立经营，方可使东三省民知我国之施恩，能自思念而报我。（中略）此后按时扩张施设男女师范学校，以期薰育支那教育人才，而造成东三省民永远亲日之根本，此乃文化施设之第一要义。（以下略）

* * * *

以上为《田中密折》全文。《田中密折》通称《田中奏折》，是日本时任首相田中义一于1927年7月25日给日本昭和天皇所上的奏折，也称"对华政策纲领"。主要内容是提出"欲征服世界，必先征服支那；欲征服支那，必先征服满蒙"，这一计划的第一步是在东北建立"满洲国"；第二步为勾结中国腐败的官僚政客，各个击破，成立各种形式的自治政府；

第三步则是逐步向中国内地推进，直到最终占领全中国。

这份秘密文件由张学良将军用重金从日本得到一个抄本，译成中文后，复制少量在东北籍高级将领中传阅。当时北大政治系女生纪清漪在一个偶然机会看到此件，设法借出连夜抄录一份，并与同学筹资，将抄稿送到和平门外京华印刷厂印出5000份，寄往全国各机关、团体、学校、图书馆以及一些大商店。时间是1929年5月。此后陆续由单位或个人进行翻印。

现在打印出的本子扉页盖有"现代国际关系研究所图书馆藏书章"并有该所工作人员高殿芳所写的一段简单说明，时间是1992年3月11日。这个本子开本为13毫米乘以18.5毫米，共92页。此书版权页上方有24个字："阅毕之后，请转别人。日人毒计，全国周知。利刃当头，群起拯救！"翻印日期为：中华民国二十年，承印者：（广州）惠爱东路德政街东升中西印务局，电话：11845；发行者：国民革命军第一集团军军事政治学校。（按：国民革命军第一集团军，1931年司令部设在广东，司令为陈济棠。）翻印者当为该集团军军事政治学校政治训练处，此版本有眉批，当系翻印者所批评，皆要言不烦，击中肯綮，特录于后，以供参阅。由此版本亦可证明，《田中奏折》已流传到军队，这对激励军队将士的抗日热情肯定会起到很大作用。

现将眉批抄录于下：

原书第四页："南满铁道特殊社会，不啻朝鲜统监第二。

我东三省人士欲不为朝鲜之续者注意。"

原书第五页：1."观此可知发扬光大《九国条约》精神，是我东北人士之责。"2."观此可知欲救东三省，非赶速移民不可。敌之害即我之利也。"3."反客为主之口吻咄咄逼人。"

原书第六页："观此中国有竭力纠正欧人此种谬误观念之必要，然最大之目的即在能为保护国际贸易及投资利益，改（下转第七页）彼以信日者转而信我，斯为得之。"

原书第七页："明被朝鲜人所炸，而偏诬华人。此种故作违心之论，卑劣已极。然于此，足见彼对华人恶劣之心理。实与中国不能并存于世界，遑言共荣。我东三省（下转第八页）当局注意欲保存东三省之危亡，其惟有先使政治完全而已，破欲以铁与血拔除东亚之难局。我亦不能不有相当准备甚明。观此可知备满蒙为中国之命脉，国人共念之。"

原书第九页：1."中国为世界问题之导火线，世界亦共念之。"2."观此则我国人民正不可馁。"

原书第十页：1."以利益培养贸易，制中国工业之发达，国人共注意之。"2."满蒙利权为攫取全中国富源之司令塔，并可扰乱（下转第十一页）世界之工具，世界安可不注意此第二旧德意志式帝国，又安可不注意此作统一世界梦之田中义一。"

原书第十二页：1."此种谬说，国人初过忽视，致令谬说流传，甚为可畏。后当注章痛闳之。"2."不知事实所在，纵良心昧尽，是非何可抹煞。彼田中之迷梦，毋乃过甚。"

原书第十三页：1."观此则可知与民国不并容之王公制度，实有根本铲除之必要。削除王公所有权，废却名号，是为今日之急务也。" 2."准备要求（下转第十四页）制我东省死命之十四项重大权，国人应注意誓死拒绝。"

原书第十五页："满蒙为旧王公所有之荒谬绝（下转第十六页）伦论调，国人应起而辟之。"

原书第十六页：1."在什图业图王府，日本退伍军人已有十九人在所有王府土地及羊毛特买权矿权、均被日人先去矣。" 2."此种毒策，非底有澈（下转第十七页）防止不可。国人当注意之。"

原书第十七页："观此旧蒙古王公制度，愈有赶速废止取消之必要。时不可失，非此不足以弭此毒计。"

原书第十八页："自本年起，已由陆军秘密费项下抽出一百万元，急派官佐四百名潜入内外蒙古。当局宜注意之。"

原书第十九页：1."朝鲜民日移日众，其为东省无穷巨患，非彻底注意取缔之不可矣。" 2."观此非立法禁止归化中国籍鲜民取得土地权不可。"

原书第二十页：1."归化中国之朝鲜民乃虚假之归化，国人应注意防止之。" 2."利用鲜民亡我满蒙之毒策。" 3."救济之策，惟有竭力（下转第二一页）行同化鲜民政策，以反制之，此言诚我之良师也。"

原书第二一页："中俄尤有提速恢复国交，切实亲密之必要。"

原书第二三页："国人应注意保持北满未丧之利权，未甚缺乏之金瓯，观此愈信。"

原书第二十五页："注意用力煽动，使奉票跌落之毒计。"

原书第二十六页：1."铁道由北向南，俾满铁成为中心之用意。" 2."打通吉海二路，实属予日本以未有之打击，宜其痛心疾首。"

原书第二十七页：1."打通吉海二路，日本终不死心。东北人士宜极彻底防之。" 2."由奉天经海龙、吉林、五常至哈尔滨，及由打通经扶余至哈尔滨之两线（下转第二十八页）铁道，真为救我东省之至重政策，愿当局努力成之。观彼此种恐怖言论，即更可深信也。"

原书第三〇页：1."注意日人借我防俄毒策。" 2."借防俄以攫取北满富源，同胞注意。" 3."驱中国为制俄前驱，盗用我以夷制夷之政策，注意之哉！"

原书第三一页：1."以中制俄，复用俄以制中，何其毒欤？" 2."赤俄对日之秘密宣言。" 3."俄意断不放弃东清路。" 4."将北南满铁尽收为已有之野心，毒甚！"

原书第三二页：1."急谋侵入北满，我地方当局其痛念之。预计将与赤俄冲突，攫取中东铁路、攫取吉林。" 2."拟向中国要求各军事要需之铁道要求既成，即为与俄冲突而亡我之导线。"

原书三三页：1."我国人其念之，今后如再予铁路者，即亡国之本也。" 2."侵略满蒙。"

原书三四页：1."热欲完成之各线及其重要性质。" 2.

"通辽热河间铁道在各铁道中,为最有价值、为侵略南部蒙古之最要线。内外蒙古地内可容二千万人。"

原书三五页:1."蒙古羊毛为世界暗室中之大富源,不敢使世界知之,独谋垄断。"2."对内外蒙古之浮沉,尽在通辽热河线。"

原书第三六页:1."侵略北部满蒙最要之洮蒙线。"2."扎萨克图王府及图什业图王府已与日本接近,售卖国土利权,非极图彻底根究取消不可。"

原书第三七页:"观此非早速撤废蒙古王公之所有权不可,不然至少亦当明令禁止其自由对外有交易行为,否则治以盗卖国土之罪。"

原书第三八页:1."竟欲行盗逐主人之策,毒矣哉!"2."长洮铁路之一部铁路为经济上最有大利益之铁路,亦为特注意侵略铁路之一。"3."长春经扶(下转第三九页)余、大赉至洮南为军事上最要之交通。"

原书第三九页:1."此路如在日手,则北满及蒙古富源尽为日有。"2."吉会长大二路线为灭亡满蒙之计划,国人注意。"

原书第四〇页:"吉会铁路关系之重要。"

原书第四一页:"欲明造成新大陆,必先征服吉林,我东省人士听着。"

原书第四二页:"倭奴阴毒如此,我国人若不急起图强,必遭其毒手。"

原书第四五页:"吉林为将来之战争。"

原书第四七页:"吉会路为(下转第四八页)日本致富之路线及武装之路线。"

原书第五二页:"新邱炭矿因吉会路而使日本可得二百亿万元之利权,乃中国人尚在梦中,真堪浩叹!"

原书第五三页:"珲春至海林矿道之重要。"

原书第五四页:"珲春二路一成,日本利用镜泊湖发生水电,控制满蒙全土之农工动力。中国活动之力即将无所施。我国对此当早为之计。"

原书第五五页:"此节不知本年赴会者,特加注意否?宜调查挽救。"

原书第五六页:"经营葫芦岛,定须立防此对策。"

原书第六〇页:"特产物之权,如操于彼日人之手,其害有如此者,国人宜痛念之。"

原书第六二页:"此计至毒,中国之企业家宜注意之。"

原书第六六页:"此节中国之金融机(下转第六七页)关当局,管理注意对待。"

原书第六七页:"注意此节,切防中其阴谋。"

原书第六八页:1."中国当局听之。"2."国人听之。"

原书第七〇页:"此项计划,现已实行。中国当亟谋对策。"

原书第七一页:"日人狭猾至此,真是防不胜防。"

原书第七二页:"注意满蒙地方散在之十二亿万吨铁矿。"

原书第七四页:"中国人,尤其我东三省人士,其谛听之。"

原书第七七页:"中国矿业家注意。"

原书第七八页:"注意此种绝大之利权之丧失。"

原书第七九页:1."注意此六百亿万元之利益。"2."注意北满之大富源。"

原书第八二页:"中国人听之,勿使人借刀以杀我也。欲免此弊,亦惟有求我能自利用外债而已。"

原书第八三页:"中国人注意,中俄国交尚可不早谋恢复之于乎?"

原书第八五页:1."此实中国自救策之一大端也。"2."竟欲以一手掩世界人之耳目,何其毒也,亦何其谬也!"

原书第八六页:1."注意拓殖省即合并满蒙之准备。"2."狼心辣手,一至于此。读此而不惊心动魄者,非中华人也。"

原书第八八页:"大凌河为侵略热河之根本,国人注意。"

原书第八九页:1."欲保热河,必禁朝鲜人在大凌河移住,视此可知。"2."注意。"

原书第九〇页:1."注意勿中诡计。"2."用朝鲜人作前驱牛马之毒计。"

原书第九一页:"盗僧主人之活表现,恶毒极矣!"

原书第九二页:"倭奴以文化侵略之阴谋,制服我东三省民意。望同胞严厉斥之,扫去恶毒。"

(此《田中密折》以1931年惠爱东路德政街东升中西印务局版为底本,参校其他版本)

解读《田中奏折》

诸天寅

在20世纪的国际关系和战争史上,许多重大事件度充满了令人莫测的传奇色彩。在日本侵华史上最引人注目的《田中奏折》事件,是一个当时在国际上引起强烈震动而之后几十年来一直是扑朔迷离、真相难辨的历史疑团。

我们先说说田中其人。在日本历届首相中,田中算是知名度较高的一个。田中义一(1864年7月25日—1929年9月29日)日本山口县人。幼年家贫,以卖木炭为生。稍长,在元老山县有朋家当茶房。他一面当仆役,一面刻苦学习,拜桦山老将为师,学习军事知识;据说他曾把《曾文正公全集》和《大清一统志》反复阅读,以致把书页全都翻破损了。他苦读这两本书的目的很明确,就是想做一个像曾国藩一样的军事人才,同时要把原属大清的国土统一到日本国内。由于他刻苦自励,成为当时日本国内为数不多的中国通。后来他考上了日本陆军大学,毕业后,在日本军界服务。他继承山县大将和福岛大将的衣钵,以吞并中国为素志。作为一个铁杆军国主义者、恶迹昭著的大陆扩张主义者,田中仕途一路顺风,很快爬到陆军大将的宝座,并以军人身份进入政界,继山县有朋之后成为长洲藩第二代领导人。

1925年,田中出任日本政友会总裁。当时日本有两大政党,一为政友会,一为民政党。民政党总裁若槻礼次郎先任首相,主张用经济方式侵略中国东北满蒙。1927年4月,政友会组阁,田中出任首相兼外务大臣。他看到中国正值北伐,主张强占中国东北。作为一个狂热主张扩大侵华战争的军国主义者,田中出任首相后不久,即命令侵华日军出兵中国山东,占领济南后屠杀了中国军民数千人,制造了震惊中外的"济南惨案"。在田中义一担任首相期间,在他的策划和主谋下,日本完成了侵华战争的基本策略。在他的默许下,1928年6月4日发生了炸死张作霖的皇姑屯事件。这些不得人心的举措,使得田中内阁仅仅存在了两年多,于1929年7月2日在内外交困和社会舆论压力下,被迫辞职。而同年9月28日,田中义一因心脏病突发而结束了他67岁的生命。关于田中义一的死因,一种说法是他因执政不力,受到天皇的训斥,连惊带吓导致心肌梗死而猝死;另一种说法是他太贪色,纵欲过度而死。

下面再说说《田中奏折》,1927年6月27日在东京外务大臣官邸,由田中主持召开了东方会议,主要议题集中在研究积极侵华政策。参加会议的人员有外务省本部官员、驻外使领馆人员、陆军、海军长官、关东军长官、大藏省官员、驻朝鲜总督府官员、驻蒙古的特务人员、南满铁道总裁等共二十余人,另有数名国务大臣旁听。会议到7月7日为止,一共开了11天。会议期间对当时中国的现状和日本侵占中国的步骤进行了详细研究,最后田中以训示的方式发布了《对华政策纲领》。至昭和二年（1927年）7月25日田中义一委托宫内大臣一木喜德郎将对满蒙积极政策的秘密奏章代奏天皇，这份奏章后人称之为《田中奏折》（亦称《田中密折》）。东方会议是一次极为秘密的会议，田中在开会当日就再三叮嘱与会者"务请牢记本会之内容上绝对机密"，说明他心里有鬼，会议所议均为不可告人之阴谋。《田中奏折》出笼后引起中、美、英、苏等国情报机关的高度重视，并千方百计打探消息，想把这份情报弄到手。在中国由北大女生纪清漪于1929年5月首先披露了《田中奏折》中文译本。接着，1929年12月，由著名报人史量才等主办的南京《时事月报》刊出《惊心动魄之日本满蒙积极政策——田中义一上天皇之奏章》，从此《田中奏折》的内容广为人知，轰动了全世界。

《田中奏折》称："欲征服支那，必先征服满蒙；欲征服世界，必先征服支那。倘支那完全被我国征服，其他如中亚细亚、小亚细亚、印度及南洋等异服之民族，必畏我、敬我而降服于我，使世界知东亚细亚为我国之东亚，用不敢向我侵犯。"从这段话中不难看出，日本军国主义者的胃口不小，它不仅要征服满蒙和中国，它的最终目的是征服世界，称霸全球。奏折声称征服中国、亚洲和世界的野心的计划，是明治大帝的遗策，也是日本帝国的立国之本。

其实，早在中国明朝时期，日本就有侵略中国的动作，那时被称作倭寇的浪人，就不断在福建沿海一带进行骚扰，幸有戚继光、俞大猷等将军及时对他们进行打击，平定了倭寇的骚扰。日本经过明治维新，工业化迅速发展，而贫乏的资源和狭小的国内市场既不能保证足够的原料供应，也无法容纳急剧增长的生产能力。于是日益看中中国这块富饶的土地，他们采取的大陆政策，就是凭借军事武力侵占中国，以获得可靠的原料供应和商品输出的市场。那时日本当政者也考虑到自己还没有实力一下子吞并中国，于是就制定了分步骤侵占中国的计划。首先是把所谓满蒙从中国分裂出去。日本人特创的满蒙这一名称就是指东三省及内外蒙古。东三省与内外蒙古，位于中国东北部，北接苏俄，南邻日本，沃野千里，农矿产富甲全国；而且地广人稀，气候温和，日本对我国东北垂涎已久。在奏折中居然挖空心思，提出满蒙并非中国领土的奇谈怪论。

查有关资料，20世纪20年代日本每年人口剩余约有70万人之多，在1927年和1928年这两年，日本国内所产粮食，仅够供应消费需求的百分之五十左右，其余不足之数，皆由朝鲜及台湾、东三省各地供应。而且根据推测，日本国内的粮食生产，还有下降的趋势。人口不断增长与粮食生产不足的矛盾，成为日本的致命之伤。因此数十年来，日本朝野上下，全都把中国东北当作侵略的焦点。日俄战争之后，日本把俄国势力驱逐到北满之外，于是他们把目光聚集在东蒙南满之间，数年间他们投资此处的农业矿产、交通运输以及畜牧各业，竟达四万四千余万元。他们进行渗透策划十分精密，包藏祸心，无不显示处心积虑之阴险。中国人民早已对此深感不安。

日本方面善于恶意宣传，颠倒黑白、混淆是非，蒙蔽国际舆论，造成一种假象，似乎他们在东三省和蒙古享有特种权利，使一些国家受到蒙骗，错误地认为中国政府没有能力统驭治理满蒙，必须依靠日本才能进行建设和开发。日本的恶意宣传使中国陷于国际孤立地位，得不到外国的财政支持，而日本却得到大量贷款。1927年，美国摩根财团，应允贷款给南满铁道公司，发展铁道建设，便是一例。

第一次世界大战之后，世界各国人民都认识到战争的罪恶，一致决心防止第二次世界大战的发生。对于远东纠纷问题特别加以关注，于是召开了太平洋九国会议，中国对于东三省的问题，即日本所谓的满蒙问题，虽然没有得到妥善解决，但在国际一致谴责下，日本的侵略气焰不得不稍稍有所收敛。从东方会议和《田中奏折》可以看出，日本蚕食我国的野心，依然如故。东三省和内蒙古是我国的固有领土，中国的主权不容侵犯，《田中奏折》是一份赤裸裸的侵略计划，尽管日本官方千方百计否认《田中奏折》的存在，并污蔑是中国方面伪造的。但是后来的事实证明,无论是九一八事变,还是卢沟桥事变可以说都是按照《田中奏折》的计划进行的。所以，有无《田中奏折》，也决不能改变日本军国主义的罪恶历史。

今天我们重读《田中奏折》，仍然感到热血偾张、义愤填膺。田中之流对中国这块富饶的土地觊觎已久，在他们眼里中国如同俎上之肉，可以任意宰割。在纪念国际反法西斯战争和中国人民抗日战争胜利70周年之际，我们一定要提高警惕，日本右翼势力仍然做着侵略扩张的迷梦，田中的阴魂不散，亡我之心不死，千万不要高枕无忧，掉以轻心。我们一如既往，牢记历史，勿忘国耻，珍爱和平，开创未来！

2015年8月15日于京城悠胜美苑

后　记

纪清漪是一位现代杰出女性，她的一生充满传奇色彩。1998年，我在《北京文史资料》第57辑上，发表了一篇题为《爱国女法学家纪清漪》的文章，比较全面地介绍了纪清漪一生的事迹。文章发表后，产生了一定的社会影响。有的读者反映文章还是显得有些简略，建议充实成一本书。纪清漪的长子马纪龙先生也有此意，他给我提供了不少有关纪老的资料，希望我能把纪老的事迹写成一本传记。我们共同拟定了写作计划，并一同走访了北京文史馆等单位。我深为纪老的事迹所感动，决心尽自己所能把纪老传奇的一生写出来，于是我开始构思和进一步收集材料。因为当时我还有授课任务，只能抽业余时间，断断续续从事写作。直到2014年，我辞掉了教学工作，这样便可以集中时间和精力全部投入写作之中。我深知文艺是时代前进的号角，最能代表时代的风貌，最能引领一个时代的风气。想通过纪清漪的传记反映出我们时代的风貌，那就是作为一个中国人应该堂堂正正地做人，认认真真地做事，把自己全部聪明才智献给祖国和人民。这样就能引领健康向上的时代风气。

人人都为实现"两个一百年"奋斗目标、实现中华民族伟大复兴的中国梦做出贡献。同时还有一个想法,就是借纪清漪爱国抗日的英勇事迹促使我们每一个人都要牢记历史,珍爱和平。千万不要忘记抗日战争时期,日本帝国主义对中国人民所犯下的滔天罪行,警惕日本军国主义死灰复燃。

我的写作基本原则是尽量还原人物和事件的本来面貌。因为唯有真实才是有生命力。我的材料来源一部分取自和纪老生前的谈话记录,一部分则是纪老本人的笔记和信函。纪老参加过的重大事件和交往过的历史人物都较多,在写作过程中做了适当的取舍,以表现人物的精神风貌为主。

这本书之所以能够写成,应该特别感谢马纪龙夫妇,他们不仅给我提供了大量资料,而且非常关心这本书的写作进度,并随时提供新的资料以及如何更好地体现纪老精神实质的建议。当然,我最应感谢的是我的北大同学张仁健兄,是他仔细审读了书稿全文,提出了中肯的修改意见,并推荐给出版社,使本书得以出版面世。最后提一下,由于写得比较仓促,一定会有疏漏和不妥之处,恳请读者同志及时指出,不吝赐教。

诸天寅

2017年10月18日

于北京东城区永外悠胜美苑寓所

补记：

习近平主席在《一个国家、一个民族不能没有灵魂》一文中强调文化名人的作用，认为他们铸就了中华文化的新辉煌。纪清漪的事迹给人深刻的启发，让我们更加增强文化自信。文化自信是一个国家，一个民族发展中更基本、更深沉、更持久的力量。

诸天寅

2021年5月1日